MAGIA NAVIDEÑA EN EL RETIRO DE ESCRITORES

JULIA SUTTON

Traducido por
NATALIA STECKEL

AGRADECIMIENTOS

Muchas gracias a Miika Hannila y a todo el equipo de Next Chapter Publishing por darme la oportunidad de publicar este libro y por todo su duro trabajo.Un enorme agradecimiento a todos mis lectores. Espero que disfruten este libro. Gracias a mis maravillosos amigos y familiares, quienes siempre han sido un gran apoyo.

Para la adorable Eleanor

PRÓLOGO

Había una vez, en una lejana tierra de hollín y suciedad, vivía una pequeña niña llamada *Louise Henry*.

Louise era algo soñadora; algunos amigos de la escuela hasta la consideraban extraña. Siempre tenía la nariz metida en un libro y, cuando no estaba leyendo, estaba creando historias en su mente.

A Louise no le importaba tener pocos amigos, ya que había sido bendecida con una familia cariñosa. Una madre amable, de cabello dorado, y un padre valiente y fuerte, que le compraba libros y lapiceras y que la alentaba a celebrar el hecho de ser diferente.

Louise se convirtió en una joven refinada, generosa y llena de energía. Como en todas las buenas historias de aventuras, su vida tuvo altos y bajos, hubo momentos buenos y malos, felicidad y dolor, pero Louise se aferraba a sus sueños.

Este es un capítulo de su vida. Este es su cuento de hadas...

—¡E l té está servido! —Grité las palabras con la esperanza de que atravesaran las paredes y llegaran a la sala de estar, donde mi padre y mi hermano están sentados mirando el noticiario de la tarde. El calor del horno me da en el rostro al abrir la puerta para sacar la bandeja de empanadas. Están doradas, cocinadas a la perfección y huelen delicioso. Las coloco en cuatro platos, y luego regreso rápido a la cocina para sacar las papas fritas del horno superior y para revolver los frijoles burbujeantes—. ¡La comida está servida! —vuelvo a gritar. Oigo el chirrido de la puerta de la cocina al abrirse. Papá entra sin prisa, con su pijama a rayas y rascándose la cabeza; parece que está listo para irse a la cama.

—¿Dónde está Robbie?—Mi hermano menor quien, por lo general, es el primero en sentarse a la mesa, no está por ninguna parte.

—Hablando por su móvil. —Papá señala con el pulgar por encima del hombro—. Tiene uno nuevo.

—¿De dónde demonios sacó dinero para eso? —pregunto

mientras, con una cuchara, coloco con cuidado los frijoles junto a las empanadas.

—Quizá es mejor no preguntar —responde papá. Descorre una silla, y se deja caer en ella.

Soplo un mechón de cabello para quitármelo de los ojos mientras hurgo en los estantes en busca de condimentos.

—Sírvete papas, papá.

—No me gustan mucho las de supermercado —refunfuña al tiempo que les agrega ketchup.

—Bueno, no queda mucho dinero para comprar comida. —Dejo que mi voz se apague, y sonrió al verlo llevarse el tenedor a la boca.

Robbie entra despacio a la cocina, pasándose la mano por su pelo oscuro y enmarañado.

—¿Otra vez empanadas?

—Oh, ya dejen de quejarse. —Me siento, y sonrío ampliamente—. Esta es una comida saludable, y traje torta de la pastelería para el postre.

Los ojos de Robbie se iluminan ante la mención de algo dulce.

—¿Torta de chocolate?

—Sí —confirmo—. Con crema fresca.

—¿Dónde está tu tía Josie? —pregunta papá.

—Ya vendrá —contesto, mirando el reloj. Dos minutos antes de las seis, alguien golpea a la puerta, y Bertie, nuestro perro Labrador dorado, sale de su cama y va patinando por el pasillo.

—¿Por qué tiene que venir a comer *todas* las noches?— Robbie hace una mueca y remueve los frijoles—. ¿Tengo que comerme ésto?

—Así es —respondo, y trago un trozo de empanada de carne—. Es una de tus cinco porciones diarias, y ya sabes que la tía Josie está sola.—Le revuelvo un poco el cabello de camino a la puerta principal, y lo oigo chasquear la lengua ante mi demostración de afecto de hermana. Bertie tiene el pelo del lomo erizado y está gruñendo hacia el panel de vidrio.

—Hola, Lou. —La tía Josie entra deprisa, sacudiéndose las gotas de lluvia de su cabello recién arreglado—.Está lloviendo a cántaros. Se viene el invierno.

—Recién estamos en noviembre; en teoría, seguimos en otoño —respondo mientras tomo su abrigo y bufanda—. ¿Estuviste en la peluquería?

Josie se toca sus rizos color lila.

—¿Te gusta? La aprendiz de peluquera me convenció de cambiar mi azul habitual.

—Se ve muy bien. Entra, la cena está en la mesa.—La sigo por el pasillo, de regreso a la cocina. Robbie tiene los pies sobre la silla vacía. Los quito de un golpe, irritada por su falta de educación, y le pido a la tía Josie que se siente.

—¿Qué tal estuvo la escuela? —le pregunto a mi hermano de quince años.

Robbie mastica con lentitud, pensando en otro día en la academia Hayes.

—Bien. —Agacha la cabeza para evitar mi mirada.

—¿Hiciste el ponqué de uvas pasas?—El día anterior lo había pasado hurgando en los estantes del supermercado en busca de los ingredientes necesarios para su clase de economía doméstica. No había harina ni pasas de Corinto, por lo que tuve que correr al otro lado de la ciudad hasta otro supermercado, durante mi hora de almuerzo.

—Emmm... esteee... no.

—Ah.—Coloco el tenedor en la mesa y estoy a punto de interrogarlo cuando suena el teléfono.

—Si llaman de ese centro de atención al cliente en la India, diles que me mudé a Corea del Norte. Papá sonríe con satisfacción al tiempo que atiendo el teléfono.

Una mujer con acento elegante saluda y se presenta como la señora Frostrich.

—¿La directora? —pregunto al tiempo que trago saliva por el temor y fulmino con la mirada a Robbie, quien se puso pálido.

—¿Habla la señora Henry?

—Señorita Louise Henry —respondo—. ¿En qué puedo ayudarla?

—Ah, lo siento, señorita Henry. Me preguntaba si podríamos hablar sobre Robbie.

Salgo de la cocina hacia la sala y busco el control remoto para silenciar el televisor.

—Sí, por supuesto. ¿Está todo bien?

La directora respira profundo.

—Robbie ha estado faltando a clases, señorita Henry. «¡Oh, no, no otra vez!». Me dejo caer en el sofá.

—Esta semana, hasta el momento, no asistió a Inglés, Francés ni Economía Doméstica. ¿Hay alguna razón para sus ausencias?

Las palabras salen volando de mi boca antes de poder pensar.

—Ha tenido catarro... y estuvo mal del estómago.—Me sonrojo, avergonzada por mis mentiras.

La directora resopla.

—La política de la escuela exige una llamada telefónica para informar sobre cualquier enfermedad, señorita Henry, no solo el primer día, sino también los días subsiguientes.

—Lo siento mucho. —Aprieto con fuerza el teléfono—. Le prometo que no volverá a suceder.

—Así lo espero —expresa la señora Frostrich cortante—. De lo contrario, tendremos que involucrar al inspector de ausentismo, y eso implicaría una serie de visitas a domicilio.

—De acuerdo. —Mi cabeza comienza a latir.

—Señorita Henry... —El tono de la directora se suaviza un poco—. ¿Está todo bien en casa?

—¡Sí!—Me levanto de un salto—. Todo está bien.Es solo un malentendido. Robbie asistirá mañana, como siempre.

—Muy bien. Que tenga buenas tardes, entonces. —La línea queda muerta.

—¿Qué quería? —pregunta papá, cuando me siento a la mesa otra vez.

Miro furiosa a mi hermano menor, quien está ocupado cortando una porción de torta.

—Él volvió a sus viejos trucos.

—¿Qué hizo ahora? —pregunta papa riendo.

—No es gracioso. —Suelto un suspiro exasperado—. ¿Por qué has faltado a clases, Robbie?—Miro a mi hermano, quien me observa con ojos inocentes y bien abiertos.

—No lo sé. —Se lame la crema del dedo medio y encoge los hombros con despreocupación.

—¡Esa no es una buena razón! —chillo, indignada por su actitud frívola—.Tu educación es importante, Robbie. Es el año de tus exámenes de certificación secundaria. ¿Cómo entrarás a la Universidad sin ninguna certificación?

Papá infla el pecho.

—Escucha a tu hermana, hijo.

—¿Y qué me enseñará el hecho de cocinar un estúpido ponqué de uvas pasas?

—Emmm..., bueno, es parte del programa de estudios, Robbie. —Mi enojo desaparece un poco al ver su rostro abatido —.¿Quieres trabajar en una pastelería por el resto de tu vida como yo?

—Quiero tocar en una banda. —Arrastra las zapatillas por el piso de linóleo.

—Sí.—Le sacudo el puño—. Pero igual debes conseguir tus certificaciones. En especial, en Inglés, Matemáticas y Ciencia.

La tía Josie sacude el vinagre de una papa empapada y comenta con sabiduría:

—Jamás aprobé ninguna certificación. La escuela de la vida me enseñó todo lo que sé.

Miro a mi tía con expresión molesta.

—¿Qué hay sobre la Universidad? —farfullo—. Podrías estudiar música y... arte dramático.

—Demasiadas deudas. —Robbie resopla—. El hermano de Ade acaba de obtener su título y está trabajando en McDonald's.

Ade es el mejor amigo de Robbie: un joven desgarbado con dientes de conejo, que vive a cinco casas de distancia. Cubro mi rostro con las manos. Discutir con Robbie no tiene sentido; él tiene una respuesta para todo. Tal vez deba exponer los hechos con claridad y simpleza y, con suerte, eso aplaque su vena rebelde, que parece estar creciendo otra vez.

—Mira.—Muestro mi expresión más seria—. Si continúas faltando, otras personas se meterán con nosotros: la directora, el inspector de ausentismo... —Las enumero con los dedos para darle énfasis—, quizás hasta los servicios sociales.—La nuez de Adán de Robbie sube y baja a medida que asimila mis palabras. Continúo, y me muestro furiosa otra vez—.Esto es serio, Robbie. No más inasistencias, ¿de acuerdo?

Él asiente con rapidez.

—De acuerdo.Entonces, iré arriba... a terminar la tarea.

Arrastra la silla hacia atrás y, mientras se dirige a la puerta, le pregunto:

—¿Y dónde estabas durante ese tiempo?

Robbie se encoge de hombros; se lo ve satisfactoriamente culpable.

—Paseando por tiendas de música.

—¿Gastando más del dinero que ganas por repartir periódicos?—Chasqueo la lengua, y miro a papá. Él terminó de comer y está hojeando el diario vespertino.Una sensación de irritación crece en mi interior. ¿Por qué nunca le llama la atención? Después de todo, Robbie es su hijo.¿Por qué tengo que hacerlo yo, la hermana mayor?

—Emmm, ¿puedo irme?

Le hago señas a Robbie para que se vaya y me quedo mirando la porción de torta de chocolate que la tía Josie dejó frente a mí. De repente, mi apetito se fue por la puerta junto con mi hermano.

—Tal vez más tarde —murmuro. Tomo la torta y la guardo en el refrigerador. Papá se pone de pie, y me avisa que irá a ver el pronóstico del tiempo para el resto de la semana.

—Siempre es así. —Las rodillas de la tía Josie crujen cuando corre la silla hacia atrás—. Los hombres de esta casa siempre desaparecen cuando hay cosas por hacer.

Coloco agua caliente en el cuenco y raspo los restos de los platos con papas.

—Yo puedo terminarlo más rápido —suspiro, y me pongo los guantes de goma con un ruido al estirarlos.

—Pero, cariño, estuviste trabajando todo el día.—La tía Josie toma un paño de la cocina—. ¿Qué estuvo haciendo tu padre?

Intento restarle importancia a la pregunta. —Pintando, supongo.

—Pintando. —Los labios de la tía Josie se curvan hacia arriba.

—Tiene mucho talento, —protesto.

—Necesita un trabajo —espeta la tía Josie—. No puede ser nada bueno para él pasar todo el día sentado en ese cobertizo. Se ha convertido en un ermitaño. La compañía de otro adulto le haría mucho bien, ¿no lo crees?

—Sí, supongo que sí —afirmo con un gesto de asentimiento —. Hablaré con él.

—¿Quieres que le hable yo? —Josie apila los platos prolijamente en la alacena inferior.

—¡No! Gracias por tu preocupación, pero creo que sería mejor si proviniera de mí.

—Me parece justo.

Noto que la tía Josie se queda mirándome con empatía y una sonrisa.

—¿Tomamos una taza de té y chismoseamos? Vi que Hamish McDougall regresó al número sesenta y cuatro. ¿La señora McDougall lo ha perdonado por su aventura?

—Oh, no te has enterado de lo mejor, cariño... —Los ojos de Josie brillan de entusiasmo mientras retira la silla para sentarse y comienza a parlotear.

Despido a la tía Josie una hora más tarde, con una generosa porción de torta y una pila de revistas recicladas. Un grupo de niños están jugando en la calle; pasan zumbando de un lado a otro en sus motonetas y bicicletas. Los observo por un momento, apoyada contra el marco de la puerta. Es bueno oír el sonido de sus risas y observar cómo se oscurece el cielo a medida que cae la noche. Las luces de las farolas titilan, e iluminan los automóviles estacionados unos junto a otros. Un auto es un lujo que no puedo darme. Pero tal vez algún día.

Cuando la tía Josie se pierde de vista, cierro la puerta con llave y corro las pesadas cortinas de terciopelo. Puedo oír los ronquidos de mi padre por encima del parloteo en la televisión y los sonidos amortiguados de la música de Robbie, que retumba en el techo. Camino por el pasillo de regreso a la cocina, y me detengo frente al aparador para observar un portarretrato. «Te extraño, mamá». Levanto el marco de madera y le sonrío a la fotografía de una mujer rubia de expresión alegre. Está sentada sobre una pared, mirando el mar, comiendo papas fritas envueltas en periódico y riendo a carcajadas. Devuelvo el portarretrato a su sitio, y mis dedos se deslizan a otro. Es una fotografía de mis padres en el día de su boda, vestidos con ropa elegante. Mi padre se ve orgulloso, y mi madre sonríe entusiasmada. Ambos se ven sumamente felices. Desvío la mirada hacia el marco más grande, ornamentado en plata. Contiene una fotografía de los cuatro, donde yo soy una niña y Robbie, un bebé.

Esa era nuestra familia feliz, hasta que se vio destrozada por el cáncer y por la posterior muerte de mi madre, diez años atrás.

—Lou, ¿eres tú? —me llama mi padre. Su voz es un leve susurro a través de las paredes delgadas como papel de nuestra casa adosada.

Me paré en la entrada de la sala, viendo cómo se frotaba los ojos por el sueño.

—Sí, papá. ¿Estás cansado?

—Solo un poco. —Se incorporó con esfuerzo para dejarme un lugar en el sofá, junto a él.

—¿Qué estuviste haciendo hoy? —pregunto al pasar, mientras saco un hilo suelto de la funda de un almohadón.

—Esto y aquello. —Sus labios se curvan hacia arriba—. Terminé la pintura en la que estaba trabajando.

—¡Eso es maravilloso! ¿Es la del paisaje?

—Sí, y comencé un paisaje costero. —Papá se ve satisfecho consigo mismo.

—Eso es genial —comento con entusiasmo—. Y, esteee... ¿encontraste algún empleo al que pudieras postularte?

—No hay mucho disponible en estos momentos, cariño. — Mi padre se frota los pelos de la barbilla, y mi ánimo se va al suelo. Ha dicho la misma excusa durante los últimos seis meses. Antes de eso, consiguió un empleo temporal como guardia de seguridad nocturno, pero renunció después de una discusión con su supervisor. En la actualidad, está desempleado, mientras yo tengo dos empleos y llevo adelante la casa. Gracias al cielo por el pequeño subsidio que recibe del gobierno. Observo su cabeza gacha y me conmueve hasta el fondo de mi corazón. Desde la muerte de mi madre, él ha caído en un pozo depresivo del que todavía lucha por salir. Ha intentado psicoterapia, medicación, hasta meditación y terapia del duelo, pero mi padre no se ha recuperado después de diez años. Extraño a mi antiguo padre, al hombre alegre y de espíritu joven, lleno de vida y euforia. Añoro que cante las viejas canciones de Motown que solía amar y que enrosque la alfombra harapienta para bailar, como lo hacía cuando vivía mi madre. El dolor aún lo envuelve como un velo y se evidencia en sus ojos tristes y en su tono melancólico cada vez que menciona a mi madre.

—No importa, entonces. —Le doy una palmada en la rodilla—. Estoy segura de que algo aparecerá.¿Pongo la tetera? —Me acerco para darle un beso en la mejilla cálida y curtida, y ambos miramos los títulos del siguiente programa que comienza por la televisión.

CAPÍTULO 2

Más tarde, mientras estoy pasándole lavandina al borde del inodoro, suena el teléfono. Mi hermano, que justo está pasando por allí de camino a la lata de galletas, lo lleva arriba y me avisa que es una de mis compañeras.

—Ya sabes, la del pelo encrespado —articula, y muerde un poco de su galleta integral.

—¿Te refieres a Heather? —susurro.

—Sí, la góti... —Deja que su voz se apague con una sonrisa cuando le señalo el teléfono destapado. Robbie me lo entrega y se va a paso tranquilo.

—Hola, Heather. —Aparto el flequillo lacio de mis ojos.

—¿Puedes decirle a tu hermano que no soy gótica? —Heather suena ofendida—. Tampoco soy emo, o como sea que se llamen por estos días.

—Vistes mucho de negro —comento, visualizando su melena teñida de negro, lápiz de ojos negro, ropa negra y esmalte de uñas al juego.

—Prefiero el término "persona de la nueva era" —señala

con un tono de superioridad. Intento no reírme y termino tosiendo—. ¿Te encuentras bien, Lou?

—Sí, gracias —respondo—. Sólo estoy limpiando. Creo que aspiré un poco de lavandina.

Heather suspira.

—Oh, Lou, siempre te digo que debes usar productos naturales de limpieza. Son mucho mejores para ti y para el medioambiente.

—Bueno, ya está hecho. —Voy a mi habitación, y me dejo caer en la cama—. ¿Cómo estás?

—Ah, estoy bien, supongo.—Heather suspira—. Francamente, necesito una noche de salida.

—Claro, podría hacerlo el fin de semana.—Me quedo mirando el techo color limón y la lámpara de cristal, que se mueve con suavidad por la brisa que entra por la ventana abierta.

Heather resopla.

—En realidad, pensaba en esta noche.

«¿Beber alcohol durante la semana?»Mi mente lucha por encontrar excusas. Quiero relajarme; tomar un baño de burbujas, preparar chocolate caliente con crema batida y malvaviscos, y pasar la noche leyendo revistas.

—Lou... —Oigo que Heather se suena la nariz, y me pregunto si ha estado llorando.

—No suenas muy bien. —Me incorporo con esfuerzo hasta ponerme de costado—. Iré por un trago pero, Heather, no puedo quedarme hasta tarde. Tengo que trabajar mañana.

—Louise Henry, te quiero. ¿Nos vemos allí en media hora?

La línea está muerta antes de poder responder. Me quedo mirando mi reflejo en el espejo. Tengo ojeras oscuras, y mi barbilla está cubierta de granos. Me pregunto si eso es normal para una joven de veinticinco años. Ya debería haber superado el acné premenstrual, ¿cierto? Con un gruñido, me dejo caer en el banco frente al espejo de mi cómoda y me pongo a trabajar para intentar hacerme ver más o menos presentable.

El Feathery Duck es uno de los negocios más antiguos de la zona. Es una caminata corta desde mi calle, y se erige majestuoso en medio de la Avenida Marywell, junto a la panadería donde trabajo. Las arcaicas vigas de madera se extienden desde la fachada exterior hasta un pequeño salón bar con luz tenue. Siempre nos reunimos en el bar. No estoy segura de la razón. Supongo que nos gusta el ambiente de clase trabajadora, la camaradería de beber junto a hombres de la zona, que discuten y charlan frente a la mesa de billar y al tablero para jugar dardos. El bar tiene mesas de roble fuerte, piso de baldosas y antiguos sifones de cerveza. El salón adjunto ha sido renovado para convertirlo en uno de esos establecimientos lujosos. En lo personal, las sillas y mesas de plástico, las paredes encaladas y la música pop me parecen algo baratas y poco interesantes. El bar tiene personalidad y, en ciertas noches, también tiene a Darren Walker. Él es el amor no correspondido de mi vida. Un hombre corpulento y musculoso, de un metro ochenta, al que conozco desde la escuela primaria. Es el típico bribón adorable, un tipo descarado con ojos risueños y una sonrisa lista para todas las mujeres. Es un cliente habitual del Feathery Duck; algunos lo describen como parte del mobiliario. Hubo una época, años atrás, cuando tuvimos un breve romance. Pero duró menos de una semana. Darren Walker tiene miedo al compromiso; es famoso por su encanto y ojo para el sexo opuesto. Mientras que yo deseo asentarme, encontrar a mi alma gemela y vivir felices por siempre. Detrás de mi apariencia cautelosa y, aunque mi familia y amigos lo desconozcan, soy una verdadera romántica.

—¡Lou!

Me doy vuelta al oír mi nombre. Heather está al otro lado de la calle, cerrando su florería. Me apresuro a cruzar por la senda peatonal hasta Flowers From Heaven.

—¿Recién terminas? —pregunto, y un vistazo al reloj me informa que son casi las ocho y treinta.

—No me lo recuerdes. —Heather gira la llave en la cerradura, y observamos la persiana metálica descender con un ruido sordo—.Otra orden de último momento para un funeral y una boda enorme este fin de semana. Estoy exhausta.—Me pasa una caja llena de carpetas con el título "contabilidad"—.Y, encima de todo, tengo al tipo de los impuestos detrás de mí.

—Entonces, te mereces un trago. —Hago equilibrio con la caja sobre la cadera, y oprimo el botón para cruzar.

—*Necesito* un gin-tonic; tuve un día muy ajetreado.

Cruzamos alegremente la calle y caminamos hasta la puerta del pub

—¿Cómo ha sido tu día? —pregunta Heather, al tiempo que abro la puerta y me aparto para dejarla pasar primero.

—Igual que el tuyo. No paré en la panadería y, cuando llegué a casa, todo volvió a comenzar. Siempre hay algo por hacer.

Heather me mira con empatía.

—No sé cómo te las arreglas, Lou. Al menos yo tengo a mis padres, que se ocupan de mí cuando llego a casa.

Me enojo por sus palabras.

—Papá hace su mejor esfuerzo, y Robbie, bueno, sólo tiene quince años. No puedo esperar que se haga cargo de la casa por mí.

—Lo siento. —Heather me frota el brazo—. ¿Quieres sentarte, y yo busco las bebidas?

—Sí.—Echo un vistazo a las numerosas mesas vacías. El Feathery Duck siempre está tranquilo a mitad de semana pero, esa noche, hay solo un puñado de clientes. Observo a un pequeño grupo de clientes habituales, que lanzaban dardos al tablero por turnos. Me hacen un gesto con la cabeza mientras yo juego con un posavasos mojado.

—¿Está bien un Sauvignon Blanc?—Heather apoya una copa grande de vino sobre la mesa.

—Perfecto. —Y así es: frío, refrescante y delicioso. Bebo un trago largo y le sonrío a mi amiga, quien ha comenzado a hablar sobre las series dramáticas con las que está obsesionada—.Hoy te ves diferente —comento cuando hay una pausa en la conversación.

—¿Ah, sí?—Heather mira por encima del borde de su gin-tonic—. ¿En qué sentido?

—Tu pelo. —Observo la brillante melena negra y lisa—. Está lacio.

—Sí. —Se lo toca con la mano libre—. Marcus me regaló un alisador de cabello.

—Ah.—Mi sonrisa se desvanece ante la mención de su novio intermitente. Marcus es un italiano adulador, con esposa y tres hijos. Heather ha sido su amante desde hace cinco años. Sabe que no apruebo la relación, pero eso no le impide amarlo apasionadamente.

—¿Crees que me queda bien?—Heather hace puchero, como si estuviera por tomarse una selfi.

—Se ve lindo... —asiento—, pero me encantan tus rizos.

—Los rizos son muy del pasado, muy de los ochenta. Marcus me dijo que me veo como Dita Von Trapp.

—¿Quién?

—Ya sabes, la bailarina de cabaret.

—Ah.—Bebo más vino—. Entonces, ¿por qué esta salida a

mitad de semana? Sonabas alterada por teléfono.¿Algo anda mal?

Heather suspira.

—Sabes que pronto es mi cumpleaños, ¿cierto?

—Síííí. —Le doy un codazo suave en las costillas—. El gran tres-cero. ¿Cómo lidiarás con ser de mediana edad?

—¡Cuidado! —advierte Heather con una sonrisa—. Los treinta son los nuevos veintiuno, según todas las revistas.

—Confío en tu palabra —afirmo volteando los ojos—.Por cierto, ¿qué harás? ¿Vamos a comer para celebrar? Algo vegetariano, por supuesto.

—Se suponía que me iría el fin de semana con Marcus. —Heather apoya la copa con fuerza—. Pero tiene un bautizo familiar al que, al parecer, no puede faltar.

Sacudo la cabeza.

—Es lo que sucede cuando te involucras con un hombre casado. Puedes tener algo mejor, Heather.

—Lo amo —contesta ella en voz baja.

Dejo escapar un suspiro exagerado. Me pregunto cuántas veces hemos tenido esta conversación. El tema de la vida amorosa de Heather surge casi todas las semanas. Ella se deprime por él, y yo me enojo porque sigue casado, a pesar de que, al parecer, su esposa es un dragón viviente a quien él no le importa en lo más mínimo.

—Si él te ama, entonces, ¿por qué sigue casado? —pregunto sin rodeos.

—No es tan simple —responde con una sonrisa afectada—. Tiene hijos y muchas deudas. Debemos tomar las cosas con calma, planear a futuro... —Deja que su voz se apague, y hace una mueca ante mi mirada incrédula.

—Esto ha sido así por años, Heather. Ha tenido cinco años para dejarla.

De pronto, Heather rompe en llanto, y el rímel cae en hilos

negros por su rostro. De inmediato me arrepiento de mi brusquedad, pero mi paciencia con la dudosa vida amorosa de Heather está muy desgastada.

—Estoy tan triste... —lloriqueó ella—. Treinta años y vivo con mis padres sin ninguna probabilidad de tener hijos. Mi reloj biológico sigue corriendo, y acabaré como una vieja solterona solitaria.

—No será así si terminas con esta farsa de relación. —Le tomo una mano—. Tienes tanto a favor tuyo, Heather...Eres una maravillosa mujer independiente. Sí, aún vives con tus padres, pero también yo. Tienes tu propio negocio. A mí me encantaría ser una florista con mi propio negocio.

—Tienes razón —resopla Heather—.Entonces, ¿por qué no termino con esto hoy? ¡Ahora!—Saca el móvil del bolso y repasa sus contactos con rapidez.

—¿Qué le dirás? —pregunto con nerviosismo.

Sus dedos vuelan sobre la pantalla, y ella se ve preocupantemente determinada.

—Le dije que nuestra relación se terminó y que no vuelva a contactarme. Ahí está. —Oprime el botón de Enviar, y luego rompe en llanto otra vez—. ¿Qué hice?

—Lo correcto —afirmo en tono seco—. Dámelo.—Espero a que Heather me entregue el móvil a regañadientes—.Borraré y bloquearé su número de tu agenda de contactos —le anuncio, mientras muevo los dedos por la pantalla—. ¿Es tu amigo en Facebook?

—Sí —contesta ella; su rostro es el vivo retrato de la tristeza.

—Ya no.¿Lo tienes en otra red social?

—Instagram.

Busco entre sus seguidores hasta encontrar el rostro adulador de Marcus, que me sonríe desde la pantalla. «¿Italiano de sangre caliente?»resoplo al ver su nombre de usuario. «Más bien, "italiano asqueroso"».

—Eliminado,—informo con una sonrisa de satisfacción —.Ahora eres libre de salir con quien quieras.

A Heather le tiembla el labio inferior.

—Eres una mujer dura, Louise Henry.

—Un día me lo agradecerás —señalo con firmeza—. ¿Bebemos otro trago para celebrar tu soltería?

—Que sea doble —me avisa Heather mientras me acerco de prisa al bar.

—¿Lo mismo?—Brian, el cantinero corpulento, asoma su silueta por encima de los sifones de cerveza y camina hasta donde estoy con una sonrisa amistosa.

—Por favor.—Rebusco en el bolsillo de mi abrigo y saco un boleto de autobús arrugado, un lápiz labial gastado y un billete de diez libras doblado.

—Tu novio estuvo aquí anoche. —Él sirve vino en mi copa, y yo lo miro sorprendida.

—¿Mi novio? —repito.

—¿Hay un loro aquí? —Brian chasquea los dedos, intentando recordar un nombre—. Darren, el que juega en el equipo de billar.

—¿Te refieres a Darren Walker? Él no es mi... emmm... novio —farfullo.

Brian levantó las cejas en dos arcos tupidos.

—Tu amigo, entonces —se corrige.

Abro la boca para decirle que no somos ni siquiera eso, pero Brian continúa hablando—: Él y Patrick Dempsey estaban borrachos como una cuba otra vez. Marjorie les pidió que se fueran (con amabilidad), pero ellos estaban portándose mal: nos irritaban y también molestaban a otros clientes.

Marjorie, su esposa, asoma la cabeza por encima de la barra.

—Estaban causando problemas otra vez, Lou... Se pusieron pendencieros y altaneros. Un par de moteros casi los golpean.

Me aclaro la garganta.

—Darren Walker no tiene nada que ver conmigo. Por supuesto que fuimos juntos a la escuela, pero eso es todo. No tenemos ninguna relación.

Marjorie aprieta los labios y me echa un vistazo con suspicacia.

—Bueno, después de lo que ocurrió en Navidad, y por la manera en que siempre andan tonteando uno con el otro, supuse que eran alguna especie de... pareja.

Siento que el rubor me sube por el cuello y hasta las mejillas al recordar el beso que Darren y yo nos dimos bajo el muérdago en este mismo bar. En aquel momento, no me di cuenta de que tanta gente había notado que estábamos mostrándonos afecto. Culpé al ambiente demasiado festivo, pero la verdad era que Darren Walker me había gustado por años y que había querido ser su novia desde la escuela primaria.

—No estamos juntos —espeto. Tomo las bebidas y retrocedo—. Pero tal vez deberían prohibirle la entrada si les causa problemas.

—Él siempre ha sido un problema. —Brian sacude la cabeza—. No quisimos disgustarte, cariño.

—Sí —interviene Marjorie—, olvídate de Darren Walker. Eres demasiado buena para él, cariño.

—Está olvidado —les digo entre dientes.

—¿Qué fue todo eso? —me pregunta Heather apenas me siento a su lado.

—Era sobre Darren Walker —respondo, y cierro los ojos por un momento para dejar que una imagen mental de su atractivo rostro flote frente a mí.

Heather voltea los ojos y expresa con tono elegante:

—Otro caso perdido. No tenemos mucha suerte con los hombres, ¿cierto?

—Supongo que no —contesto con tristeza y alzo mi copa —.Brindo por estar soltera y sin preocupaciones.

Heather choca su copa con la mía.

—Brindo por la falta de sexo y ser desdichadas.

Sus palabras resuenan en mis oídos y me recuerdan, una vez más, el fracaso total que es mi vida amorosa.

CAPÍTULO 3

La alarma me despierta de un sueño profundo a las seis de la mañana siguiente. Adormilada, busco a tientas mi reloj de Mickey Mouse y oprimo el botón de apagado hasta que el penetrante sonido se detiene. Luego, dejo caer la cabeza con un dolor punzante sobre las suaves almohadas, y me arrepiento amargamente de la cuarta copa de vino que tomé la noche anterior. La lluvia golpetea suavemente la ventana y gruño ante la idea de que, en media hora, estaré caminando por el vecindario con mi impermeable, tratando de controlar tres perros energéticos. Sí, ese es mi segundo empleo. Aparte de trabajar en la pastelería, también soy paseadora de perros. Mientras permanezco acostada, esforzándome por reunir algo de energía para el día, escucho a nuestro propio perro, Bertie, lloriqueando frente a la puerta de mi dormitorio. Con un suspiro, me levanto y me acerco para dejarlo entrar.

—Hola, muchacho. —Le palmeo la cabeza con afecto, y me tambaleo un poco hacia atrás cuando salta sobre mí—. ¿Quieres ir a ver a tus amigos?

Sacude su cola con energía a manera de respuesta y me

observa mientras me pongo un conjunto deportivo y zapatillas. Me ato el pelo rubio, largo hasta los hombros, en una cola de caballo, con una gomita elástica, y voy al baño para cepillarme los dientes.

La casa está en silencio. Falta al menos una hora para que Robbie y mi padre aparezcan, pero igual camino en puntillas haciendo el menor ruido posible. Mientras espero a que hierva la tetera, tomo un puñado de nueces y semillas, y me escabullo al jardín. Aún llueve suavemente, pero es una mañana templada, y las aves están cantando en lo alto de los árboles, esperando su desayuno. Alimentar a las aves se ha convertido en parte de mi rutina matutina, y ahora las mismas aves me esperan todos los días: una paloma con una sola pata y un mirlo agresivo, una familia de petirrojos y el zorzal de canto dulce. Con los años, me he ganado su confianza y, mientras esparzo la comida, ellos bajan de los árboles y picotean a mis pies. Es un buen comienzo del día, y me hace sentir como una especie de Blancanieves, menos el castillo y el atractivo príncipe, por supuesto. Pronto el césped se cubre de aves y las observo durante un momento antes de que Bertie, aburrido de olfatear los arbustos, se dirige al césped para jugar, lo que las ahuyenta.

Me limpio los zapatos en la alfombrilla antes de entrar a preparar café. Es demasiado temprano para el desayuno, pero la cafeína siempre es bienvenida al comienzo de cada día. Mientras bebo, reviso el correo y coloco las facturas en una pila y arrojo a la basura los volantes de comida rápida. Busco en mi cartera; hay dos billetes nuevos de veinte libras: lo que queda de mi escaso salario. Por fortuna, me pagarán al final de la semana, y no veo la hora de que suceda. Tal vez esta noche podría ordenar comida a domicilio, pero luego recuerdo los víveres que debo comprar y el dinero para el almuerzo que necesita Robbie para el resto de la semana.

Guardo la cartera en el cajón, y me pongo el impermeable.

Bertie suelta un gruñido bajo y se mueve entusiasmado cuando voy a buscar su correa. La abrocho a su collar y, de inmediato, tira de mí por el pasillo. Una vez que salimos por la puerta, recorremos el sendero del jardín y doblamos a la derecha. Bertie conoce la rutina. Caminamos por nuestra calle, y doblamos por Primrose Lane hasta el número diecisiete. La casa de la señora Perrin es una vieja propiedad no adosada, con una cerca alta y un majestuoso sauce llorón en el jardín. Siempre he admirado esa casa. El jardín delantero está crecido y es salvajemente romántico. Está lleno de arbustos en flor y de árboles preciosos, y la casa, aunque desgastada por el tiempo, sigue siendo muy hermosa.

La señora Perrin, una viuda de ochenta y cinco años, está observando por la ventana panorámica mientras abro el portón y entro al sendero de gravilla. Espero pacientemente ante la puerta mientras ella lucha con los cerrojos.

—Hola, Louise. —Se asoma por la puerta y me sonríe con dulzura.

—Buenos días —respondo con alegría.

—Hola a ti también —saluda a Bertie, que tiene el hocico metido en una maceta con geranios—.Entren.—La sigo por el pasillo, que huele a humedad y a lavanda

—.¡Randolph! ¿Dónde estás?—La señora Perrin se quita los anteojos y los limpia con el borde del abrigo de punto—.Otra vez está escondido.

—Sabe que es hora de su paseo —comento riendo—. ¿Quiere que lo busque?

—Por favor, querida. —La señora Perrin sacude la cabeza—. Es un vago. Mi perro anterior adoraba caminar. No sé qué hice mal con Randolph.

Le ordeno a Bertie quedarse quieto y, mientras me dirijo escaleras arriba, se acurruca en una bola y emite un suspiro de satisfacción.

—¡Randolph!—Abro la puerta del baño. Por experiencia, descubrí que el terrier blanco cruzado puede encontrarse acurrucado junto a la ducha o encima de la cama doble de la señora Perrin. Ese día, sin embargo, no estaba en ninguno de los dos lugares. Vuelvo a llamarlo por su nombre, y recibo un lloriqueo por respuesta.

—¿Qué estás haciendo aquí? —canturreo al abrir la puerta del cuarto de invitados. El perro está acurrucado sobre una pila de sábanas recién lavadas. Rodeo una aspiradora vertical, y extiendo la mano para palmearle la cabeza—. Es hora de salir a pasear.—Randolph me mira con ojos grandes y expresión hosca. Una mirada que expresa: "¿Te importa? Estaba durmiendo". Me agacho para levantarlo en brazos y, mientras bajo trotando la escalera, olfatea mi brazo con el hocico húmedo.

—Lo encontré —le aviso a la señora Perrin.

—Randolph, eres un chico travieso —lo reprende—. Probablemente es porque está lloviendo, querida; odia el clima húmedo.

—¿No nos pasa a todos, amiguito?—Lo dejo en el piso con suavidad, y Bertie se acerca lentamente para olfatearlo.

—No deberías haber salido con este clima —comenta la señora Perrin—. Te resfriarás.

—No hay problema —respondo, y me subo la capucha—. Estoy abrigada y seca, y los perros deben salir de todas maneras.

—Gracias. —La señora Perrin me toca el brazo con sus frías manos venosas—. No sé qué haríamos sin ti.

—¿Robert se ha comunicado con usted?—Me refiero a su hijo. Vive a tan solo cinco kilómetros, en un piso de soltero, en el centro de la ciudad, pero rara vez visita a su anciana madre. Me entristece pensar que está tan sola en esa enorme casa.

—Oh, está ocupado —responde frívolamente—. Ya sabes cómo son estos jóvenes con sus carreras y su vida social.

Asiento en señal de empatía.

—¿Qué hay sobre las compras? ¿Quiere que vaya al supermercado por usted?

—Los vecinos ya lo hicieron, querida, pero gracias por haberte ofrecido.

—Está bien; me iré, entonces. —Abrocho la correa a Randolph, y los llevo a él y a Bertie hacia la puerta principal—.La veré en un ratito.

La lluvia cae con mayor fuerza desde un cielo oscuro y tormentoso. Las hojas revolotean a mi alrededor, sacudidas por el fuerte viento, y las ramas de una fila de robles se tuercen y mecen mientras camino debajo de estos. Mi siguiente parada es la casa de los Kennedy. Gareth y Samantha son unos profesionales muy ocupados; demasiado estresados para sacar a pasear a su doberman, Lucy. Gareth es abogado, y Samantha es jefa de departamento en una escuela secundaria poco exitosa. Son una pareja bastante agradable, pero no puedo evitar sentir una pizca de hostilidad hacia su estilo de vida opulento.No envidio su éxito, pero no me agrada el modo en que dilapidan el dinero. Tienen toda una flota de empleados para que los ayuden a mantener su vida en orden: una mucama, un jardinero, un limpiador de ventanas y una persona que plancha su ropa. Salen de vacaciones tres o cuatro veces por año: invierno en Mauricio, esquí en Austria, un paquete de verano en las Baleares... Incluso logran hacer una escapada dentro de la ciudad.

Recuerdo las últimas vacaciones que tomé. Fue el año anterior a la muerte de mi madre. Habíamos alquilado una casa rodante de lujo en Devon, durante dos semanas, cerca del mar y de un pintoresco pueblo pesquero. Habíamos disfrutado de un sol maravilloso y de una inesperada ola de calor que había afectado a toda Bretaña. Yo había conseguido un fantástico bronceado, y mi pelo rubio se había vuelto de un dorado reluciente. Había sido un estupendo descanso lejos de la ciudad de Wolverhampton, en la región de Midland, donde había nacido, me había criado y vivía en la actualidad, con todo su esmog y ajetreo. Unas maravillosas vacaciones familiares, que crearon recuerdos perdurables. Se me llenan los ojos de lágrimas al ver en mi mente a mi madre caminando por la costa, riendo por nada, de la mano de mi padre. Oh, la extraño tanto...

Me tropiezo con una baldosa rota, y eso me trae de regreso al presente. Me digo que mi vida no es tan mala: estoy sana y tengo un techo sobre mi cabeza, tengo familia y amigos que me aman. Tengo muchas cosas por las que estar agradecida cuando otras tantas personas en el mundo luchan por sobrevivir día a día. Con energía renovada y positiva, acelero el paso hasta llegar frente a la casa no adosada de los Kennedy. Tiene cinco habitaciones y es una construcción nueva. Toco el timbre. Abre Gareth, tan desaliñado como siempre, con el cepillo de dientes en la boca.

—Emmm... Hola, Louise. —Escupe algo de pasta dental (erra mi pie por poco) y me invita a pasar. Ato a Bertie y a Randolph al caño del desagüe, y me limpio los zapatos en la alfombrilla. Lucy se acerca a mí resbalándose, saltando de un lado a otro con actitud juguetona y ladrando con entusiasmo.

—¿Estuviste cantando? —pregunta Gareth riendo alegremente ante su propio chiste.

—El clima estaría mucho peor si lo hubiera hecho —respondo riendo de buena gana.

Entonces Samantha baja las escaleras con paso pesado, y noto que la perra baja las orejas con temor. Se ve elegante en su traje de pantalón color azul marino, con el cabello y maquillaje inmaculados. Se me ocurre que yo debería comenzar a usar más maquillaje.

—Buenos días. —Me aparto un poco cuando ella toma el abrigo del perchero.

—Los miércoles nunca son buenos —señala con frialdad—. Guárdalo para el viernes.

—Hay reunión de padres esta noche —comenta Gareth como para pedir disculpas.

—Ser docente debe de ser genial. —Pienso en Robbie, esperando que esté preparándose para ir a la escuela.

—¿La verdad? Lo odio. La docencia está extremadamente mal pagada, el volumen de trabajo es ridículo, y los niños son salvajes. Quería trabajar en educación superior, pero estoy atascada en una escuela secundaria que se hunde. —«Vaya», pienso, mordiéndome el labio. «Estoy muy feliz de que ella no sea una de las docentes de Robbie. Salvaje, ciertamente».

—Ya debo irme. —Se inclina para besar a Gareth, y capto el aroma de un perfume fuerte—. ¿Puedes limpiar las patas de Lucy cuidadosamente? El otro día noté que había huellas de patas lodosas por las baldosas de la cocina.

—Sí... emmm, lo lamento.—Lucy está sentada frente a mí, y levanta la pata como para pedir algo. Cuando Gareth y Samantha no miran, le paso una galleta del bolsillo de mi abrigo.

—¿Adónde la llevas?

—Solo hasta el parque —le respondo a Samantha—.Le encanta, ¿verdad, amiguita?

Recibo un ladrido por respuesta.

Samantha se estremece. —No se me ocurre nada peor que andar en el lodo.

«Entonces, ¿por qué tienes un perro?»

—No olvides tu bolso —le recuerda Gareth a su esposa. Ella regresa al interior de la casa y toma un ostentoso modelo de diseñador.

—Adiós, cariño. —Sacude las llaves, y sale bamboleándose hacia el Mercedes en sus tacos altos de charol, que deben de haber costado una fortuna. Bajo la vista hasta mis zapatillas de supermercado embarradas, y suspiro.

Nunca comprendí la fascinación de las mujeres por los zapatos y los bolsos. Para mí, son posesiones sin sentido, junto con las ropas de diseñador y el maquillaje. Por otro lado, nunca he sido materialista, ni siquiera cuando mi padre trabajaba tiempo completo y ganaba dinero suficiente para mantenernos a todos. En ese entonces, solíamos salir mucho en familia. Al teatro y al cine, viajes a la costa y paseos por el campo. Gastábamos el dinero en divertirnos y en estar juntos. Hoy en día, es una lucha sacarlo de la casa para llevarlo a comer papas fritas. Aparto los pensamientos melancólicos y me concentro en disfrutar el día que tengo por delante. Después de todo, es mitad de semana, y no falta mucho para el fin de semana.

Gareth parlotea sobre la mañana que le espera en tribunales. Me cuenta sobre el ladrón de tiendas al que está representando, quien tiene afición por robarse ropa interior femenina y sobre la esposa amargada que está decidida a llevarse la mayor parte de los ingresos de su esposo infiel antes de divorciarse. Le digo que su trabajo suena interesante, y él me mira con ojos inquisitivos.

—¿Qué haces con tu día? Creo que ni Samantha ni yo te lo hemos preguntado alguna vez.

—Trabajo en una pastelería —comento.

—¿Fuiste a la Universidad? —Rebusca en el cajón de la cocina para encontrar la correa de Lucy.

—No, pero quería hacerlo.

—¿Para estudiar qué?—Me observa con la cabeza ladeada.

—Escritura creativa. —Abrocho la correa al collar de Lucy, que aguarda pacientemente—. He querido ser escritora desde pequeña.—No sé por qué le cuento eso a él. He estado paseando a su perro desde hace dieciocho meses y, en ese tiempo, solo hemos intercambiado comentarios amables

—.Debería dejarlo continuar con sus cosas.—Sonrío, y abro la puerta. Randolph y Bertie están tirando de sus correas y, cuando ven a Lucy, los tres explotan en aullidos y ladridos.

Gareth se pasa los dedos por el pelo enmarañado.

—No es muy tarde, ¿sabes?¿Por qué no vas? A la Universidad, quiero decir. Fueron los mejores días de mi vida.

Un ruido se me anuda en la garganta; una mezcla entre un resuello y un bufido.

—Aunque quisiera, no podría pagarlo.

—Ah.—Gareth desvía la mirada, y yo camino con los tres perros el final del sendero—. ¡Louise!—Me doy vuelta ante el grito. Gareth tiene dinero en la mano y la extiende hacia mí. Al volver sobre mis pasos, él explica avergonzado—: Nos iremos a Londres por el fin de semana, así que pensé en pagarte ahora.

—¿Adónde irá Lucy? —pregunto, acariciando su suave pelaje negro.

—A lo de mi madre. —Gareth me entrega el dinero, y lo guardo en el bolsillo. Tal vez pueda darme el lujo de pedir comida afuera, después de todo.

—Gracias. —Sonrío mientras la lluvia cae sobre mi rostro—. Que tenga un feliz día.

CAPÍTULO 4

Con mi pandilla de perros, camino por el vecindario y atraviezo la entrada del parque. No hay ni un alma, ni siquiera en la zona de juegos infantiles, que suele estar llena de adolescentes. Al caminar sobre el césped hacia la zona de monopatinaje, se escucha el chapoteo bajo mis pies. Les quito la correa a los tres perros, y estos salen disparados. Rebuscan entre los arbustos y retozan en el lodo. Randolph está embarrado; su pelaje ya no es blanco, sino que es un desastre de color marrón oscuro. Lucy encontró un palo, y lo arroja al aire con la boca, y Bertie bebe agua de un charco lodoso. Me detengo por un momento para estirar las piernas antes de comenzar un trote ligero. El lodo me salpica la parte inferior de las piernas a medida que corro más rápido. Completo una vuelta al parque con los perros, que me siguen de cerca, y me detengo en la entrada. Me laten los muslos, y mi respiración es agitada, pero me siento eufórica y viva. Me limpio el sudor de la frente con el borde de una manga y llamo a los perros para que regresen adonde estoy.

Mientras camino a casa, veo un camión lechero, que se

acerca haciendo estruendo. Darren Walker toca la bocina y me saluda desde detrás del vidrio. Él cambia de dirección, lo que provoca una serie de bocinazos por parte de un conductor disgustado. Me detengo para permitir que los perros olfateen un poste de luz y veo que Darren se estira para bajar la ventanilla.

—Buenos días, hermosa —saluda con una sonrisa brillante.

—Buenos días —contesto.

Está afeitado para variar y se ve tan atractivo como siempre. Mientras que yo, por otro lado, estoy lejos de estar hermosa; más bien parezco un tomate sudoroso.

—¿Qué haces? —me pregunta, al tiempo que su mirada recorre mi silueta voluptuosa de arriba abajo.

—Lo de siempre —respondo cruzándome de brazos sobre mi amplio pecho—. ¿Terminaste tu ronda?

—Sí.—Sonríe—. Entregando la mejor leche en los umbrales de la nación. Deberías anotarte, Lou. No hay nada mejor que un poco de leche fresca en tus cereales.

—No podría pagarte —le contesto alisándome el pelo mojado. Aún llueve, y estoy empapada. Se me durmieron los dedos de los pies, y tengo congelada la punta de la nariz. Ansío una ducha caliente y revitalizadora para quitarme el barro de los tobillos y aliviar mis piernas doloridas.

—Bueno, si cambias de opinión, tal vez te haga un descuento —señala con una sonrisa pícara.

No puedo evitar sonreír.

—Lo tendré en cuenta.—Retrocedo un poco, lista para irme.

—¡Lou! —me llama.

—¿Sí?—Espero a que salga con otra de sus ocurrencias, pero de pronto se ve inseguro.

—¿Quieres salir alguna vez?

Aaah, las palabras que he deseado escuchar toda mi vida. Lo miro fijamente, preguntándome si habla en serio.

—Bueno, claro, es probable que esté en el Feathery Duck en algún momento del fin de semana.

—Me refiero a solo nosotros dos, y no en el Feathery Duck.

Trago saliva.

—¿Te refieres a una cita?¿Sólo nosotros dos?

Darren resopla.

—Por supuesto que me refiero a una cita. Me gustas, te gusto, así que ¿por qué no?—Agita las cejas, y yo reprimo unas risitas. ¿Por qué me siento como una tonta colegiala cada vez que él está cerca?

—De acuerdo.—Mi cabeza me dice: "No, no, no", pero claro que lo ignoro y sigo mi corazón.

—¡Sí!—Darren alza un puño en el aire—. Sabía que no podías resistirte a mí.

—¿Dónde quieres que nos veamos?—Intento ocultar mi entusiasmo, pero puedo sentir que una sonrisa tonta se dibuja en mis labios.

—En el Oriental Express, a las ocho en punto.

—Oh, está bien. —Me invade la decepción. Esperaba una salida nocturna al cine, acurrucada a su lado y con palomitas de maíz, o una cena en el nuevo restaurante italiano de lujo, en el centro de la ciudad. En su lugar, vamos a un destartalado restaurante chino de la zona con oferta de todo lo que puedas comer.

Darren me guiña un ojo.

—Nos vemos el sábado, ángel.—Sube la ventanilla, y me quedo mirando cómo se va, mientras continúa lloviendo torrencialmente.

Cuando por fin llego a casa, todo sigue en silencio. Camino por el pasillo haciendo ruido y subo la escalera gritando:

—¡Robbie, llegarás tarde a la escuela!

—¡Estoy levantado!—Asoma la cabeza detrás del pasamanos.

—¿Te lavaste y te vestiste? —pregunto con un tono elevado por la sorpresa.

—Sí.

—Excelente. —Le muestro una amplia sonrisa—. ¿Tostada o cereal?

—¿Ambos?

—Enseguida.

Entro afanosamente a la cocina, lleno el cuenco de Bertie con agua fresca, me lavo las manos y comienzo a preparar el desayuno. Estoy bailando al son de la radio, moviendo las caderas al ritmo de una canción pop cuando Robbie entra sin hacer ruido y se sienta a la mesa.

—¡Detente! —Me doy vuelta, y río al verlo con los ojos tapados—.¿Por qué estás de tan buen humor? —me pregunta, echando la silla hacia atrás mientras me observa.

—Nada especial —canturreo al ritmo de la pegajosa canción.De ninguna manera le contaré a mi hermanito que tengo una cita—.¿Quieres mermelada en la tostada?—Robbie asiente, y me quita el frasco.

La puerta rechina al abrirse, y mi padre entra arrastrando los pies, vestido con su pijama viejo y harapiento—.Buenos días —saludo con alegría, y le alcanzo una taza de café humeante.

—Buenos días —murmura. Tiene los pelos parados y el rostro oscurecido por una barba de varios días.

Le pregunto si quiere huevos escalfados, y él asiente sin prestar atención.

Mientras cocino los huevos en agua burbujeante, Robbie se me acerca y susurra:

—¿Qué le sucede a papá?

—No lo sé —susurro en respuesta. Pero sí lo sé; sé

exactamente qué le sucede—. ¿Qué tienes hoy en la escuela? —le pregunto a mi hermano en un intento por distraerlo.

—Horario doble de Educación Física —responde Robbie con una mueca—, seguido de Inglés.

Algunos podrían decir que tengo suerte de vivir en una casa con dos hombres a los que no les gusta el deporte. En su lugar, Robbie está obsesionado con la música y mi padre, con su arte. Yo tengo dos obsesiones: la lectura y la escritura creativa. Es acertado decir que somos una familia de obsesivos.

—Me encantaban las clases de Inglés —comento mientras unto con manteca la tostada.

—Dices eso todas las semanas. —Robbie voltea los ojos y tira de su corbata—. Tenemos un profesor nuevo.

—¿Qué pasó con la señora Carmichael? Era muy agradable.

Robbie se encoge de hombros.

—Se marchó. No pudo lidiar con el estrés y la mala conducta. La semana pasada salió corriendo y llorando de un aula. La directora entró y nos regañó a todos.

—Pobre mujer.—Vi a la señora Carmichael algunas veces en las reuniones de padres. Siempre se mostró amistosa y amable, y parecía sinceramente apasionada por su trabajo—. ¿Regresará? —me pregunto en voz alta, mientras saco los huevos de la olla.

—No lo sé —responde Robbie con un puchero—. Se tomó un año sab... sat...

—¿Sabático? —Llevo los platos hasta la mesa, y coloco uno frente a mi padre—. Tal vez solo necesita un descanso.

Robbie se sirve un vaso de jugo de naranja.

—Si fuera ella, me iría para siempre.

—No es tan sencillo, Robbie. —Me siento, y tomo los cubiertos—. Debe de tener responsabilidades financieras que considerar. No puedes dejar un empleo sin más.

—¿Por qué no?—Robbie levanta la barbilla—. Nunca haré algo que me haga sentir mal. ¿Cuál es el punto?

—El punto es que no todos tienen opción —señalo sacudiendo el tenedor—.Algunas personas deben trabajar en empleos que odian tan solo para pagar las facturas.

—¿Cómo tú?—Mi hermanito levanta una ceja.

—Me gusta mi empleo, pero podría haber logrado algo mejor, y por eso la escuela es tan importante. Si obtienes buenas calificaciones, el mundo es tuyo.

—Sí, sí... —Robbie bosteza—. Me lo has dicho muchas veces.

—Bueno, espero que estés asimilándolo. —Resoplo, y miro a mi padre, quien tiene la mirada perdida—.Papá, ¿te encuentras bien?—Le toco la mano, intentando regresarlo al presente.

—¿Qué? Ah, sí, cariño.—Corta un trozo de tostada y la moja en el huevo con yema líquida.

—¿Qué planeas para hoy? —pregunto con suavidad.

—Esto y aquello —responde—.Pensé en ir hasta el centro.

—¿Sí?—Mis ojos se iluminan ante sus palabras—.La oficina de empleo no queda lejos de la parada del autobús, ¿no?... Podrían tener algunas vacantes nuevas en... empleos mejor pagados... —Dejo que mi voz se apague al ver que él ladea la cabeza.

—Sube el volumen de la radio, Robbie —pide entusiasmado.

Mi hermano suelta un suspiro de exasperación, pero hace lo que el padre le pide .Música de Motown invade el aire. Diana Ross y las Supremes: las favoritas de mi madre. Me aferro al borde de la mesa al tiempo que los recuerdos aparecen en oleadas. Puedo verla en mi mente pelando papas en la pileta de la cocina, moviendo su cuerpo al ritmo de la música que tanto amaba. Olfateo el aire intentando recrear su aroma, pero no puedo oler más que tostadas quemadas.

—Esta música es tan aburrida... —Robbie juguetea con sus uñas—. ¿Por qué no podemos oír Radio 1?

—Esto es música apropiada —responde mi padre con los ojos llorosos—. La favorita de tu madre.

—Ah.—Robbie frunce el ceño, y siento una ola de empatía por él. Mi hermano solo tenía cinco años cuando mi madre murió; demasiado joven para recordar muchas cosas sobre ella. Yo, por otro lado, tengo toda una infancia llena de su recuerdo.

—La semana que viene es su cumpleaños —recuerda mi padre con una sonrisa triste.

"Hubiera sido" es lo que quiero decirle para corregirlo, pero no tengo el valor.

—¿Cuántos cumpliría, papá? —balbuceo.

—Cincuenta y uno.El 7 de noviembre.

Hay una pausa de silencio.

—Ya es noviembre. —Sacudo la cabeza—. ¿Adónde se ha ido el año?

—No veo la hora de que llegue Navidad. —Los ojos de Robbie brillan con entusiasmo—. ¿Piensas que Santa podría traerme una laptop nueva?

—Solo si te portas bien —bromeo, mientras me resisto mentalmente a la idea de comprar un artículo tan costoso.

Mi padre se aclara la garganta.

—Se me ocurrió que podríamos visitar su tumba. Solo nosotros tres.

Robbie se mira los pies con el ceño fruncido.

—Sí, es una bonita idea. —Le doy un suave codazo a mi hermano—. ¿No es así, Robbie?

—Tengo clases de apoyo escolar todas las tardes de la semana que viene —murmura sin levantar la vista.

—Podemos ir después —insiste mi padre con tono firme—. Es importante recordar a tu madre en su cumpleaños.

—¡De acuerdo!—Robbie se levanta de golpe y sale de la cocina.

—Robbie, tu mochila —le aviso, y él regresa para colgársela del hombro—.Que tengas un buen día.

—Tú también —balbucea, y se va.

Me ducho y me visto con ropa de trabajo, que consiste en unos pantalones negros comunes y una remera azul con el nombre de la pastelería estampado a lo ancho. Cuando bajo las escaleras, mi padre sigue sentado en la mesa de la cocina.

—Que tengas un buen día —le deseo y le beso la frente.

—No trabajes mucho —bromea—. Lou...

—¿Sí?—Me doy vuelta con una sonrisa.

—Pasaré... por la oficina de empleos.

—Gracias. —Estoy sobrecogida por la gratitud. Las facturas están acumulándose, y necesitamos más ingresos con desesperación. Me pongo los zapatos y, al salir de casa, ya ha parado de llover, y el sol se asoma entre las nubes. Tal vez sería un buen día después de todo.

CAPÍTULO 5

—Entonces, cuéntamelo otra vez. —Agito una baguette con mantequilla en el aire—. ¿Te uniste a Tinder?

Mi gerente, Steph, me pasa un frasco grande de mayonesa de atún con un resoplido de indignación.

—Por supuesto que no. Todos saben que Tinder es para la gente joven. La agencia se llama Juguetones, conquistadores y Mayores de Cincuenta Punto Com—contesta.

Reprimo una carcajada y miro de reojo a mi colega, Marvin, quien se esfuerza por controlar la risa.

Steph ajusta su delantal con más fuerza—. Pueden burlarse todo lo que quieran pero, para que sepan, estoy recibiendo mucha atención.

—Entonces, déjame ver.—Extiendo la mano.

A regañadientes, Steph toquetea su móvil antes de pasármelo. Me quedo mirando un rostro desconocido.

—Steph... Esta no eres tú.

—Bueno, claro que sí... Yo creé la cuenta, Lou.

—Pero... pero ¿no es una falsificación? ¿Y quién es esta?—

Inclino la pantalla hacia Marvin para que él pueda echar un vistazo con sus jóvenes ojos.

—Sandra Bullock —afirma con seguridad.

—¿Sandra quién?

—Es la protagonista de *Máxima velocidad* y montones de películas más.

No puedo creer el subterfugio de mi jefa.

—¿Estás haciéndote pasar por una estrella de Hollywood?

Steph toma el cuchillo para pan y clava la mirada en mí.

—Es solo un poco de diversión. Entre el estrés de dirigir este lugar y de vivir una vida solitaria y en un constante estado de celibato. Necesito algo de atención de alguna parte.

Intento no fruncir los labios en señal de desaprobación. Después de todo, Steph es una jefa brillante y una buena amiga. Pienso en compasión y empatía, pero aún me molesta que haya elaborado una enorme mentira en su perfil de citas.

—No necesitas fingir ser alguien que no eres. Tú eres hermosa por dentro y por fuera.—Opto por la adulación (sincera, por supuesto) para rogarle que vea el error de sus acciones. Steph es una alegre mujer menuda con brillantes ojos azules y adorables rizos. Me recuerda a Bonnie Langford, con un color de cabello diferente, claro. Aunque siempre supuse que Steph debería ser pelirroja. Su temperamento es apasionado, y su lengua puede ser mordaz. La conozco hace una década y aprendí las señales que anteceden a sus explosiones. Cuando eso sucede (indefectiblemente, a diario), todos corremos en dirección opuesta. Hoy parece bastante cordial, pero aún es temprano.

Marvin saca una bandeja llena de rollos de salchichas del horno de tamaño industrial, y asiente ante mis palabras.

—Una vez, un amigo fingió ser Keanu Reeves en Twitter. Recibía un montón de insultos; las mujeres lo humillaban, y los hombres querían pelear con él. Al final, lo bloquearon y lo amenazaron con la Policía.

—Ahí está. Debes tener más cuidado —advertí con un grito ahogado a mi gerente.

—De acuerdo, de acuerdo. —Steph levanta las manos—. La cambiaré.—Toma el móvil y revisa su archivo de fotos—. ¿Esta servirá?

Sonrío ante la fotografía de ella toda vestida para una salida nocturna.

—Perfecta —afirmo.Steph se va hacia el frente del local, donde hay una larga fila de clientes.

Comienzo a untar las baguettes con la mayonesa, mientras tarareo al compás de la música en la radio. Marvin llena una bandeja de pasteles, y trabajamos en un silencio amigable durante la siguiente hora. Por fin el local está lleno de mercadería, y me tomo un breve descanso.

—¿Quieres una taza de té? —le pregunto a Marvin.

Él me sonríe. —Creí que jamás lo preguntarías.

Mientras lo preparo, Marvin me cuenta sobre su curso académico. Está tomando los exámenes de nivel avanzado con la intención de ingresar a la Universidad. Su objetivo es llegar a ser un detective de alto rango. Todo eso me parece muy interesante. Pasamos a otros temas: qué estamos mirando en televisión y qué hacemos en nuestro tiempo libre. Marvin también es reservista en el Ejército Territorial, así como un fanático del gimnasio. Su vida social es un millón de veces más fascinante que la mía. Para ser honesta, no sé de dónde saca la energía. Sale todas las noches, mientras que yo suelo estar en la cama leyendo antes de las nueve y, a diferencia de Marvin, mis dos pasatiempos principales son sumamente sedentarios.

Hemos establecido que me encanta leer, y mi otro pasatiempo es la escritura: historias cortas, poesías, literatura infantil, hasta comencé una novela. Con los años, he armado una colección de escritos de ficción. Están almacenados en casa, en una caja grande. Organizados en archivadores, según el género. Colocados cariñosamente en protectores plásticos a fin de preservarlos para la posteridad. Mi ambición de toda la vida es ser una autora publicada pero, para mí, eso es algo inalcanzable, como convertirme en astronauta o neurocirujano. La carrera de los muy inteligentes y supertalentosos. Soy muy consciente de lo difícil que es lograr publicar obras de la manera tradicional, y conseguir un agente literario parece algo cercano a lo imposible. Para mí, escribir es un escape de la depresión de la realidad y una oportunidad de hurgar en mi extraña y maravillosa imaginación. Es mi única pasión verdadera, y la adoro.

Debido a mi amor por la escritura, el año anterior decidí organizar un grupo de escritura en la biblioteca local.Es un encuentro informal; nos reunimos una vez por mes para compartir los textos en los que estamos trabajando y para conversar en general. Solo somos seis, un pequeño grupo, pero es acogedor y todos son encantadores. Mañana es la reunión de noviembre. Estoy ansiosa por compartir un par de nuevas historias infantiles que escribí y por oír los trabajos de mis amigos. Marvin ha estado asistiendo durante los últimos dos meses. Está trabajando en una novela policial, por pura diversión, según no deja de repetir.

—¿Irás al grupo de escritura? —le pregunto, mientras bebo el té.

—¡Cielos! —Él moja una galletita en el té—. ¿Ya estamos en esa fecha?

—Así es.

—Allí estaré —responde—. Aunque no he tenido mucho tiempo para trabajar en mi novela, ¿y tú?

Le cuento brevemente sobre el romance contemporáneo en el que estoy trabajando y sobre las nuevas historias infantiles.

—Estoy celoso —comenta con un puchero—. Eres tan prolífica, Lou.

—Es solo porque no hago nada más con mi vida. Mi vida social es terrible. Aunque... —Me inclino hacia adelante, y susurro—: Tengo una cita este fin de semana.

—¿Tienes una cita?—Steph asoma la cabeza por la abertura.

—¿Estabas escuchando a escondidas? —pregunto riendo ante los ojos desorbitados de mi gerente.

—Cuéntanos todo. —Ella se limpia las manos en el delantal.

—No es gran cosa. —Me remuevo, incómoda—. Solo comida china y unos tragos.

—¿Con quién? —indaga Steph.

—¿No tienes clientes a quienes atender?—Me siento un poco fastidiada por su intromisión.

Ella se queda inmóvil y me mira a los ojos. —Las chicas pueden arreglárselas.

Suelto un suspiro de resignación. —Es solo un viejo amigo de la escuela. Dudo de que lo conozcas. —Marvin también tiene la mirada perdida en mí—.Darren Walker —respondo en voz baja.

Steph tose.

—¿El lechero?

—¿Cómo lo...? —Dejo que mi voz se apague. Claro que lo conocía; Steph también es una joven local, y Darren es bien conocido por la zona.

—Es un tipo problemático, Lou. —Sus labios forman una línea recta, y su jovialidad natural ha desaparecido.

—No es malo —río nerviosa—. No te preocupes: no dejaré que se aproveche de mí.

—¡Espero que no!—Steph camina dando pisotones fuertes hasta la tetera, y la enciende—.Mi consejo es que no pierdas el tiempo. Max, de la tienda de venta para caridad, está soltero y es un buen chico.

La miro furiosa. —¡No te atrevas a querer emparejarme con Max!

—¿Qué tiene de malo Max?—Marvin se apoya contra la pared y mastica una galletita con mirada pensativa—.Es cierto que es un poco nerd, pero es un tipo decente.

—Estoy de acuerdo con que Max es adorable. —Trago saliva—. Solo que no me gusta de ese modo...

—¿Qué?—Marvin ladea la cabeza, confundido—. ¿Qué significa "de ese modo"?

Volteo los ojos y abro la boca para tratar de explicar, pero Steph se me adelanta.

—Quiere decir que no hay química entre ellos. —Como Marvin todavía luce confundido, continúa—: Sexualmente hablando. Ya sabes, ese sentimiento cuando quieres arrancarle la ropa a alguien.

—Ah... —Una sonrisa se dibuja en el rostro iluminado de Marvin—. Entonces, ¿no te gusta?

—¡No!—Casi agrego un "Aleluya".

—Pero ¿te gusta Darren Walker?

Me sube el calor a las mejillas.

—Emmm... tal vez, posiblemente...

Steph resopla. —Claro que sí. Es de la clase de hombres atractivos, con esos grandes músculos y vaqueros rotos. Se ve como uno de esos tipos de la publicidad de Coca Cola dietética.

—¿De verdad?—Los ojos de Marvin se encienden. ¿Mencioné que Marv es gay?

Bebo lo que queda de mi té, me arremango y camino hasta mi puesto de trabajo, dando a entender, con sutileza, que la conversación ha terminado, pero Steph no parece darse cuenta de mi incomodidad.

—Sé exactamente cuál es tu problema, Louise Henry. —Sacude una bolsita de té con actitud melodramática—.Tienes una fijación por los chicos malos.

Es mi turno de resoplar. —¡No es así!

Marvin asiente en señal de acuerdo. —Claro que sí.

Chasqueo la lengua. —Regresaré a trabajar. Algunos de nosotros estamos ocupados.—Meto la cabeza en el refrigerador, con la esperanza de que disipe el calor de mi vergüenza, dolorosamente consciente de que mis compañeros de trabajo están riéndose por lo bajo. ¡Fijación por los chicos malos!

CAPÍTULO 6

—¿**P**udiste encontrar algún empleo? —le pregunto a mi padre más tarde ese día.

Estoy de pie en la puerta del cobertizo, observándolo extender azul por un lienzo. Las telarañas brillan encima de su cabeza, captadas por el reflejo del sol poniente.

—Yo... emmm, no tuve la posibilidad de entrar —responde, evitando mi mirada—. Estaba lleno de gente, así que pensé en pasar otro día.

Me desanimo ante sus palabras. ¿Cuándo llegará ese otro día? Aprieto los labios en una línea recta. No me quejaré, pero me siento decepcionada por él.

—Entonces, ¿adónde fuiste?—Intento mantener un tono casual.

—Oh, paseé por la iglesia y los jardines, me senté en una cafetería con mi diario. Recorrí algunos comercios.—Mi padre deja el pincel—. Te traje algo. —Se acerca al gabinete y abre el cajón inferior—. Toma.—Me pasa un paquete envuelto en una bolsa de plástico.

—Gracias. —Le sonrío, emocionada por su amabilidad.

Espío el interior de la bolsa. Es un cuaderno, con una bonita tapa floreada.

—También hay un bolígrafo —me avisa.

—Es adorable —expreso con entusiasmo—. Puedo llevarlo esta noche.

—Eso pensé.—Mi padre se sienta—. Sé que adoras tu material de trabajo.

—Así es. —Meto la mano en la bolsa y saco el bolígrafo, que está dentro de una caja transparente. Es una lapicera y es estupenda. Lo envuelvo en mis brazos y lo abrazo con fuerza—. Gracias.

—Escribirás un éxito en ventas con eso. —Se acomoda los anteojos, que se habían resbalado por su nariz por el eufórico abrazo.

—Haré mi mejor esfuerzo —afirmé con una sonrisa—, y tú pintarás una obra maestra.

Mi padre sumerge el pincel en un cuenco con agua limpia. —Hoy fui... a la galería de arte. Tienen una nueva colección de cerámica, de una señora de la zona. Creo que era de Birmingham. Era maravillosa.

—Tú eres maravilloso. —Apoyo la cabeza sobre su hombro —. ¿Hablaste con el personal? ¿Le dijiste el gran pintor que eres?

Papá ríe por lo bajo. —No soy uno de esos artistas egocéntricos, Lou, y soy realista respecto de mi talento.

—No te das cuenta de lo talentoso que eres, papá —protesto — y, definitivamente, debes tener más confianza en ti mismo. Sal al mundo, sé ambicioso... —Me interrumpo; No, mi padre no es así. Él es tranquilo, amable y humilde. Todo lo que amo de él.

—Iré a preparar la cena. —Me quito el polvo de los vaqueros—. ¿Te parece si este fin de semana nos dedicamos a limpiar bien este cobertizo? Antes de que haga más frío.

—Solo si tienes tiempo, cariño.—Sonríe un poco—. Sería lindo.

—Es una cita.—Cierro la puerta detrás de mí y regreso por el jardín, pensando en qué puedo hacer para la cena.

Estoy parada al final del camino cuando Marvin clava los frenos de su nuevo y elegante compacto.

—Lindo auto —comento, mientras me subo y admiro el elegante tablero. El automóvil anterior de Marvin era un basurero. Me pregunto cuánto durará limpio y ordenado el nuevo.

—¿Compraste las tortas? —me pregunta, al tiempo que se aleja de la acera y regresa a la carretera.

—Sí.—Palmeo mi mochila—. Ocho pasteles de chocolate.

—¿Ocho?

—Dos para el personal de la biblioteca.

—Genial.—Marvin sube el volumen de la música, y mueve la cabeza al compás.

Hago una mueca cuando clava los frenos y evita por poco un autobús de doble piso—.Aún estoy acostumbrándome a conducirlo —articula en tono de disculpa.

Verifico que mi cinturón de seguridad esté puesto correctamente.

—¿Cuánto mides?

—Un metro noventa y cinco.

—Ah.

—Sé lo que piensas: por qué compré un auto tan pequeño, ¿verdad?

Le echo un vistazo. —Ciertamente, te ves un poco encorvado.

Palmea el volante. —Aunque no lo creas, este es el auto de mis sueños. Siempre quise un compacto.

—Yo sería feliz con cualquier auto —comento pensativa.

Pasamos por una extensión de exquisitos campos verdes, donde un grupo de niños juegan a patear una pelota.

—¿Te gusta vivir aquí? —pregunto.

—¿En Wolverhampton?—Marvin asiente—. Sí, claro. Es decir, no es el peor lugar del país para vivir.

—Me encantaría vivir junto al mar —suspiro—. Devon o Cornualles.Algún romántico pueblo pesquero donde pueda pasar mi tiempo escribiendo.

—Esos lugares están desolados en el invierno. —Marvin se toca la nariz a sabiendas—. Seguro que puedes escribir en donde sea que vivas.

—Hay demasiadas distracciones en casa; siempre hay algo por hacer.

—Me suena a que lo estás posponiento. —Marvin señala hacia la derecha, y la biblioteca aparece en el horizonte.

Es un edifico pequeño, pintado en blanco y negro, con una rampa que lleva hasta las puertas correderas y con dos coloridas macetas colgantes que se balancean en la brisa. Una de las participantes en el grupo de escritura está en la puerta, mordiéndose el pulgar. Nos saluda con la mano cuando nos ve entrar al estacionamiento cercano. Su nombre es Raveena y ha estado yendo al grupo desde hace seis meses. Habla fuerte y es alegre, con una afición por las malas palabras. Siempre estoy haciéndola callar y recordándole que las bibliotecas deberían ser lugares silenciosos y tranquilos. Las carcajadas de Raveena y su uso de lenguaje ofensivo casi hacen que nos expulsen en un par de ocasiones. Por suerte para mí, la bibliotecaria, Martha, tiene debilidad por mi padre y, hasta el momento, hasta ahora ha hecho caso omiso del ruido. Al bajar del auto y alcanzar a Marvin, veo la angustia en el rostro de Raveena.

—¡Cielos! —exclama Marvin por la comisura de su boca—. ¿Qué le sucede ahora?

Cada mes marca alguna catástrofe en la vida de Raveena. El mes anterior, perdió su trabajo y se pasó hablando del tema durante toda la reunión del grupo de escritura. Antes de eso, había tenido una terrible discusión con su suegra durante una boda asiática. A veces me pregunto por qué Raveena asiste al grupo de escritura: escribe muy poco y parece utilizarlo más como una terapia gratuita. Pero no tengo el valor para enfrentarla, así que lo dejo pasar, como hago con la mayoría de las cosas molestas en mi vida. Lou, la despreocupada: esa soy yo.

—Sé amable —le pido a Marvin.

—Si debo hacerlo... —murmura.

—Raveena, ¡hola!—Doy un paso atrás alarmada cuando ella corre hacia mí y apoya su menuda silueta contra mi pecho. ¿Mencioné que mido un metro setenta y ocho? Con mis tacos, la cabeza de Raveena me llega al pecho. Es menuda, con pelo negro suelto, los ojos oscuros más maravillosos y una silueta para morirse. Cuando la conocí, literalmente me estremecí de la envidia. Ella es así de hermosa.

—¡Lou! —gimotea—. Mi vida es un desastre.

Por encima de su cabeza, veo a Marvin voltear los ojos.

—Shhh —la tranquilizo—. ¿Qué sucede?

—Jay —resopla—. Se fue.

Sus palabras me impactan. Vi al marido de Raveena, Jay, unas pocas veces, y él siempre parecía perdidamente enamorado de ella. Se refería a ella como *su princesa* y la mimaba hasta el cansancio, según nos contaba ella. Parece que no todo era perfecto en el Paraíso.

—Emmm... Raveena... —Ella se aparta levemente de mí, y veo una mancha húmeda que se filtra por mi remera—.¿Estás segura de que debes estar aquí?

—Sí —asiente enérgicamente—. Necesito ver rostros amigos y de verdad me vendría bien una charla íntima, Lou.

—De acuerdo. —Hurgo en el bolso en busca de un pañuelo descartable—. ¿Qué tal si tomamos un café cuando termine la reunión?

—Por favor. —Raveena se suena la nariz—. No puedo creer que ese imbécil me haya hecho esto.

—Entremos —planteé con decisión—. Podemos hablar más tarde.

Los tres entramos a la biblioteca. Está oscuro. Pienso que es otra de las iniciativas del ayuntamiento para ahorrar dinero. Martha está en la máquina de autoservicio, explicándole a una mujer mayor cómo devolver sus libros de manera electrónica. Sonríe cuando me ve.

—Hola, Lou. Te reservé un par de mesas. Te presento a mi nuevo voluntario. —Saca a un hombre con anteojos de detrás de las estanterías—. Él es Guy.

—Hola —saludo con la mano.

—Louise está a cargo de la clase de escritura —le informa a su pupilo.

—Grupo —intervengo—, una reunión muy pequeña e informal.

—Ah, eso podría cambiar. —Una expresión de entusiasmo atraviesa el rostro de Martha—. Hice volantes.—Se acerca a su ordenado escritorio y regresa con una hoja. Me quedo mirando el papel brillante que me puso en la mano.

—Clase de escritura creativa —leo—. Explore su amor por la escritura en nuestra reunión mensual. Apto tanto para principiantes como para escritores más experimentados.—En la esquina derecha del volante, hay una foto mía rodeada de remolinos y de corazones, con un número de contacto de la biblioteca.

—Espero que no te moleste —comenta Martha—. Tomé la fotografía de tu perfil de Facebook.

Me muerdo el labio.

—No soy profesora, Martha. ¿Cuántos repartiste?— Imagino que cientos de personas se presentan, y una ola de miedo crece en mi interior.

Martha se ve ofendida. —No muchos. Hice el volante anoche. ¿No te gusta, Lou?

Suspiro aliviada y vuelvo a mirar el volante. —Es muy amable de tu parte el haber pensado en nosotros, pero tal vez... podrías solo promocionarlo aquí, dentro de la biblioteca.

—Es exactamente lo que pienso hacer. —Martha se acerca afanosamente a su escritorio, donde está esperando un cliente, y yo me vuelvo hacia Marvin y Raveena, quienes están susurrando.

—Parece que nuestra pequeña reunión podría ampliarse —comenta Marvin.

—Me gusta nuestro pequeño grupo —señalo sacudiendo la cabeza. Me dirijo con paso airado hacia las mesas, y apoyo la caja con fuerza—.Vamos a organizarnos.

CAPÍTULO 7

Marvin volvió a abrir el paquete de galletitas demasiado pronto. Hay migas esparcidas por la mesa, y está masticando la cuarta. Le quito el paquete antes de que se acaben, justo cuando entra Freya, seguida por el señor y la señora Montgomery. Estamos los seis; nuestro grupo de escritura está completo.

De inmediato, Raveena está llorando sobre el hombro de Esther Montgomery. Esther es una mujer escultural y despampanante, con pómulos definidos y un peinado cardado. Es más alta que yo, elegante y con clase, y usa ropa y anteojos de diseñador. La observo darle unas palmaditas en la cabeza a Raveena y me indigna que, otra vez, Raveena está apropiándose del grupo de escritura con sus problemas personales. El señor Montgomery es menudo en comparación, pero es igual de elegante como su esposa. Su nombre es Alfred, siempre lleva puesto traje y corbata, y es todo un caballero a la antigua. Detrás está Freya, una linda y pícara joven de veintitantos de años. Es aprendiz de química y tiene una hija de dos años. Es la integrante más callada del grupo. He pasado los últimos tres meses convenciéndola con amabilidad de salir de su caparazón y, finalmente, en la última reunión, ella compartió un poema que había escrito sobre narcisos. Me gusta nuestro grupo ecléctico; se han convertido en amigos como así también en compañeros de escritura.

—Odio al bastardo —estalla Raveena.Martha, la bibliotecaria, se da vuelta y la mira con desaprobación.

—¿Nos sentamos? —Les hago señas para que apoyen sus traseros en las sillas—. Raveena, ven a sentarte a mi lado.— Palmeo la silla vacía, y ella se acerca despacio. Marvin comienza a conversar con el señor y la señora Montgomery sobre lo qué estaba sucediendo en las telenovelas actualmente. Freya está sacando material de escritura del bolso, y Raveena sigue quejándose de su marido "desgraciado".

—¿Comenzamos, entonces? —propongo con alegría—. ¿Alguien quiere compartir algo que haya escrito durante el último mes?

—Yo escribí un cuento. —La señora Montgomery se toca el costado de su perfecto peinado.

—Es muy bueno —señala su marido con orgullo.

—Adelante —la aliento—. Oigámoslo.

Esther nos lee lentamente y pronunciando perfectamente las palabras. Me recuerda a los antiguos presentadores de televisión, cuando los programas se transmitían en blanco y negro. Marvin dice que ella habla como la reina, y estoy de acuerdo. La señora Montgomery es originaria de la zona más elegante de Londres, pero se mudó a Midlands cuando se casó con Alfred. No hay nada de lenguaje coloquial ni dialecto propio de Midlands en su retórica. Me relajo en la silla y la escucho leer. Es una historia agradable y la aplaudimos cuando termina. Luego, es el turno de Marvin. Está muy ansioso por leer el siguiente capítulo de su novela de detectives y está muy eufórico. Gesticula con las manos y levanta el tono de voz, en especial, durante la escena en la que hay una apasionante persecución de autos.

—Muy bien —expreso cuando termina y exhala con fuerza—.Freya... ¿Tienes algo que quieras compartir con nosotros?

—Yo... emmm, escribí otro poema. —Se sonroja un poco cuando todos volteamos a verla.

—Genial. —Asiento en señal de entusiasmo—. ¿Quieres leerlo?

Freya respira profundamente, y comienza. Al principio, le tiembla la voz, pero pronto su confianza crece. Es un poema adorable, acerca del amor entre una madre y su hijo. Martha, la bibliotecaria, se detiene para escucharla y, cuando Freya termina, se limpia una lágrima. —Eso fue hermoso.

—Fue muy conmovedor. —Vuelvo mi atención hacia Alfred.

Él sacude la cabeza. —Lo siento, estuve ocupado en el invernadero. La señora Montgomery insiste en que cultive toda clase de verduras para sus guisos.

—Tampoco tuve oportunidad de escribir algo —resopla Raveena—. Lo siento.

—No hay problema —afirmo con una sonrisa—. Supongo que debería leer lo que estuve preparando.

Esther Montgomery aplaude. —Sí, hazlo, por favor.

Me aclaro la garganta.

—Es otro cuento infantil.

—Me encanta escuchar cuentos infantiles —afirma Alfred.

—¿Es para los más pequeños? —pregunta Marvin.

—Sí. —Organizo los papeles—. Es un cuento ilustrado para niños de entre dos y cinco años, y se llama *El tiburón que perdió los dientes.*Comienzo a leer:

Finlay era un tiburón orgulloso.

Era el tiburón más rápido del océano Pacífico.

Finlay tenía una aleta alta y ojos negros redondos y brillantes, y GRANDES dientes.

Finlay era muy rápido.

Pasaba zumbando por el agua, rugiendo y chasqueando su ENORME mandíbula y agitando su poderosa cola.

Adoraba dar miedo.

Todas las otras criaturas del océano salían disparadas cuando Finlay aparecía.

Hasta Billy, la ENORME ballena azul, le tenía miedo a Finlay.

"Soy el rey del océano", rugía Finlay.

Un día, Finlay estaba aburrido.

Tenía la panza llena y nada por hacer.

Podía ver que el sol brillaba sobre las olas y podía escuchar los ruidos provenientes de la superficie.

Finlay olfateó el agua.

Podía oler más comida deliciosa.

Decidió abandonar la seguridad del fondo del mar y subir a la superficie.

Finlay SUBIÓ, SUBIÓ, SUBIÓ, siguiendo las luces y el ruido.

"¡VOY A ATRAPARTE!", gritó el malo de Finlay.

Asomó la cabeza sobre las olas.

A la distancia, pudo ver el bote de un pescador.

—¡AC-AC! —graznó una gaviota aleteando—. Vuelve abajo, Finlay. No es seguro aquí arriba.

—Vete, tonta ave —gruñó Finlay—. NO LE TENGO MIEDO A NADA.

Nadó rápido hasta el bote.

El pescador gritó:

—¡TIBURÓN! Traigan las redes.

Finlay rio.

—Personas tontas, ¡ustedes no son rivales para mí!

Agitó la cola con fuerza, y creó una ola grande, que sacudió el bote.

Los pescadores dieron un grito ahogado, y Finlay saltó alto en el aire.

Pero, a medida que bajaba, sintió que algo pesado caía sobre él.

Era una red.

Los pescadores aplaudían, ¡y Finlay estaba atrapado!

Entonces, comenzaron a tirar y arrastrar a Finlay hacia el bote.

Finlay agitaba la cola y rugía furioso. Pero seguía ATRAPADO.

Finlay sopló en la red con todas sus fuerzas, pero seguía ATRAPADO.

Finlay decidió utilizar sus dientes FILOSOS.

Crunch, crunch, crunch. *Mordió la red y, de a poco, hizo unagujero.*

¡Finlay quedó libre! Nadó a través del agujero y bajó hasta la seguridad del fondo del mar.

Los pescadores se alejaron lentamente en el bote, y todo quedó en silencio en el océano.

Finlay estaba cansado y decidió dormir un poco.

Cuando despertó, le dolía la boca.

Sabrina, la hermosa pez ángel, estaba observándolo.

—¡Vete!—El malo de Finlay estaba de mal humor, y sentía frías las encías.

—Tus dientes, Finlay —señaló Sabrina—, ¡ya no están!

Finlay utilizó su lengua resbaladiza para tocarse. Sabrina tenía razón: ¡se le habían caído todos los dientes!

—OH, NO —gimoteó—. ¿Qué haré sin mis dientes? ¡Ayuda! —gritó—.¡Ayuda!

Pero todos los demás peces se fueron nadando—.¿Por qué nadie quiere ayudarme?

Derramaba gruesas lágrimas saladas.

—Es porque das mucho miedo, Finlay —explicó con amabilidad Sabrina, la pez ángel—.Debes ser amable. Debes ser bueno.

—No sé cómo hacerlo —lloriqueó Finlay y hundió el hocico en la arena.

—Seré tu amiga, Finlay. —Sabrina sonrió, y nadó a su alrededor—. Ven conmigo.

Finlay siguió a Sabrina a través de los remolinos y de las praderas marinas.

—Tengo hambre —se quejó Finlay—, pero ¿cómo puedo comer sin mis dientes?

—Debes comer plantas.—Sabrina le mostró algunos tallos verdes ondulantes,que estaban pegados a una roca.

Finlay se los tragó enteros.

—Son bastante deliciosos. —Se lamió los labios. Había otros peces comiendo lo mismo. Finlay les gruñó—: Váyanse.

—¡Detente!—exclamó Sabrina—. Recuerda que debes ser amable, Finlay. Debes compartir.

De a poco, Finlay aprendió a compartir.

De a poco, Finlay aprendió a ser amable.

De a poco, Finlay aprendió a jugar.

Finlay comenzó a agradarle a todas las demás criaturas del océano.

Finlay ya no era malo.

Finlay era bueno.

Nadaba con los pingüinos y permitía que el cariñoso pulpo lo abrazara.

Jugaba a las escondidas con los peces bebé y hasta dejaba que la trucha de labios grandes lo besara.

Finlay dejó de gruñir y de gritar.

Finlay comenzó a reír y a divertirse.

Ayudaba a la vieja morsa a treparse a las rocas.

Incluso dejó de maltratar a las codiciosas gaviotas.

Por las noches, Finlay dormía en el fondo del mar con las mantarrayas.

Por primera vez, Finlay era feliz. Se acurrucó junto a Sabrina, la pez ángel, y le mostró la sonrisa más grande y desdentada de todo el océano.

—Gracias, Sabrina, por mostrarme cómo ser amable y bueno. Gracias por ser mi amiga y por ayudarme.

Mientras nadaban juntos rápidamente por el océano, Finlay rio por lo bajo—. Tal vez el hecho de haber perdido mis dientes no fue algo malo después de todo.

Hay silencio en la biblioteca. Echo un vistazo a los rostros familiares, intentando deducir si les gustó mi historia.

—Eso fue encantador —expresa Raveena para romper el silencio.

Exhalo aliviada, al tiempo que se suman los demás.

—¿Cómo se te ocurrió la idea? —pregunta la señora Montgomery—. Siempre quise escribir ficción infantil, pero fracasé por completo.

—No es un género fácil de escribir —admito—. Primero suelo pensar en un tema o en un lugar. En este caso, pensaba en las criaturas que viven en el mar. Tengo todo una lista de borradores de historias en casa; ahora solo tengo que ponerme en marcha y escribirlas.—Saco del bolso los pastelillos de chocolate—. ¿Tomamos un descanso?

Todos estamos muy agradecidos con Martha por permitirnos utilizar su tetera y unas bolsitas de té. Dejo algo de dinero para darle las gracias por su amabilidad. Marvin me sigue hasta la pequeña sala de personal. Está masticando el extremo de una lapicera y se ve extrañamente nervioso.

—¿Qué sucede? —le pregunto, mientras coloco las tazas y el azúcar en una bandeja.

—Tengo que decirte algo —comienza a explicar—. *Nosotros* tenemos que decirte algo.

Veo que el resto del grupo de escritura llenó la sala y están agrupados detrás de Marvin.

—¿Qué han hecho? —bromeo. Marvin tiene una expresión seria; la misma que tiene cuando está adornando las galletitas con una manga. Trago saliva—. Están poniéndome nerviosa.

Esther se acerca a mí con las manos extendidas.

—Son buenas noticias, cariño.

Detrás de ella, Albert asiente.

—Estupendas noticias.

Les permito llevarme de regreso a la mesa. Freya lleva la bebida y la reparte.

—Entonces, Lou, ¿recuerdas que, hace unos meses, nos contaste... emmm, sobre esa competencia local de escritura?

Me rasco la oreja.

—Te refieres al concurso Nuevos Talentos de West Midlands.

—Esa es. —Marvin me señala con sus dos índices. Veo que una enorme sonrisa se dibuja en su rostro.

—¡Oh, cielos!, ¿alguno de ustedes participó?

—Emmm... No exactamente. —Marvin vuelve a tener esa actitud sospechosa.

Esther Montgomery da una palmada en la mano de Marvin.

—Lo que Marvin intenta decir es que todos nosotros creemos que eres muy talentosa, Lou.

—Gracias —expreso con una sonrisa amable—. ¡Ustedes también!—Espero a que ella o alguien continúe, pero todos permanecen con la boca cerrada—.Por todos los santos, ¿qué sucede?

Entonces, Marvin hace algo bastante cómico: Inhala profundo y habla de corrido en un mismo tono:

—Cuando no estabas mirando, fotocopié una de tus historias infantiles y la envié al concurso.

Me quedo mirándolo.

—¿Es una broma?

—¡Ganaste, Lou!—Da un puñetazo en el aire, mientras los demás gritaban con entusiasmo.

—A ver si entendí bien. —Echo un vistazo al círculo de rostros inquietos. Deben de estar preocupados por mi reacción porque el punto es que actuaron a mis espaldas y se metieron con una obra que, claramente, tiene derechos de autor, sin mi consentimiento ni aprobación. Siento algo de indignación en el estómago—. ¿Enviaron mi trabajo al concurso a escondidas?

—Emmm... Supongo. —Marvin tose, y mueve el peso del cuerpo de un pie al otro.

Esther se acerca a mí.

—Sabíamos que jamás participarías por tu cuenta. Eres muy humilde respecto de tu talento, Louise.

—Así que pensamos en hacerlo por ti —continúa Alfred.

Raveena sonríe.

—Y ganaste.

Miro a Freya.

—¿Tú también sabías sobre esto?

Ella asiente.

—Quería contarte, pero los otros... Todos creímos que jamás estarías de acuerdo.

—Claro que no lo estaría —bufó Marvin—. ¿Importa algo de todo esto? Ganaste, Lou, eres la maldita ganadora.

Permito que una sonrisa aparezca en mi rostro.

—¿Gané?

—¡Sí! —gritaron todos al unísono.

—Pero ¿cuál enviaron?—La cabeza me da vueltas, y me apoyo en la mesa para sostenerme.

—El de la mariquita rebelde —responde Marvin con satisfacción.

—¿*Es más seguro sobre el girasol?* —pregunto recordando el título—. ¿Lo revisaron?

—Sí, verificamos si tenía errores, pero estaba perfecto, Lou.

—Igual que tú —expresa Esther con una sonrisa franca.

—Supongo que... —Suelto un suspiro agitado— debería agradecerles.

—No es necesario —afirma Marvin con remilgo—.Tenían casi mil concursantes, ¿sabes? Eso prueba mi punto de que eres lo suficientemente buena como para convertirte en una autora publicada.

Sacudo la cabeza.

—No puedo creer que haya ganado. Por cierto, ¿qué gané?

Marvin chasquea los dedos.

—Prepárate para maravillarte porque tú, Louise Henry, ganaste una semana en un retiro de escritores. ¿No es absolutamente maravilloso?

CAPÍTULO 8

El viernes por la noche, recibo un mensaje de Darren Walker en el que me pregunta si podemos posponer nuestra cena por una semana. Está participando de una competencia de billar en el Feathery Duck y, al parecer, es muy importante. Decido salir con Heather... al Feathery Duck, por supuesto. No es que esté vigilándolo, pero no hay muchos otros bares en la zona, y no me apetece tomar el autobús hasta el centro de la ciudad, con todos los borrachos y hombre de mirada lasciva. Camino hasta la casa de Heather con el paraguas abierto. Está lloviendo torrencialmente otra vez, y la temperatura ha caído. Tengo el abrigo cerrado hasta la barbilla y llevo puesto uno de los viejos gorros de lana de mi madre. Estoy esperando con ansias dormir hasta tarde mañana. No paseo perros los domingos.

El padre de Heather abre la puerta con un billete de lotería en la mano.

—Creí que había ganado a lo grande —explica—, pero solo salieron tres números. ¿Igual me gané diez libras?

—No estoy segura —contesto, mientras me limpio los zapatos en la alfombrilla antes de entrar—. Nunca juego.

—Chica inteligente. —El señor McCarthy abre la puerta que da a la sala de estar—. Siéntate, querida.¿Quieres una taza de té?

—No, gracias. —Rodeo al hermano de ocho años de Heather, que está despatarrado en el piso, jugando con los ladrillitos Lego. La señora McCarthy está sentada en el sofá, pintando.

—Otra emocionante noche de sábado en casa. —Levanta la mirada hacia mí—. Hola, Lou.

—Hola. —Me dejo caer en el sillón y, de inmediato, el gato trepa a mi regazo. Entre ronroneos, Marmalade flexiona las garras y me olfatea la barbilla. Sentí un relámpago de inspiración; qué gran idea para un cuento infantil: un gato extraterrestre, que aterriza en el jardín de un niño. Tendría poderes especiales, por supuesto, y tal vez podría volar. Ojala hubiese llevado mi cuaderno. Quizá podría escribirlo en la aplicación de notas de mi móvil.

—¿Lou?—La señora McCarthy me observa.

—Lo siento —respondo—. Estaba pensando en... el trabajo.

—Pregunté cómo estaba tu padre.

—Está bien, gracias.

—¿Y tu hermano?

—Sigue siendo travieso —contesto riendo.

La señora McCarthy cruza las piernas.

—Como todos los varones. Heather era una niña muy buena y tranquila, pero Brandon es como su padre: ruidoso y temperamental. ¿Quién hubiera pensado que yo tendría otro niño a mi edad?—Sigue charlando sobre su familia extendida, que vive en Irlanda, y sobre su fallecida madre, quien había dado a luz a nueve niños—.En ese entonces, la crianza de los hijos era un trabajo de tiempo completo. Nada de volver a trabajar después de tres meses. No sé cómo se las arreglaba. Tenía la energía de diez hombres y una voluntad de hierro. Nos peleábamos por ocultarnos en el sótano donde almacenábamos el carbón cuando ella estaba de mal humor. Era así de aterradora. Una matriarca propiamente dicha.

Heather entra haciendo ruido, colocándose una campera de cuero.

—Los viejos tiempos, ¿no, mami? —bromea—. Pero estás aburriendo a Lou.

—No la escuche —le digo a la madre de Heather—. Adoro escuchar sus historias.

—Nos vamos. —Heather me toma del brazo y me hace poner de pie.

—Adiós —saludo a los padres de Heather. Brandon gruñe cuando lo saludo a él.

Heather y yo vamos dando saltos tomadas del brazo por el pasillo; ambas estamos muy alegres. No puedo evitar burlarme un poco de ella.

—¿Tu mami sabe sobre Marcus?

—Por supuesto que no —contesta Heather—. Y así seguirá, así que baja la voz. Además... —Heather sonríe con suficiencia al abrir la puerta—. Ese hombre es historia. No conozco a nadie llamado Marcus.

—Esa es la actitud —expreso, mientras salgo a la lluvia torrencial.

Corremos hasta el bar. Estoy sin aliento, toso y respiro con dificultad, y me apoyo contra la pared de ladrillos. Heather tiene cinco años más que yo, pero está en mejor forma. Calculo que se debe a todo el tiempo que pasa en el gimnasio.

El bar está lleno de gente. Hay un hombre y una mujer junto al tablero de dardos cantando a viva voz una canción de Aretha Franklin. Hago una mueca cuando chillan con una nota aguda. Heather observa el lugar en busca de una mesa;

encuentra los últimos dos lugares junto al baño de hombres, y apoya su bolso.

—Traeré las bebidas. —Me abro paso entre la multitud hasta el bar y ordeno una botella de Prosecco. Echo un vistazo rápido y veo a Darren apoyado de manera casual sobre la mesa de billar. Me sopla un beso cuando me ve observándolo. Se ve bien en sus vaqueros gastados y camisa a cuadros. Tiene el pelo rubio peinado hacia atrás, y sus dientes brillan cuando habla. Una mujer cerca de él se retuerce un mechón de cabello y lo mira con admiración. Suspiro por dentro, volteo, y regreso lentamente hasta donde está Heather.

—Entonces, ¿todo está definitivamente acabado entre tú y Marcus? —pregunto apoyando el vino espumante sobre la mesa.

—Cuidado con la espuma, Lou. —Heather sacude la cabeza cuando comienza a brotar de la botella—.No te mentiré. Lo extraño con locura, pero alguien lo bloqueó.

—Bien.—Sirvo la bebida, y tomo un poco.

Heather ladea la cabeza en dirección a la mesa de billar.

—No puedo creer que aceptaras salir con él.

—Es solo una comida. —Suspiro—. ¿Podemos hablar de otra cosa?

—Sí.—Heather me toma la mano—. Puedes contarme todo sobre ese concurso que ganaste.

—No sé mucho sobre el tema —respondo—.Básicamente, es una semana de estadía en un lugar llamado Cannock Chase...

—Continúa... —me alienta ella.

—Por supuesto que no puedo ir. —Abro el paquete de nueces, y estas se desparraman por la mesa.

—¿Qué?—Heather entrecerró los ojos—. ¿Estás loca? Esta es una excelente oportunidad para que te relaciones con otros escritores y para que termines esa novela de la que hablas hace tiempo.

Me encojo de hombros.

—Suena bien.

—¿Por qué no puedes ir? —pregunta Heather con aspereza.

Me inclino hacia atrás en la banqueta, y casi me caigo.

—¿Qué hay de mi padre y Robbie? ¿Quién los cuidará?

—¿Hablas en serio, Lou? —Heather agita un dedo—. Tu padre tiene ¿cuánto?, ¿casi cincuenta? Estoy segura de que puede manejarse sin ti por una semana. En cuanto a tu hermano, nunca conocí a un muchacho más práctico que él.

Sacudo la cabeza con rapidez.

—Papá es... frágil y necesita que lo cuiden.

—Hace diez años que dices eso, Lou. —Heather me frota el brazo—. ¿Cuándo comenzarás a cuidarte a ti misma?

Hundo el rostro entre las manos.

—Simplemente, no es un buen momento.

—Nunca será un buen momento del todo. —Heather me sacude por los hombros—. Louise Henry, tú te irás porque yo cuidaré de tu padre por una semana.

—¿Lo harás?—Me quedo mirándola, incrédula.

—Claro que sí. —Ella resopla—. Puede ir a casa a cenar, y también tu hermano. Mi madre estará como pez en el agua: ya sabes cuánto le agrada tu padre.

La miro con un ojo abierto.

—¿Estás segura?

—Absolutamente. Ahora sírveme otro trago, mujer, y podremos planear qué vestirás en tu cita romántica de la próxima semana.

Darren Walker se va una hora más tarde con un grupo de muchachos escandalosos del equipo de fútbol. Él no se acerca a despedirse, y yo no voy a buscarlo. Me pregunto por qué accedí a salir a cenar con él. No es el más atento de los hombres, y me siento completamente ignorada y abatida. Heather planea una venganza contra él y parece decidida a que yo coma todo lo que pueda y a que ordene el vino más caro en nuestra especie de cita de la semana siguiente.

—Llega tarde, hazlo gastar todo su dinero y luego vete temprano como toda una diva —plantea ella con un brillo maligno en los ojos—.Dile que irás a la ciudad con las chicas.

Asiento a medida que expone su plan. Hemos consumido los maníes y pasamos a las papas fritas. Nos quejamos sobre nuestro peso mientras nos llenamos la boca, y prometemos comenzar a comer más sano a partir del lunes. Para las once, ya hemos acabado otra botella de vino, y me siento algo entonada. Cantamos a coro con la banda y saltamos alrededor de nuestra mesa, hasta que el personal del bar nos dice que nos vayamos a casa.

Me despido de mi mejor amiga en la esquina de mi casa y la observo mientras se va bamboleándose en dirección contraria. Cuando llego a casa, mi padre aún está despierto, mirando *Newsnight*. Le encanta un debate sano, en especial, sobre política. Me siento en el apoyabrazos del sofá, suelto un hipo enorme y me caigo de costado. Mi padre pone el televisor en silencio y ríe, mientras yo intento enderezarme.

—¿Te divertiste esta noche?

—Fue la mejor —respondo—. Tocó un dúo. Animó el lugar. —Me deslizo por el frío cuero para palmearle la rodilla—. ¿Por qué no vienes con nosotras un fin de semana?

—¿Contigo y con Heather?—Sacude la cabeza, con un brillo de alegría en los ojos—.No quisiera arruinarles la diversión.

—Nos encantaría tenerte con nosotras —protesto—. ¿Dónde está Robbie?

—Viendo alguna horrible película de terror. Su amigo se queda a dormir.

Gruño; eso significa que se quedarán haciendo ruido hasta

la madrugada. Mi móvil suena en mi bolsillo trasero, y me muevo para sacarlo.

—Dile —leo en voz alta el mensaje de Heather.

—¿Decirme qué?—Mi padre se cruza de brazos.

—Te lo diré. —Me pongo de pie—. Pero primero necesito agua. ¿Quieres una taza de té?

Mi padre ríe por lo bajo al ver que me bamboleo.

—No, gracias. Estaré yendo al baño toda la noche si tomo algo a esta hora.

—Claro. —Señalo la puerta—. No tardaré.—Regreso con el agua y la bebo con mucha sed—.Papá, sabes que me gusta escribir, al igual que a ti te gusta pintar y a Robbie le gusta la música.

—Sí, cariño. —Mi padre palmea el almohadón vacío a su lado. Doy vueltas de manera insegura, como una polilla gigante.

—Gané un concurso... por mis escritos.

—¿Ah, sí?—Los ojos de mi padre se iluminan—. Es maravilloso, Lou. ¿Cuál es el premio?

—Emmm... Quieren que pase una semana en un retiro de escritores, en el campo, papá.

—¿Quieres decir que pasarás también las noches?—Levanta una de sus cejas en señal de sorpresa.

—Sí —asiento—, aunque no pensaba ir. No me gusta la idea de dejarlos a ti y a Robbie...

Mi padre levanta una mano.

—Detente, Lou. Por supuesto que debes ir. Robbie y yo estaremos bien.

—La señora McCarthy te invitó a cenar, y a Robbie también, y puedo llenar la heladera de comida.

—No hay problema. —Mi padre sonríe—. De verdad, Lou. Esta es una experiencia maravillosa. Te prohíbo que te la pierdas.

—De acuerdo. —Hago una pequeña danza en el lugar.

—Sabía que tenías el talento. —Mi padre me mira—. Mi hija, la escritora.

—Aspirante a escritora —lo corrijo.

Mi padre se pone de pie y me levanta para abrazarme. Huele a jabón y a las mentas que tanto le gustan.

—Bien hecho, cariño, estoy muy orgulloso de ti.

Le devuelvo el abrazo con los ojos llenos de lágrimas al pensar en mi madre—.Debemos irnos a dormir, pero quiero que me cuentes todo sobre el tema por la mañana.

—Está bien —accedo con alegría—. ¿Quieres que cierre con llave?

—Yo lo haré. Tú ve arriba.

Subo la escalera con un paso saltarín por la felicidad, mientras mi padre cierra las puertas con llave y quedamos a salvo en nuestro pequeño mundo.

CAPÍTULO 9

A la semana siguiente, es la reunión de padres de Robbie. El martes termino de trabajar temprano, corro al supermercado y, mientras estoy preparando un guiso para más tarde, Robbie se acerca por el pasillo haciendo ruido y entra a la cocina con el ceño fruncido.

—Hola —lo saludo mirándolo—. ¿Qué tal la escuela?

—Aburrida —murmura, y se deja caer en una banqueta de madera.

—Entonces, ¿qué aprendiste hoy?

Robbie voltea los ojos.

—No tengo cinco, Lou.

—Lo siento. —Sonrío en señal de disculpas.

—Doble francés. —Se saca una bota—. *Très mal.*

—*Non* —río—, ¡*très bien*!

Robbie sacude la cabeza, pero ríe por lo bajo.

—¿Dónde está papá?

—¿Dónde crees? —respondo, y señalo con la cabeza hacia el jardín.

Camina descalzo hasta mí, y le paso la cuchara para que pruebe la comida.

—Más sal —sugiere.

—Sí, señor. —Sacudo el salero sobre la olla.

—¿Puede Ade cenar con nosotros hoy?—El pelo de Robbie cae sobre su frente, y le tapa los ojos.

—Hoy es la reunión de padres —contesto—. Estaremos un poco apurados.

—Le dije que no te molestaría. Las cosas están un poco tensas en su casa.

Asiento con empatía.

—¿Sus padres siguen discutiendo?

—Sí. No sé por qué no se divorcian y ya.

—Puede venir —accedo—, pero no puede quedarse por mucho tiempo.

—Genial —Robbie toma el móvil de inmediato—. ¿Hay algo de postre?

—Rosquillas —respondo asintiendo—, de las rellenas con mermelada. Ya que no estás haciendo nada, podrías poner la mesa y vaciar el cubo de la basura.—Revuelvo el guiso mientras Robbie pone los cubiertos. Se abre la puerta trasera y mi padre se quita los zapatos manchados con pintura antes de entrar —.Hola, papá —saludo con una sonrisa amplia—. ¿Quieres puré de papas o papas hervidas?

—Lo que prefieran ustedes.

—Puré, entonces —decido. Mi padre se acerca a la pileta, y se sirve algo de jugo. Converso con él sin darme vuelta, y le cuento sobre mi día—:Estuvo muy ajetreado. Se agotaron las baguettes y la mayoría de las tortas. No tuve tiempo para tomarme la hora de almuerzo porque dos compañeros faltaron por enfermedad.

—Deberías descansar esta tarde. No hagas más cosas en la casa.

Lo miro con expresión inquisitiva.

—¿Lo olvidaste, papá? Es la reunión de padres de la clase de Robbie.

Mi padre se da una palmada en la frente.

—Mi mente es como un colador.

—Oh, está bien —contesto—. De todos modos, tengo la sensación de que nos darán un informe brillante sobre mi hermanito.

Robbie me mira de manera extraña, y luego desaparece con la bolsa repleta de basura.

Media hora más tarde, estamos sentados a la mesa con dos invitados: Ade y la tía Josie. Preparé un guiso gigantesco, los platos están llenos hasta arriba, y aún queda un poco. Ade come como si nunca hubiera tenido comida. Antes de que yo lleguara a la mitad de mi plato, el suyo ya estaba vacío.

—¿Quieres algo de pan? —pregunto con amabilidad.

Él asiente rápidamente, así que mando a Robbie a sacar dos rebanadas de la panera.

—¿Cómo te va en la escuela? —le pregunto mientras corto mi pollo.

—Está bien. —Ade se encoge de hombros, y pasa el pan por la salsa.

—¿Darás los exámenes de nivel avanzado el próximo año? —insistí.

—No lo sé. —Vuelve a encogerse de hombros.

—¿Qué quieres estudiar? —interviene la tía Josie. La respuesta de Ade es la misma de antes.

—Yo siempre supe que quería ser enfermera. —La tía Josie se limpia la boca con una servilleta de papel—.Aunque los exámenes me costaron. No tenía talento natural.—Se vuelve hacia mí—. En cambio, tu madre, Lou, era una enfermera nata, tanto académica como emocionalmente.

—Amaba su trabajo —señala mi padre con tristeza—.Tenía

manos sanadoras y un corazón lleno de compasión por sus pacientes.

Levanto mi copa en alto.

—Brindo por una enfermera brillante.

—Creo que deberíamos brindar por Lou. —La tía Josie mira a todos en la mesa—. Por haber ganado el concurso de escritura. Tu madre estaría muy orgullosa, querida.

—Gracias —murmuro mientras todos chocamos las copas.

Ade suelta una risita tonta.

—Es genial que seas escritora. ¿Serás famosa como Stephen King?

—Dudo de que alguna vez llegue a tanto —comento con una sonrisa—.Pero es muy tierno de tu parte.

Ade se sonroja y se queda mirando el plato vacío. Puedo ver que Robbie sacude la cabeza con vergüenza, y decido dejarlos solos para que conversen. Mi padre y la tía Josie se enredaron en un acalorado debate sobre política, y yo estoy soñando despierta con otra historia para niños para la que tuve una idea.

Cuando terminamos las rosquillas y los platos y ollas están limpios y guardados, nos sentamos en la sala de estar. Robbie y Ade suben a la habitación de mi hermano para practicar música. El sonido de guitarras estruendosas retumba encima de nosotros. La tía Josie lleva una mano a su garganta.

—No podría vivir con todo ese ruido —señala—. ¿No les da dolor de cabeza?

—Nos hemos acostumbrado —responde mi padre mientras abre el diario.

—Yo estoy feliz de que no estén causando problemas en la calle.

—Eso es cierto. —La tía Josie resopla—. Ya debería irme. Quiero llegar a casa a tiempo para mis telenovelas.—Se levanta con dificultad y le da un beso a su hermano en la mejilla. La acompaño hasta la puerta principal y me sorprendo cuando me abraza con fuerza—.Bien hecho por haber ganado, Lou. Tendrás éxito como autora; recuerda mis palabras.

—Espero que sí. —Me aparto con amabilidad.

—Eres una buena chica —señala con una palmadita en mi mejilla—. Ahora sal y sé exitosa.

Después de que la tía Josie se fue, subo la escalera y me meto a la ducha. El agua me recorre el rostro y el cuerpo revitalizándome, purificándome. Limpio el vapor del espejo y me quedo mirando mi reflejo mientras me cepillo los dientes. El pelo me ha crecido y cae en ondas por mi espalda.Tengo las mejillas sonrosadas, y mis ojos azules brillan en la tenue luz del baño. Me envuelvo en una toalla y camino hasta mi dormitorio. Me pongo un par de vaqueros limpios y una blusa ligera, y me siento en la cama para ponerme las medias y los zapatos. Puedo oír a Robbie y a Ade debatiendo sobre a qué hora se reunirán al día siguiente, luego los pasos por la escalera y el golpe de la puerta cuando Ade se marcha. Un rápido cepillado del cabello,aplico brillo labial, y estoy lista.

Cuando bajo las escaleras, me sorprende ver a mi padre con camisa y corbata.

—Te ves elegante —le digo.

—Pensé en hacer el esfuerzo. No quiero que los profesores de Robbie crean que somos una familia de holgazanes.

—Lou, no encuentro mi remera negra. —Robbie entra a la sala con el torso desnudo.

—Probablemente, esté para planchar —contesto sin darle importancia—. ¿No puedes ponerte otra?—Robbie se acerca el canasto y comienza a rebuscar entre la pila de ropa—.Déjame a mí. —Resoplo, y saco la tabla de planchar del armario bajo la escalera.Robbie se enmaraña el pelo mientras le plancho la remera. Lo miro con aprobación; es un muchacho atractivo, alto y moreno. Se parece a mi padre. Mientras que yo soy la viva imagen de mi madre—.Aquí tienes. —Le paso la remera y luego voy a ponerme el abrigo—.¿Nos vamos?

Robbie se alisa la remera.

—Terminemos con esto.

Cuando llegamos a la Academia Hayes, es como un viaje por la ruta de los recuerdos. Se ve exactamente como cuando yo asistía, y la mayoría de los docentes aún continúa allí. Entramos por la puerta principal, y retrocedo diez años en el tiempo. Una jovencita desgarbada, que solía subirse la cinturilla de la falda y hacía globos con el chicle para explotarlos con actitud desafiante. La recepcionista, una mujer de pelo blanco y barbilla peluda, me mira por encima de los anteojos.

—Hola, Louise —me saluda con alegría—, es bueno verte otra vez.

—Hola. —Me inclino para firmar el formulario que me entrega y busco el nombre de Robbie en la lista.

Me siento completamente avergonzada: mis compañeros problemáticos y yo solíamos burlarnos mucho de ella. En ese momento, solo parece una dulce anciana que hace un duro trabajo.

Robbie toma el formulario que le entrega. Tiene todos los docentes que debemos ver en los horarios asignados.

—Por allí. —La mujer señala el salón de actos, donde ya hay un grupo de padres. La directora está en la puerta, sonriendo y estrechando las manos de los que tienen el coraje de entrar. Espero que las recientes ausencias de mi hermanito hayan quedado olvidadas, y me acerco con indecisión.

—Ah, señor Henry. —La señora Frostrich asiente ante mi padre—. Y señorita Henry. Bienvenidos.— Ambos sonreímos

como tontos y caminamos para pasar a su lado—.¡Señor Henry!
—Detiene nuestro escape—. ¿Dónde está Robbie?

Echo un vistazo alrededor y lo veo escondido detrás de una planta alta, conversando con dos niñas.

—Yo, emmm... solo... —Señalo en su dirección y huyo. Dejo a mi padre solo para lidiar con la temible directora.

—Robbie —lo llamo entre dientes—, ven aquí.

Las dos niñas con las que está hablando comienzan a reír por lo bajo, al tiempo que él se acerca a mí.

—¿Tienes que avergonzarme así? —murmura con las manos en los bolsillos.

—Bueno, ¿puedes quedarte con nosotros, por favor...? Al menos hasta que esto termine.

—Odio esta escuela. —Robbie arrastra las zapatillas sobre el piso hasta que rechinan.

—Shhh, la directora está hablando con papá, y espero que sea por una buena razón.—Guío a un Robbie con expresión rebelde hacia la puerta.

—¿Todo bien? —pregunto con una sonrisa.

La señora Frostrich muestra una sonrisa tensa.

—Le contaba a su padre sobre nuestro nuevo departamento de arte. Parece que Robbie heredó el gen creativo; me alegró leer un buen informe de su profesora de dibujo.

—Oh, eso es fabuloso —exclamo sonriente, orgullosa de mi hermanito—.Creo que ella es la primera con la que debemos reunirnos...

La señora Frostrich ya está hablando con otra persona. Mi padre se alejó caminando y está observando un tablero de collage colgado de la pared.

—¿No es genial? —comenta—. Mira el color y las texturas.

Echo un vistazo rápido y luego vuelvo mi atención a los dos hombres más importantes de mi vida.

—¿Podemos concentrarnos en la educación de Robbie? La

reunión con la señorita Evesham comenzó hace diez minutos.— Llevo a ambos hacia el grupo de docentes que están esparcidos por el salón.

—¿Cuál es? —le susurro a Robbie al oído.

—La del pelo rosa —responde con una sonrisa.

La señorita Evesham es una joven docente recién graduada, con la sonrisa más adorable y de carácter amistoso. Sus comentarios sobre Robbie son todos positivos: es talentoso, trabajador y se comporta bien. Para cuando ella termina, tengo una cálida sensación en mi interior. Mi padre le palmea el hombro a mi hermano, y con paso ligero, sigo adelante.

—Seguimos con Matemática. —Le muestro una sonrisa alentadora a Robbie, y luego frunzo el ceño al ver el nombre del docente—. ¿El señor Hoffman?¿Aún sigue aquí?

—Sí... lamentablemente —refunfuña Robbie.

—¡Vaya!, era un todo un controlador. Solíamos llamarlo "espeluznante Hoffman". —Le susurro a Robbie con complicidad—: Solo le gustaban los alumnos brillantes, lo que me excluía a mí y a la mayoría de la clase. Matemática era mi peor materia.

Aguardamos detrás de una pareja, que está sentada en su escritorio. Robbie está callado, pero mi padre está muy conversador. Está contándome sobre los tomates que está cultivando en el invernadero, cuando el señor Hoffman nos indica de golpe que nos sentemos. Me siento al borde de la silla; me parece que tengo quince años otra vez.

—Ah, señorita Henry. —Su sonrisa es ladina, y su mirada es fría mientras me recorre de arriba abajo—. ¿Aún trabaja en la pastelería?

—Sí. —Aprieto los dientes—. Sigo trabajando duro.

Se inclina para estrechar la mano de mi padre.

—Robbie, Robbie, Robbie —comienza—. Para ser franco,

dudo de que consiga su Certificado General de Educación Secundaria.

Puedo sentir que la ira se acumula en mi interior.

—¿Y por qué sería eso? Robbie es inteligente...

El señor Hoffman levanta una mano.

—Por favor. Permítame explicar. A algunos niños les resulta fácil la Matemática, y a otros les cuesta. A Robbie le cuesta.— Miro a mi hermano, quien tiene los hombros caídos. Es el vivo retrato del abatimiento.

—También es muy callado en clase. Me atrevería a decir que le falta confianza.

—¿No es tarea del docente infundir confianza?

Mi padre asiente ante mis palabras.

—A mí también me costaba Matemática en la escuela.

—A mí también —agrego—, aunque el método de enseñanza me pareció pobre, y eso nunca ayuda.

El señor Hoffman entrecierra los ojos y se remueve en la silla.

—Por supuesto que hay clubes extraescolares a los que puede asistir pero, con su *pobre* nivel de asistencia, es poco probable que sea de ayuda.

Trago saliva.

—Estamos trabajando en eso.

El señor Hoffman levanta las cejas.

—Permítame mostrarle a qué me refiero exactamente, señorita Henry.—Entonces, procede a confundirme con gráficos y cifras. Básicamente, Robbie está por debajo del promedio esperado para aprobar Matemática en los exámenes para la certificación.

—Podríamos contratar un profesor particular —sugiero esperanzada, y cierro los ojos por un instante ante la idea de un gasto más.

—Eso ayudaría —acuerda el señor Hoffman, y luego se

vuelve hacia Robbie—. Es hora de ponerse a trabajar en serio. Podrías alcanzar una C si tan solo te esforzaras más.

Robbie abre la boca (posiblemente para insultar), pero lo intercepto al pisarlo con fuerza.

—Gracias, señor Hoffman, creo que todos comprendemos. —Corro la silla y me alejo de su rostro zalamero. El deseo de darle una paliza es fuerte, pero logro aplacarlo con varias inhalaciones profundas.

—Algunas personas no deberían ser docentes —le murmuro enojada a mi padre.

—Estoy de acuerdo. —Mi padre apoya un brazo sobre el hombro de Robbie en señal de consuelo—. ¿Estás bien, hijo?

—Es un idiota. —Robbie se marcha, y guío a mi padre hasta la mesa de los refrigerios.

Después de una tranquilizadora taza de té y de un pastelillo de crema, estamos listos para hablar con más profesores. Son mucho más agradables y sus comentarios son mucho más amables que los del señor Hoffman, pero hay una sensación general de que Robbie está fracasando, en especial en Ciencias y Matemática, y aún nos quedan dos profesores por ver.

—Literatura —anuncio esperanzada, pensando en la madura profesora de Robbie.

—Se fue, ¿recuerdas?

—Ah... —Me desanimo—. Bueno, no importa. ¿Cómo es tu nuevo profesor?

—Está bien, supongo.

—Vamos, entonces. Terminemos con esto y podremos ver a tu favorito.

Me siento frente al señor Love con aire de resignación: Inglés es una de las materias que menos le gusta a Robbie, por lo que espero un informe negativo. Sin embargo, me sorprendo gratamente.

—Robbie puede hacerlo. —El señor Love gira el lápiz entre los dedos—. Con trabajo duro y determinación, estoy seguro de que puede lograr la certificación.

—¡Eso es genial! —Le sonrió al profesor. El señor Love me recuerda a un profesor despistado. Su grueso cabello oscuro está enmarañado, y lleva anteojos sucios. Tiene una barba recortada y una sonrisa agradable. La camisa está arrugada, y la corbata está torcida, pero tiene un aire de amabilidad que me agrada.

—¿Te gustan los libros que estamos leyendo, Robbie?— También es el primer docente que incluye a mi hermano en la conversación.

—¿*Drácula*?—Robbie hace una mueca—. No mucho.

—Mmm... —El señor Love se frota la barbilla—. La lista de lecturas es mucho mejor en el nivel avanzado si es que piensas en estudiar Literatura.

—Música —contesta Robbie—. Quiero estudiar Música.

—Música es estupendo, pero sería aún mejor combinarla con una materia académica —plantea el señor Love con una sonrisa, que muestra un conjunto parejo de dientes blancos. Me mira, y comienzo a sentir un revoloteo en el estómago—. De esa manera, tendrás más opciones si quieres ir a la Universidad.

Me cruzo de piernas, consciente de que tengo la mirada clavada en él. No es mi tipo habitual. No es de rasgos duros y musculosos, sino todo lo contrario: sus rasgos son delicados y tiene un encanto chapado a la antigua.Pero ese profesor tiene un atractivo innegable. Debe de ser el centro de muchos enamoramientos adolescentes.

El señor Love me mira de nuevo y sostiene la mirada. Siento una oleada de atracción, y el calor sube a mis mejillas. Oigo que mi padre se aclara la garganta, y pestañeo. ¿Qué demonios hago comiéndome con los ojos al profesor de Robbie?

—Gracias —expreso súbitamente, y me pongo de pie.

—Fue un placer. —Extiende su mano, y se la estrecho.

Mientras me alejo, puedo sentir sus ojos sobre mi espalda.

El profesor de Música da un excelente informe de Robbie, que no resulta sorprendente ni para mí ni para mi padre. Nos cuenta que mi hermano tiene un talento natural para la guitarra y que ha aprobado todos los exámenes de música con honores. Robbie rebosaba de felicidad. Cuando nos alejamos, chocamos las manos para celebrar. Ni siquiera ver a la señora Frostrich merodeando puede atenuar nuestra alegría combinada.

—Siéntanse libres de echar un vistazo por el lugar —nos dice. Terminamos en el nuevo departamento de arte. Mi padre parece un niño en una tienda de dulces: ojos bien abiertos y entusiasmado. Habla sin parar sobre las obras de los alumnos, que están colgadas en las paredes. Examino el torno de alfarero, que me recuerda a la escena de *Ghost, la sombra del amor*, en la que los protagonistas se unían a través de un bloque de arcilla sobre el torno. De pronto, tengo un fuerte deseo de estar en casa, en pijama, con un cuenco de palomitas, y viendo un drama romántico. Para cuando regresamos a la recepción, todos los demás padres ya se han marchado, y el portero está bamboleando las llaves y mirando el reloj de pared.

Volvemos caminando por el vecindario y, a pedido de Robbie, nos desviamos hasta la tienda de pescado y papas fritas.

—Te compraré una salchicha de cerdo condimentada, siempre y cuando prometas esforzarte más con las materias básicas —bromeo.

Robbie voltea los ojos.

—No lo entiendo.

—¿Qué cosa?

—Matemática. Álgebra, Pitágoras, es que no tiene sentido para mí.

Entrelazo mi brazo con el suyo.

—Te conseguiremos un profesor particular. Puedes

aprobar, Robbie, mostrarle al viejo Hoffman que está equivocado.

—Mi muchacho puede hacerlo. —Mi padre entrelaza su brazo con mi otro brazo, y los tres vamos saltando por la calle, listos para comernos el mundo.

CAPÍTULO 10

En los días subsiguientes, estoy muy ocupada. En el trabajo tenemos un nuevo pastel, que ha sido promocionado por televisión, en el horario central. Literalmente, vuela de los estantes, y Marvin y yo estamos atascados en el mostrador delantero, atendiendo a la multitud. Steph me permite terminar temprano el miércoles. Es la conmemoración del cumpleaños de mi madre, y necesito pasar por Flowers From Heaven para comprar rosas frescas, que eran sus favoritas. Estoy rebuscando en mi casillero cuando Marvin se acerca sigiloso por detrás y me toma de la cintura.

—¡Marvin! —grito—. No hagas eso.

—Lo siento. —Él retrocede con expresión avergonzada—. ¿Ya me perdonaste por lo del concurso?

—Por supuesto —respondo con una sonrisa—, aunque fue algo muy tramposo de parte de todos.

—Entonces, ¿es seguro que irás?—Camina hasta su puesto de trabajo y se roba un bollo.

—Sí. Como me dijeron todos, es una oportunidad demasiado buena para dejarla pasar. Aunque no tengo idea de cómo llegaré hasta allí. No creo que los autobuses de aquí vayan hasta Cannock Chase.

—Yo te llevaré —masculla, escupiendo trocitos de bollo.

—¿De verdad?—Me animo un poco. He estado sensible durante todo el día, perdida en los recuerdos de mi madre. Sucede lo mismo cada año, y nunca parece ser más sencillo. La pena aún me carcome.

—Claro que sí.

—Gracias, eres muy amable. —Me acerco y lo abrazo.

—Oye, no te pongas toda sensible ahora. —Me da una palmada en la espalda—. ¿Qué sucede?

—Es mi madre.—Puedo sentir las lágrimas en mis párpados y me esfuerzo por no llorar.

—Lo siento. —Marvin apoya la frente sobre la mía, y nos quedamos así por unos momentos—. Es una lástima que sea homosexual; eres una chica preciosa.

Suelto una carcajada.

—Una gran lástima.

—¿Coqueteando otra vez?—Steph entra afanosamente—. Marvin, lleva tu trasero hasta la caja registradora; hay un caos allí afuera.

—¿Qué le sucede a ella? —murmura Marvin de costado.

—Te oí —replica Steph—. Si debes saberlo, es mi época del mes.

—Me largo de aquí. —Marvin me da un beso en la frente y corre hacia la parte delantera del local. e quedo sola con una gerente furiosa.

—¿Estás bien? —pregunto vacilante, y hago una mueca cuando ella apoya con fuerza su taza de la mejor jefa.

—Lou... —Vuelve su rostro enrojecido hacia mí—. ¿Soy inaccesible?

—Solo cuando estás de malhumor —respondo, con cuidado

de omitir que, últimamente, es cosa de casi todos los días—. ¿Qué sucedió?

—Alguien se quejó de mí en la oficina central.

—¿Un cliente?—Me apoyo sobre la superficie de madera para quitar el paso de mis piernas cansadas.

—Alguien del personal. —Steph resopla—. Tú y Marv me dirían si estuviese actuando de manera horrible, ¿verdad?

—Por supuesto que sí —la tranquilizo.

—No quiero ser inflexible —continúa—. Solo no quiero que nadie se aproveche de mí. Ser amable puede ser una debilidad, ¿sabes?, en especial cuando eres la gerente. Soy una bruja, ¿cierto? Adelante, dímelo de frente.

—No eres una bruja. —Le paso una botella de leche sin abrir—. Aunque a veces puedes ser temperamental. Marv y yo estamos acostumbrados, pero tal vez no sucede igual con algunos de los empleados jóvenes de los sábados.

—Sí, doy miedo, ¿verdad?—Se muerde la uña del pulgar—. Me enviarán a un curso sobre cómo liderar un grupo de personas.¿Eso significa que tendré que comenzar a dar discursos motivacionales?

—Solo sé agradable —sugiero y, al ver que su expresión se desploma, agrego rápido—: Más agradable, quiero decir.

—Lo intentaré. —Revuelve su bebida—. ¿Qué haría sin ti?

—Bueno, tendrás que arreglártelas cuando me vaya por una semana. Por cierto, ¿cómo van las citas?

Su rostro se ilumina.

—He estado conversando con alguien —comenta con timidez—. Es un abogado en periodo de capacitación. Nos veremos este fin de semana.

—Parece que ambas saldremos, entonces. —Le recuerdo mi cita con Darren Walker y me sorprende cuando no oigo comentarios mordaces—. ¿No vas a advertirme sobre él otra vez?

—Oye, esta es la nueva yo —comenta sonriendo—. Puedo ser agradable.

—Me alegra oírlo. —Me cuelgo el bolso del hombro—. Nos vemos mañana, entonces.

—Adiós, Lou. —Me saluda con la mano—. Y... espero que todo salga bien esta noche.

—También yo —susurro, al tiempo que abandono el ajetreo de la pastelería y salgo a la luz del sol brillante.

Cuando llego a la florería Flowers From Heaven, Heather está ocupada atando un moño alrededor de un hermoso buqué. Me quedo en la puerta por un momento, inhalando los maravillosos aromas que impregnan la florería.

—Lou. —Ella levanta la vista—. Entra.

—¿Otra boda? —pregunto mirando las rosas rojas entrelazadas con gipsopila.

—Sí. Las bodas invernales están volviéndose tan populares como las de verano. Esta novia en particular vestirá de negro.

—¿Negro? —repito—. Eso es diferente.

—Ha sido la peor novia que he tenido como clienta. La llamo "Pamela quisquillosa", pero me paga una fortuna, así que ¡yupiii!

—Me encanta tu negocio —comento, mirando los colores brillantes a mi alrededor.

—Es bastante lindo, ¿verdad? —Heather utiliza una tijera para formar con destreza unos rizos—. ¡Taráááán!, todo terminado.¿Vamos a almorzar?—Me mira, expectante. Miro el reloj. Faltan dos horas para que Robbie salga de la escuela; tiempo suficiente para darse el gusto de un sándwich costoso y un cappuccino con mi mejor amiga.

—Vamos —acepto asintiendo.

Revuelvo mi café y escucho parlotear a Heather. Cuando menciona a Marcus, me siento un poco más erguida.

—Ayer apareció por el negocio vociferando y despotricando.—Hace su mejor imitación de Marcus—: ¿Por qué no respondes mis mensajes? ¡Estaba loco de preocupación!

—¿Qué hiciste? —pregunto.

—Le grité, por supuesto. Le dije a la cara que nuestra relación está terminada, *kaput*, acabada.

—Bien hecho. —Veo las lágrimas que brillan en los ojos de Heather—. Estás haciendo lo correcto, ¿sabes?

—¿De verdad? —Saca un pañuelo descartable del bolsillo del abrigo—. Él dijo que cambiará... que la dejará...

—¿De verdad lo crees? —le pregunto con suavidad.

Heather se encoge de hombros.

—Lo extraño, Lou.

—Sé fuerte. —Le palmeo la mano—. Puedes conseguir algo mejor.

Heather se limpia la nariz.

—Por cierto, ¿estás lista para la gran cita?

—Sí.

Los ojos de Heather brillan con expresión traviesa.

—Hora de la venganza. Iré a maquillarte para que te veas despampanante. Come todo lo que puedas y, cuando llegue la cuenta, te vas conmigo.

—Me siento un poco mal —confieso.

—No te atrevas, Louise Henry. Ese tipo te dejó plantada y luego te ignoró. Dale una dosis de su propia medicina.

—Está bien. —Río disimuladamente. A pesar de mis dudas sobre vengarme de Darren Walker, es un plan genial.

Nos interrumpe la llegada de la camarera con dos paninis que se ven deliciosos. Como mi almuerzo, animada por la agradable compañía y por el cálido sol de la tarde, que entra por la ventana.

❄

Me dirijo a casa después de un paseo de compras con Heather. Mi padre y yo esperamos a que Robbie termine su tarea escolar, y luego vamos a la iglesia St. Mary. Para llegar a la tumba de mi madre, seguimos un sendero por el terreno de la iglesia, que nos lleva por una cuesta empinada, cubierta de musgo. Cuando alcanzo la cima, estoy jadeando y resoplando, al igual que mi padre y que Robbie. La vista es espectacular. Ya está oscuro, pero la ciudad se extiende delante de nosotros; cientos de luces titilan sobre el fondo de un cielo negro como la tinta. Robbie saca el móvil y comienza a tomarse algunas selfis.

—Robbie, muestra algo de respeto —lo reprendo—. ¿En un cementerio?, ¿de verdad?

Encogiéndose de hombros, guarda el móvil en el bolsillo del abrigo.

Fijo la vista en una lápida cercana, y me sorprende la fecha grabada—.Algunas de estas son tan viejas...1890 —leo—. Amada hija, Catherine Rose, llevada a los brazos de nuestro Señor.

—Por allí hay toda una familia. —Robbie señala una tumba de mármol, rodeada de un cerco de hierro y hiedra—.Tómame una foto junto a esa, hermana.

—No seas tan macabro. —Sospecho que Robbie ha estado viendo demasiadas películas de terror. Parece que, últimamente, tiene un interés poco sano por los muertos.

—Solían enterrar gente viva hace mucho tiempo —me cuenta con sabiduría—. No lo hacían a propósito, pero colocaban una campanilla atada a una cuerda que corría hasta el interior del ataúd por las dudas.Si una persona estaba viva, tocaba la campanilla, y el sepulturero los desenterraba.

—¿Cómo lo sabes?—Me estremezco ante la idea y me abrazo a mí misma en busca de calor.

—Tuvimos un maestro suplente de Historia —contesta Robbie—. Solía contarnos toda clase de cosas interesantes.

Mi padre se fue caminando por un sendero pedregoso. Tiro de una manga de Robbie.

—Quédate cerca —susurro—. Es espeluznante aquí arriba.

—¿Estás asustada, Lou? —bromea Robbie. Le doy un puñetazo suave en el brazo, y aceleramos el paso para alcanzar a mi padre.

—Aquí está ella. —Mi padre se detiene de golpe al pie de la tumba de mi madre. El viento silba entre los árboles, y una neblina suave nos envuelve. Me quedo mirando la lápida de mármol y trato de no llorar. Mi padre toma las rosas que sostengo y las coloca con suavidad sobre la tierra. Nos quedamos en silencio por unos cinco minutos; cada uno está perdido en sus pensamientos.

—Feliz cumpleaños, mi amor. —El tono de voz de mi padre es tan bajo que apenas lo escucho. Le tomo la mano y se la oprimo. Ambos tenemos los ojos llenos de lágrimas. Siento las mejillas húmedas, y levanto la vista al cielo. La lluvia combina con nuestro humor sombrío. Siento un repentino deseo por el hogar, la calidez y familiaridad y la luz.

—¿Podemos irnos? —Robbie expresa lo que estoy pensando.

—Solo dame unos minutos. —Mi padre apoya la mano sobre la lápida mientras Robbie y yo nos alejamos un poco.

—Odio venir aquí —masculla Robbie—. ¿Por qué no recordar a mamá aquí?—Señala su cabeza.

—Lo hacemos por papá —susurro, mirando a mi alrededor—.Él todavía llora su muerte, Robbie.

—Ya pasaron diez años. —Patea algunas piedritas sueltas.

—Lo sé —lo tranquilizo—, pero mamá era su alma gemela, y no creo que papá lo haya aceptado aún.

—Tú sí. —Los ojos de Robbie destellaban en la oscuridad—. Continuaste con tu vida, Lou, no te pasas el día en el cobertizo.

—Es distinto para mí... y papá es una obra en proceso. —Suspiro—. Solo sé paciente con él e intenta comprender, ¿de acuerdo?

Los labios de Robbie forman una línea firme y obstinada, al tiempo que mi padre llega junto a nosotros.

Me toma del brazo, y le pregunto si está bien. Luego, caminamos despacio a casa, y me hundo en mis pensamientos angustiantes sobre qué puedo hacer para ayudar a mi padre.

CAPÍTULO 11

El sábado es mi día libre en el trabajo. Después de pasear a los perros, paso la mañana comprando víveres, y luego aspirando y limpiando la casa de arriba abajo. Logro sacar a mi padre del cobertizo hasta el jardín, donde usa un rastrillo para quitar del césped las hojas caídas y después poda las moribundas plantas de verano. Robbie ha estado en su cuarto tocando la guitarra. Llamo a su puerta y le aviso que el almuerzo está listo.

—¿Hiciste tu tarea? —le pregunto cuando aparece en su pantalón de pijama y con una remera de heavy metal manchada.

—Todavía no —responde, al tiempo que me sigue escaleras abajo—. Escribí una canción.

—¿De verdad?—Sonrió ante su rostro lleno de entusiasmo—. Deberías tocársela a tu profesor de Música.

—Lo haré.—Él hurga en la alacena en busca de papas fritas para acompañar su baguette. Yo elijo la opción saludable y tomo una manzana del cuenco de frutas. Me ruge el estómago, pero estoy decidida a almorzar liviano para después poder comer hasta reventar, por cortesía de Darren Walker.

Mi padre entra limpiándose el ceño cubierto de sudor, y estoy feliz de que haya pasado la mañana al aire libre para variar. Los tres nos sentamos en el porche techado y miramos la televisión mientras almorzamos.

Después de lavar los platos por tercera vez en el día, me siento en la mesa de la cocina con mi cuaderno y mi laptop. El resto de la tarde está reservado solo a escribir. Es un ambiente pacífico, donde me siento calmada y tranquila. Escribir siempre me hace sentir así; me transporta a un mundo diferente, donde me olvido de todas mis preocupaciones. Logro escribir otras mil palabras para mi misterio romántico y termino el nuevo cuento infantil en el que estuve trabajando. Sintiéndome productiva, cierro el ordenador y subo a prepararme para mi gran cita. Cuando termino de ducharme, regreso a mi dormitorio y casi me muero del susto al ver a Heather tirada en mi cama.

—¡Cielos! —exclamo—. Me asustaste.

Heather voltea los ojos.

—Tu papá me dijo que subiera.Por cierto, lo invité a casa a cenar.

—¿Te refieres a cuando yo esté ausente por una semana?

—Por supuesto. Mi mamá dijo que puede venir todas las tardes. —Se sienta en la cama—. Tu hermano solo gruñó.

—Eso es un sí —aseguro sonriendo—. ¿Viniste a molestarme?

—Vine a hacer mi magia —aclara—, aunque nunca vi un estuche de maquillaje tan lamentable. Casi no tiene nada adentro.

—Soy bella por naturaleza. —Inclino la cabeza hacia adelante y me sacudo el pelo mojado.

—¿Qué te pondrás? —pregunta Heather.

—Emmm... vaqueros, probablemente.

—Oh, cielos —expresa indignada, sacudiendo la cabeza; luego, se levanta de un salto. Mientras lucho por ponerme la ropa interior, ella comienza a husmear en mi armario —.Definitivamente, no. —Chasquea la lengua al pasar de largo mis vaqueros ajustados favoritos—.Tal vez. —Levanta los pantalones de cuero, que solo usé una vez.

—Definitivamente —afirmo detrás de ella.

—Nunca me di cuenta...

—¿De qué? —pregunto mientras me peino.

—La poca ropa que tienes. Quiero decir, sé que siempre has sido mala para la moda, pero de verdad necesitas ropa nueva, cariño.

—Dice la gótica —bromeo, y ambas reímos a carcajadas —.Ninguna de las dos somos seguidores de la moda —admito.

—Ni querría serlo —afirma Heather con brusquedad—. Aguarda... Ah, esto es lindo.

Giro para ver a qué se refiere. Ella sostiene en alto un vestido; una pieza roja de encaje.

—Demasiado elegante —opino de inmediato—. Es mi vestido para Navidad.

—Es *casi* Navidad —responde Heather sin prestar atención.

—Apenas es noviembre. En mi opinión, la Navidad no empieza hasta principios de diciembre.

—Bueno, está bien... pero igual creo que deberías llevar un vestido —sostiene Heather con firmeza—. Deja ver tus maravillosas piernas. Veamos qué más tienes escondido.

Entre las dos, por fin nos decidimos por un ligero vestido negro, largo hasta los tobillos, y lo combinamos con un par de zapatillas lustrosas. Me siento al borde de la cama y permito que Heather coloree mi rostro.

—No olvides nuestro plan. —Saca la lengua de costado mientras aplica un delineador brillante.

—¿Comer y beber todo lo que pueda?—La idea de un menú abierto chino hace que ruja mi estómago.

—Sí, y no olvides disfrutar.—Heather se reclina y revisa su obra—. Listo.

—Déjame ver —Tomo el espejo de mano con mango de plata, que había pertenecido a mi madre, y me quedo mirando mi reflejo—.Me gusta el labial rojo. —Frunzo los labios, reconociendo que Heather hizo un trabajo estupendo. Me veo muy diferente con todo ese maquillaje puesto: mayor y más sofisticada, y mi cabello recogido con algunos rizos colgantes se ve sumamente a la moda—.Gracias —expreso acicalándome—. Aprobado.

—Te ves como toda una muñeca. —Heather guarda el maquillaje en el estuche—. Darren Walker estará babeando de lujuria.

Es demasiado temprano para salir, así que decidimos abrir una botella de Prosecco, que ha estado en el refrigerador durante unos días. No tengo copas largas, así que lo sirvo en tazas.

Mientras Heather me cuenta chismes sobre los clientes de la florería, mi padre entra rascándose la cabeza.

—Perdí el periódico —murmura.

—Oh, lo siento, papá. —Señalo la mesa—. Lo tomé para apoyarme y así pintarme las uñas.—Él me mira y se queda con la boca abierta.

—Bueno, ¿qué piensas? —Doy una vuelta, feliz de haber elegido usar zapatos planos.

—Hermosa. —Se deja caer en una silla—. Me recuerdas tanto a ella...

—Gracias. —Bebo un trago largo, y las burbujas me suben por la nariz.

—¿Adónde irán, chicas?

—Lou tiene una cita —responde Heather con entusiasmo.

—¿Una cita? —repite mi padre—. ¿Alguien que conozca?

—Emmm... —Me siento reacia a darle un nombre. Heather responde por mí.

—Alguien con quien fuimos a la escuela.

—Es más una reunión de amigos. —Juego con mis uñas, rogando que Heather no revele nuestros planes—. Es probable que llegue tarde, así que no me esperes.

—De acuerdo. —Mi padre sonríe—. Bueno, que lo pasen muy bien.

—¿Qué hará usted esta noche, señor Henry? —pregunta Heather.

—Hoy comienza una nueva serie sobre la naturaleza —contesta él—. Pensé en mirarla y luego es posible que me acueste temprano.

—Le compré una botella de oporto. —Señalo la alacena inferior—. Allí hay chicharrón y nueces. Tal vez Robbie pueda sentarse y ayudarle a comerlos.

Mi padre ríe por lo bajo.

—No sé si quiero compartirlos. Además, ustedes, jóvenes, no quieren pasar tiempo con un viejo fósil como yo. Vayan y diviértanse; no se preocupen por mí. En cuanto a Robbie, estará feliz en su cuarto con su música.

—¡Usted no es viejo, señor Henry! Creo que es genial. —El tono de Heather es cálido—. Y mi madre es una gran fanática de sus pinturas. Su cumpleaños es dentro de unos meses. ¿Cree que podría pintar su retrato como un regalo de mi parte?

Mi padre se sonroja.

—Nunca pinté retratos. Soy paisajista.

Heather asiente.

—Claro pero, si le doy una foto actual, ¿cree que podría intentarlo?

—Deberías hacerlo, papá —lo aliento—, podrías hacerlo.

Él se aclara la garganta.

—Bueno, no hay nada malo en intentarlo, supongo...

—Se lo pagaré, por supuesto, y no espero que me haga un descuento por ser amiga de Lou.

—Está acordado, entonces. —Le sonrió a mi padre.

Él se ve totalmente desconcertado, y siento una oleada de afecto por él.

—Bueno, las dejo, chicas —se despide levantando el periódico.

—Adiós, señor Henry —saluda Heather con su voz cantarina.

—Por favor, llámame *Job* —le pide con una pequeña sonrisa antes de desaparecer.

—Me encanta el nombre de tu padre. —Heather bebe lo que queda de su vino—. Es tan bíblico.

—A ti te encanta todo —comento riendo—. Gracias por ser una amiga tan adorable.

—Por nada. —Heather se pone de pie y me abraza—. No olvides volver a ponerte labial. Me voy. Envíame un mensaje cuando hayas acabado con Darren Walker, ¿de acuerdo?—La acompaño a la puerta—.Está helando aquí afuera —se queja mientras sube el cierre de su abrigo de lana—. Pásalo bien, Lou. —Se va por el sendero, y se detiene para saludarme con la mano —. No olvides hacerte la sensual, cariño.

Sacudo la cabeza con una amplia sonrisa, y luego cierro la puerta despacio.

Media hora después, estoy en camino. Hay una luna llena brillante, y el cielo está lleno de estrellas. Miro el móvil; no hay mensajes de Darren. Tal vez ya está allí. Apresuro el ritmo y paso a una apasionada pareja adolescente, apoyada contra una vidriera. La música se oye fuerte desde el Feathery Duck.

Algunos de los clientes habituales están afuera, fumando. Intercambiamos saludos amables cuando paso junto a ellos. Espero en la acera a que pase una hilera de vehículos, y luego cruzo trotando hacia el supermercado. El Oriental Express está justo detrás de este.

El calor me da de lleno al abrir la puerta del restaurante. Me siento nerviosa cuando llegojunto al mostrador de recepción. Está lleno de gente que charla y ríe. Los camareros corren de un lado a otro, con bandejas de bebidas y de platos limpios. Hay un ambiente relajado en el restaurante lleno de comensales, que disfrutan de una salida de sábado por la noche.

—Hola, señora —me recibe una mujer oriental con una amplia sonrisa.

—Hola. —Hago a un lado un mechón de cabello suelto—. Tengo una reserva para dos, a las ocho.

—¿El nombre, por favor?—Toca la pantalla de la computadora.

—Louise... Henry.

—Ah, sí.¿Quiere ir directo a su mesa?—Bajo el flequillo, la camarera tiene unos ojos preciosos.

—Espero a un amigo —explico—. ¿Puedo beber algo primero?

—Por supuesto. —Señala un sofá de color rojo intenso—. Por favor, póngase cómoda.

Después de ordenar una copa grande de vino, me relajo en el lujoso sofá. Miro el reloj de pared: ocho y diez. Darren Walker está retrasado. Miro el móvil: no hay llamadas perdidas ni mensajes. Pienso que debe de estar en camino; tal vez, está arreglándose el cabello. Se me escapa una risa al imaginarlo frente al espejo con un envase de laca extra firme. Pasan cinco minutos... Pasan diez minutos. Comienzo a molestarme. Si hay algo en lo que insisto es en la puntualidad; un rasgo heredado de mi adorable padre. Entonces, la puerta se abre de golpe, un remolino de hojas ingresa al local, y una silueta que reconozco se detiene en el umbral. Recorre el lugar con la mirada, y termina posándola en mí. Su rostro también se ilumina al reconocerme. Trago saliva con fuerza, y le sonrío con vacilación. No importa cuánto lo intente, no puedo recordar su nombre.

CAPÍTULO 12

El señor Como-se-llame me sonríe y da un paso hacia mí. Levanto la vista hacia su apariencia desaliñada, pero curiosamente atractiva. Ambos abrimos la boca para hablar pero, antes de que tuviéramos la oportunidad de hacerlo, la camarera se acerca y lo guía hasta el mostrador de la recepción. Estiro el cuello, con la esperanza de captar su nombre, pero él está de espaldas a mí y no puedo oír nada por encima del fuerte parloteo del restaurante. Se lo llevan, y yo me quedo sola, mirando el vino con tristeza. La idea de que me dejaron plantada da vueltas por mi cabeza. Qué vergonzoso.¿Debería llamar a Darren? Tal vez hay una explicación totalmente verosímil para su ausencia. Una voz interior me considera demasiado ansiosa. Termino el resto de mi bebida, y me pongo de pie con un suspiro de resignación.

Estoy peleando con mi abrigo para ponérmelo cuando la camarera regresa:

—¿Quiere sentarse en su mesa, señora?—Dudo; no estoy muy contenta con la idea de cenar sola—.Está reservada por las próximas dos horas —me recuerda con una sonrisa amable.

—¿Por qué no? —contesto con decisión. Estoy decidida a disfrutar de la noche, aùn si me dejaron plantada.

—Venga conmigo. —Me guía por el restaurante, zigzagueando entre las mesas llenas hasta un pequeño rincón —.Siéntese, por favor. —Retira una silla: el paradigma de la amabilidad—. ¿Otra copa de vino?

—Sí, por favor. —Me dejo caer, y miro los palillos chinos con desaliento. Nunca logré manejarlos; siempre fui muy torpe —.¿Puede traerme cuchillo y tenedor? —pregunto esperanzada.

La camarera asiente, y luego se distrae con otro comensal. Se aleja y, cuando lo hace, advierto que el hombre de la mesa de al lado también cena solo, igual que yo. Es el señor Como-se-llame. Estamos bastante cerca. Si estirase la pierna, podría enroscarla con la suya, ¡pero no es lo que quiero, por supuesto! Es solo un comentario.

A escondidas, lo observo beber un trago de vino tinto. Luego, él voltea y me mira directamente.

—Hola, señorita Henry.

—Hola... —Dejo que mi voz se apague, rompiéndome la cabeza en busca de un nombre.

—Joel... Joel Love.

Sonrío aliviada.

—El profesor de Literatura de Robbie.

—Exacto.—Su sonrisa es amplia, contagiosa. Me sorprendo devolviéndole la sonrisa.

—¿Usted también? —pregunta él mientras parte un trozo de galleta de gamba.

—¿Qué?—Me pregunto si, de alguna manera, sabe que me plantaron.

—Cena para uno.—Me mira con tristeza.

—Oh, saldré después de esto. —Me acomodo el pelo despectivamente—. Este es solo el comienzo.

—Qué suerte tiene.

Se hace un silencio, que se estira hasta que la camarera regresa con el vino. Nos mira a ambos con expresión inquisitiva.

—¿Quieren juntar las mesas?

Toso y comienzo a protestar.

—No creo...

—¿Por qué no? —planteó el señor Love sin inconvenientes.

La camarera tira de mi mesa, y apenas tengo tiempo de levantar la copa de vino.

—Listo... —anuncia—. Mucho más cómodo.

—Gracias... —Paso entre los asientos vacíos, llevando mi bolso y mi abrigo—.Lamento irrumpir en su cena, señor Love.

—Por favor, llámeme *Joel*. —Sus labios se curvan en una sonrisa—. Y es un placer.

—Muy bien, entonces —asiento—. Iré a buscar algo de comida.

Camino hasta donde está la comida, aferrada al plato de porcelana. Hay una fila de gente en la sección de aperitivos. Me pregunto por qué no me fui a casa. Ahora estaba atascada con el profesor de Robbie, hablando de cosas sin importancia. De repente, una niña pequeña se arroja al suelo y comienza a golpear los puños contra la alfombra. Los adultos que estaban con ella (presuntamente, los padres) se arrodillan junto a ella y le hablan en voz baja. Intento rodearlos, pero el espacio está bloqueado por otra fila de comensales. No tengo otra opción más que esperar a que se le pase el berrinche. Por fortuna, sucede pronto, y avanzo hacia las brochetas de carne y los rollitos primavera.

Después de llenar el plato de una selección apetecible, me dirijo con cuidado hasta la mesa. Joel está comiendo unas costillitas de cerdo. Me deslizo en mi asiento con una sonrisa tensa y extiendo mi servilleta.

—¿La sobornaron con la fuente de chocolate? —pregunta él de golpe.

—¿Disculpe?

—La niña que lloraba —aclara—. Podía oírla desde aquí. Me recuerda a la infancia de mi hija, cuando ella no podía conseguir lo que quería... ¡zas!, venía el berrinche.

—¿Tiene una hija?

—Sí, pero ahora es una adolescente. De hecho, es debatible si los terribles dos años son peores que la época de angustia adolescente.

Pincho un trozo de satay de pollo.

—¿Cuántos años tiene su hija?

—Quince, igual que Robbie.

—Sí. —Me impresiona que recuerde el nombre de Robbie; debe de enseñar a cientos de alumnos.

Me pregunto por qué ella no está con su padre y si hay una señora Love.

—Está en una pijamada esta noche —explica, como si leyera mi mente—, así que pensé en darme el gusto de una noche libre de tener que cocinar.

—Buena idea. —Levanto una cucharada de pato crujiente, lo coloco sobre una hoja de lechuga, y la enrollo.

—Entonces, ¿qué la trajo sola hasta aquí? —preguntó. Me estremecí ante sus palabras.

—Lo siento.—Levantó su mano libre—. Soy curioso por naturaleza.

—Está bien —respondo sonriendo—. Un cambio de planes de último momento... Mi amiga no pudo venir.

—Qué lástima. —Su tono era cálido, empático.

—Ella tiene su propia empresa. —Me entusiasmo con la mentirilla que estoy inventando—. Está muy estresada, no sale mucho.

Joel asiente.

—¿Quiere otra bebida?—Señala mi copa vacía.

—Emmm... —vacilo, consciente de que sería mi tercera copa grande y de que ya estoy sintiendo un cálido rubor. Pero, después de todo, es el fin de semana—. Sí, por favor.

Joel llama a la camarera, y ordena las bebidas.

—Entonces, señora Henry, ¿viene aquí a menudo?—Lo miro sorprendida. Joel hizo una mueca—. Lo siento. Esa es una pésima frase de seducción.

—Llámeme *Louise* —respondo con una risa—, y esperaba algo mejor de un profesor de Literatura.

—Deme algo más de cerveza y recitaré unos sonetos.

—Sería la primera vez para mí —contesto, sintiendo que las mejillas comienzan a arderme.

Joel se aclara la garganta.

—¿Cómo está Robbie?

—Robbie está genial —comento con entusiasmo—. Mi padre y yo estamos impresionados con cómo salió la reunión de padres. Aunque le cuesta Matemática. Estoy pensando en contratar un profesor particular. ¿Conoce a alguien?

—Yo podría hacerlo. —Se acerca un poco más, y capto un aroma almizcleño a loción para después de afeitar.

—Pero usted enseña Literatura —le digo, confundida por sus palabras y por su aroma embriagador.

—Tengo certificación avanzada en Matemática —explica Joel—. Soy bastante bueno.

—No lo sé... —Dejo que mi voz se apague, demasiado avergonzada para admitir que mi presupuesto no daba para mucho—. Estaba pensando en un estudiante universitario.

Joel se encoge de hombros.

—No le cobraría... pero es su decisión, por supuesto.

Entrecerré los ojos con suspicacia.

—¿Cuál es la trampa?

—No hay ninguna trampa. —Ríe por lo bajo—. Robbie es un buen chico, y me gustaría ayudar.

Muerdo un trozo de galleta de gamba.

—Es muy amable de su parte. ¿Puedo pensarlo?

—Por supuesto. —Joel se reclina sobre la silla y me contempla con párpados caídos—. ¿Siempre es tan suspicaz?

—Casi no lo conozco —espeto.

—Permítame ponerla al corriente. —Se limpia la boca con una servilleta—. Soy oriundo de Manchester, pero me mudé aquí cuando conseguí empleo en la academia Hayes. Vivo a veinte minutos de aquí, en una casa alquilada, con paredes húmedas y un propietario poco fiable. Enseño desde hace ocho años y, antes de eso, trabajé como reportero, pero lo odiaba. Soy bastante alto, calzo cuarenta y cinco, tengo pelo oscuro, ojos grisáceos, trabajo en mis abdominales y adoro el cricket. ¿Hay algo más que quiera saber?

Suelto un chillido de sorpresa.

—Creo que es suficiente información por ahora.

—Bien. —Joel levanta los cubiertos—. Su turno.

—Esto no es una cita. —Me limpio la boca con fuerza. El señor Love bien puede ser el profesor de Robbie, pero comienza a irritarme.

—Ah, entonces, prefiere permanecer como una mujer misteriosa.

—Señor Love, como he dicho, casi no lo conozco.

—¿La ofendí? —Me sobresalto cuando él envuelve mi mano con la suya, más grande.

—Para nada —respondo, y retiro la mano con firmeza.

—Soy muy directo... —Le tiemblan los labios—. Cuando me siento atraído hacia alguien.

Doy un grito ahogado.

—Bueno, le aseguro que no funcionará conmigo.

—¿Está segura?—Ahora está burlándose. Siento unos latidos debajo del ojo, y mis palmas están calientes y sudadas.

Estoy tratando de pensar en una respuesta mordaz adecuada cuando oigo que alguien grita mi nombre. Aparto la mirada del señor Love y de sus ojos penetrantes. Darren Walker atraviesa el restaurante, atrayendo la atención de todas las mujeres. El corazón se me sale por la boca cuando me ve y se acerca con su sonrisa terriblemente irresistible, que ilumina su rostro impenitente.

—¡Lou, comenzaste sin mí!—Se detiene junto a de nuestra mesa y me sonríe. Estoy totalmente consciente de que la mentira que le conté al señor Love sobre mi amiga que no vino está por explotar; estoy atrapada. Las sabias palabras de mi padre retumban en mi mente: la mentira tiene patas cortas.

—¡Darren!—Intento que mi voz suene lo más sorprendida posible. El resultado es un chillido poco favorecedor, que provoca que el personal de servicio ría disimuladamente en mi dirección.

—Hazme lugar, cariño. —Se acomoda en mi asiento, y me empuja de costado hasta el asiento vacío. Me llevo mi plato casi vacío, intentando permanecer calmada, pero la furia comienza a acumularse en mi interior—. ¿No me presentarás a tu amigo?

Cierro los ojos por unos segundos y, cuando los abro, tanto Darren como Joel están mirándome con expresión inquisitiva. Es la peor noche de mi vida.

—Emmm... Él es Joel. Joel, él es Darren.—Estoy pensando seriamente en escabullirme por debajo de la mesa para escapar del restaurante. Siento mucha vergüenza por mi mentirilla blanca. Se hace un silencio entre los tres; entonces, Joel actúa con amabilidad y extiende la mano para estrechar la de Darren. Este solo se la queda mirando.

—¿Qué sucede aquí? —se queja—. Se supone que esta sería

una comida íntima; solo nosotros dos en una cita, Lou. ¿Por qué estás aquí con otro tipo?

Oh, por todos los cielos, ahora decide hacerse el celoso.

—Yo... emmm... —Mi rostro debe de estar enrojecido a esta altura. ¿Cómo explico esto y conservo algo de dignidad al mismo tiempo?

—Debo ir al baño. —Joel corre la silla, y se va sin mirarme. Me quedo mirándolo con tristeza.

—¿Quién es ese tipo?—Darren toma un rollito primavera de mi plato.

Me cruzo de brazos y lo miro furiosa.

—Qué descaro.

—¿Qué?—Darren me muestra una sonrisa atrevida.

—Llegas más de una hora tarde —protesto indignada—, sin ningún mensaje para explicar por qué estás retrasado.

—Ah, lo siento, Lou. —Estira el brazo para tomar mi copa de vino—. El juego de billar duró más de lo que creía. Andy Harris apostó a que no podía derrotarlo.—Ríe por lo bajo—. Lo destrocé frente a todo el pub. Ahora me debe las bebidas por el resto de la noche, así que pensé que, después de terminar aquí, podíamos cobrar mis ganancias en el Feathery Duck. También lo haré pagar tus bebidas.

—Eres increíble. —No puedo creer su descaro.

—Lo sé. —Es evidente que lo ha tomado como un cumplido, cuando pretendía ser una crítica.

—¡No iré a ningún lado contigo!—Le saco la copa de vino y bebo lo que queda.

Darren se ve confundido.

—¿Qué quieres decir? Estamos en una cita, Lou.

—Podríamos haber estado —mascullo entre dientes—. Me voy a casa.

—Oh, no seas así —comienza a protestar, pero se detiene cuando ve mi rostro enfurecido.

Tomo mi abrigo y mi bolso.

—Puedes pagar por esta comida... Adiós, Darren. —Mientras me alejo ofendida, puedo oírlo fanfarronear sobre su inocencia. Hasta tiene el descaro de culparme a mí y a mi "tensión premenstrual". Continúo caminando. Mientras miro con deseo la sección de platos principales, no advierto que Joel Love camina hacia mí hasta que tropiezo con mis torpes pies y me hundo en su impresionante pecho amplio.

—Lo lamento —murmuro. Los ojos se me llenan de lágrimas de vergüenza y frustración.

—Oiga, no hay problema. —Me sostiene de los brazos—. ¿Se encuentra bien?

—Sí —contesto, echando la cabeza hacia atrás—. Me voy. El intruso maleducado se ocupará de mi cuenta.

—De acuerdo. —Joel me suelta—. Fue bueno volver a verla, Louise.

Le muestro una sonrisa tímida antes de escabullirme entre los comensales boquiabiertos para salir a la calle, donde está helando.

—Espero que le hayas derramado la bebida encima.

Acabo de contarles el lamentable incidente a Steph y a Marvin el lunes por la mañana. Terminamos con el ajetreo matutino y los tres estamos chismorreando junto a la caja registradora.

—Estuve cerca —le respondo con una mueca a mi jefa—. Nunca debería haber aceptado una cita con Darren Walker. Siempre ha sido un mujeriego, y eso jamás cambiará.

—Yo podría haberte dicho eso. —Steph sacude al cabeza—. No tiene una buena reputación, Lou.

—Pero ¿qué hay sobre el otro tipo? —Marvin se ajusta el delantal—. ¿Era atractivo?

—Emmm... supongo que sí, si te gusta esa clase de profesor atolondrado e intelectual.

Marvin suspira con ojos soñadores.

—Absolutamente.

—No puedo creer que dos hombres se hayan peleado por tu atención. ¿Sabes lo afortunada que eres, Louise Henry?—Steph limpia el mostrador con un paño que apesta a desinfectante de limón.

—Nadie peleaba por mí —afirmo con una risita—, y suficiente sobre mí. ¿Cómo estuvo tu cita?

—Ah, eso —resopla Steph—. Para ser francos, fue un desastre.

—¿No hubo química? —Marvin chasquea la lengua con empatía.

—No. Edward fue un perfecto caballero: me llevó flores, abrió la puerta, corrió la silla... Pero tenía cero sentido del humor, un dudoso gusto en moda, y aún vive con su madre. Además, se pone gel en el pelo. Quiero decir, ¿quién hace eso hoy en día?

—Es muy de los ochenta —concuerdo—, así que parece que todos somos jóvenes, libres y solteros.

—Amén por eso. —Marvin levanta las manos, y Steph y yo se las chocamos.

El resto del día pasa volando. Después de que el ajetreo durante el horario de almuerzo disminuyó, me escabullo a la parte trasera para prepararnos una bien merecida taza de té. Mientras estoy agregando el azúcar, Steph me avisa que alguien me espera en la tienda. Me limpio las manos con el delantal, y asomo la cabeza por la puerta. Heather está de pie, con un enorme ramo de rosas.

—Hola —saludo. Abro la puertecilla del mostrador y me acerco a ella.

—Son para ti —me dice con una sonrisa sarcástica.

—¿Para mí? —Estoy un poco confundida respecto de por qué mi mejor amiga me lleva flores. Mi cumpleaños es en mayo—. Es muy amable de tu parte...

—No son mías, tonta —responde Heather riendo—. Un tal Darren Walker entró a mi negocio esta mañana con sentimiento de culpa.

—Sigo enojada con él —comento, y me niego a recibir el obsequio.

—Y así debe ser —afirma Heather con tono seco—. No te preocupes: lo regañé, y luego elegí las flores más caras que tenía en el negocio. Te envía sus más sinceras disculpas. —Heather se toca el pecho con expresión melodramática.

—Son bastante lindas. —Echo un vistazo a las flores rojas y amarillas atadas con un moño con bucles—.Espero que no le hayas dado un descuento.

—De hecho, le cobré de más. —Heather ríe a carcajadas, al tiempo que le quito las flores.

El local comienza a llenarse otra vez.

—Debería regresar al trabajo —comento como pidiendo disculpas.

—También yo. —Heather me abraza de costado y choca su cadera con la mía—. Te enviaré un mensaje más tarde.

—Adiós, cariño. —Le soplo un beso, y justo entonces Steph me llama para que lleve mi trasero detrás del mostrador.

Estoy atendiendo a una mujer de mediana edad con la niña más dulce. Está observando las tortas detrás de la vitrina con sus enormes ojos por la gran cantidad de chocolate que hay en oferta. Finalmente, se decide por unas donas con caramelo.

—Buena elección —comento mientras coloco cuatro en una caja.

—En realidad, no debería —confiesa la madre—. Iremos a las Canarias para Navidad, y me cuesta entrar en la bikini.

—¿Comenzamos de nuevo mañana?—Le guiño un ojo.

—Mañana nunca llega —responde con tristeza, y me da un billete de diez libras.

Le doy la caja y el vuelto.

—Que lo disfrute.—Marvin y yo observamos a la mujer salir con dificultad del local con el cochecito y con la compra.

—Sería lindo viajar al extranjero para Navidad —suspiro—,

sin correr a hacer las compras, ni cocinar cenas agotadoras... —Dejo que mi voz se apague cuando suena el teléfono.

—Yo atiendo. —Marvin se escabulle a la parte trasera del negocio. Puedo oírlo hablar con su acento afectado y reprimo una risita. Unos segundos más tarde, regresa al frente y señala el teléfono con el pulgar—. Es para ti.

—¿Para mí?—Creo que nunca recibí un llamado al trabajo.

—Sí, dice que es la señora Frosty.

—Señora Fros... —Palidezco—. ¿Quieres decir la señora Frostrich?

—Eso es. —Marvin chasquea los dedos.

Me apresuro a ir a la parte trasera, pensando de inmediato en Robbie. ¿Tuvo un accidente? ¿Se enfermó en la escuela?

—Hola, habla Louise —atiendo sin aliento.

—Señorita Henry, soy la señora Frostrich —responde la directora—. Lamento molestarla en el trabajo, pero hubo un incidente que involucra a Robbie. ¿Podría venir a la escuela, por favor?

—¿Qué sucede?—Aprieto el tubo del teléfono—. ¿Está bien Robbie?

—Robbie está bien —contesta con calma—. No puedo hablar del tema por teléfono. Es un asunto un poco delicado.

—Voy para allá. —Corto, y me quito el delantal y el sombrero—. ¡Steph! —grito hacia arriba—. Debo irme temprano... emergencia familiar.

Ella baja la escalera ruidosamente.

—De acuerdo, cariño, espero que no sea nada serio.

—Espero que no. —Me pongo el abrigo y tomo el bolso—. Adiós.

Cuando llego a la academia Hayes, es la hora del almuerzo. Hay adolescentes por todas partes. Me abro paso entre la multitud y me apresuro a llegar a la recepción. La señora Frostrich está esperándome, y se ve tan temible como siempre con su traje negro y tacones aguja. Sonrío como una tonta mientras me acerco a ella, pero no me devuelve el saludo. Tiene el ceño fruncido.

—Por favor, venga conmigo.—Caminamos en silencio por el largo pasillo hasta su oficina—.No me pases llamadas, Elisabeth —le pide a la secretaria. Debe de suceder algo malo. Estoy loca de preocupación y busco desesperadamente a Robbie. La señora Frostrich me invita a sentarme en una silla giratoria de cuero—. Robbie está con un profesor en el salón de detención, señorita Henry —me explica—.Quería hablar con usted a solas.

—¿Qué sucedió?—Mi usual tono de voz áspero se convirtió en un chillido—. ¿Ha vuelto a faltar a clases?

—No.—La señora Frostrich se sienta frente a mí y une las yemas de los dedos—.Esta mañana Robbie estuvo involucrado en una pelea durante el recreo.

—¿Una pelea?—Estoy conmocionada por sus palabras. ¿Mi hermano amante de la paz estuvo involucrado en una pelea?

—Eso no es todo, señorita Henry. —La directora se inclina hacia mí—. Al comienzo del horario de almuerzo, lo encontraron haciendo un grafiti en propiedad escolar. La pared del gimnasio, para ser exactos.

Me quedo boquiabierta. Pelea, grafiti, ¿qué demonios sucede con mi pequeño hermano?

—No comprendo... Robbie jamás...

—Lo atraparon en el acto, señorita Henry, en ambos casos, para ser precisos. ¡Hacer grafitis en propiedad escolar es un asunto muy serio! —afirma con fuerza—. Un asunto que podría involucrar a la Policía.

—La Policía. —Estoy horrorizada por sus palabras—. Por favor, no llame a la Policía.Robbie es un buen chico; solo ha perdido un poco el rumbo. Puedo pagar por los daños. —Saco mi cartera del bolso—. Por favor. Déjeme pagarle... lo que necesite, pero no involucre a la Policía... por favor.

La expresión de la señora Frostrich se suaviza un poco.

—El tutor de Robbie y yo hablaremos con él antes de tomar medidas adicionales. Existe la posibilidad de la suspensión pero, por el momento, solo estoy poniéndola al tanto de la situación.

—Comprendo —expreso asintiendo—. ¿Lo enviará a casa por el resto del día?

—Sí —contesta la señora Frostrich—. Creo que necesita un tiempo para tranquilizarse, pero... espero verlo en la escuela mañana.

—Por supuesto. —Al ponerme de pie, me tiemblan las piernas—. Y lo lamento mucho, señora Frostrich. Tendré una conversación seria con Robbie.

—Si quiere hablar más sobre el tema conmigo, comuníquese con la dirección. —La señora Frostrich camina hasta la puerta y la abre—. Estaré en contacto.

—Gracias —murmuro, y salgo rápidamente.

—Ah, señorita Henry —me llama—. Intenté comunicarme con su padre, pero nadie contestó en su casa.

—Probablemente, estaba en el... —Me detengo antes de explicar la obsesión de mi padre—.Le pasaré la información, señora Frostrich.

—Adiós, señorita Henry.

La secretaria me dedica una mirada de simpatía cuando paso. Regreso a la recepción con un pensamiento apremiante: ¿qué demonios haré con mi hermano rebelde?

CAPÍTULO 14

Robbie se niega a hablarme. Durante el regreso a casa, intento conversar con él; en primer lugar, intento el enfoque suave. Cuando no funciona, utilizo un tono más firme y, finalmente, pierdo los estribos y estoy a unas pocas octavas de gritar.

—¿Adónde vas? —exijo saber, al tiempo que él aumenta el ritmo a un trote ligero.

—¡A casa! —grita por encima del hombro—. Déjame en paz.

Me quedo boquiabierta mientras se pierde de vista. Añoro la influencia tranquilizadora de mi madre; ella sabía exactamente cómo lidiar con una crisis, y eso es en lo que Robbie se había convertido. Está en grandes problemas, y la manera frívola en que él está tomándolo me crispa los nervios. Apresuro el paso y pronto estoy empujando la verja y metiendo la llave en la cerradura. Cruzo el umbral a trompicones. La casa está en silencio. Esperaba oír música rock a todo volumen, proveniente del piso de arriba, pero hay un absoluto silencio.

Cuelgo el abrigo, me pongo las pantuflas y salgo con dificultad, llamando a mi padre a los gritos.

—Aquí, cariño.

Por supuesto que está en el cobertizo. La puerta está trabada para que no se cierre, y puedo verlo inclinado sobre la mesa, con un pincel en la mano. Me quedo en el umbral, temblando. Está helado en el interior, pero mi padre se ve cómodo con su suéter estilo pescador y su bufanda de lana. Hay un calentador portátil junto a sus pies, que se esfuerza por disipar el frío. La condensación cubre las ventanas, y huele a pintura, madera vieja y humedad.

—Deberíamos construirte una cabaña —comento castañeteando los dientes—, con aislante en las paredes y una cafetera.

—Estoy feliz con mi cobertizo —responde mi padre con una sonrisa—. Volviste temprano.

—Sí. —Trago saliva. Odio ser portadora de malas noticias cuando mi padre se ve tan feliz.

—Robbie está en problemas —le suelto—. Estuvo peleando y... y dibujó un grafiti en propiedad escolar.

Silencio. Mi padre agita el pincel dentro de un cuenco con agua turbia.

—Papá, la directora me llamó al trabajo. Esta vez está en grandes problemas, y no creo que pueda resolverlo por mi cuenta.—Tengo ganas de sacudir los hombros de mi padre. Ni siquiera levantó una ceja.

—¿Te conté cómo era yo en la escuela, Lou?—Se aclara la garganta—. Me castigaban con una vara casi todos los días por cosas triviales e infantiles. La profesora de Ciencias me arrojó un borrador a la cabeza. Creo que todavía tengo la cicatriz en la frente.

Me estremezco ante sus palabras. Por fortuna, el castigo corporal está prohibido en la actualidad porque, si algún profesor lastimara a Robbie, yo misma pelearía con él.

—Un grafiti no es algo trivial, papá —replico—, y tampoco lo es pelear.

—Hablaré con él. —Mi padre suena muy sereno—. ¿Está aquí?

—Sí, lo enviaron a casa más temprano para que se calmara. Está en su habitación y se niega a hablar conmigo.

—Déjalo que se tranquilice. —Mi padre apoya el pincel—. Creo que terminé aquí por hoy. Vamos a tomar una taza de té con un trozo de torta.

—De acuerdo. —Mi sonrisa es algo temblorosa por lo emocional que me siento—. Papá...Él estará bien, ¿verdad?

Mi padre me palmea el hombro.

—Robbie estará bien, Lou. Es un buen chico, así que deja de preocuparte.

Lo veo cerrar el cobertizo con llave y lo sigo, deseando ser tan imperturbable como mi tranquilo y despreocupado padre.

Tomamos el té en un silencio tan cargado de tensión que se podía cortar el aire. La tía Josie nos mira a los tres con los labios fruncidos. En cuanto Robbie y mi padre se van de la cocina, ella me bombardea a preguntas. Le resumo lo que sucedió, y ella asiente sacudiendo el paño de cocina.

—Es evidente, ¿no?

—¿Qué cosa?—Estoy desquitándome con un plato y lo friego con fuerza.

—Hormonas adolescentes.

—Pensé que eso solo les sucedía a las mujeres.

—Los hombres también tienen hormonas, Lou —afirma ella—. Demasiada testosterona, según creo.

—Pero Robbie nunca ha sido así —protesto—. Siempre ha sido amable y gentil. No puedo creer que comenzó una pelea y, en cuanto al grafiti... —Dejo que mi voz se apague.

—Oh, es solo una edad difícil. Está buscando su camino; eso es todo.

—No es solo eso —replico enérgicamente—. Algo sucede, y tengo la intención de llegar al fondo del asunto.

—Buena suerte con eso. —Me mira con empatía—. Debe de ser duro para Robbie el hecho de no tener a su madre cerca.

—Supongo que sí. —Suspirando, me dejo caer sobre una banqueta—. ¿Adónde se ha ido mi adorable hermanito? Está tan taciturno últimamente... es como si no lo reconociera.

—Él sigue ahí. —La tía Josie desliza un brazo reconfortante sobre mi hombro—. Y estoy segura de que hablará contigo cuando esté listo.

—Espero que sí —resoplo— porque, en esta familia, enfrentamos las cosas juntos. No lo hacemos solos.

—Robbie lo sabe. —La tía Josie me pellizca una mejilla—. Ahora, sentémonos y charlemos un poco. ¿Te conté lo que está sucediendo con la familia en el número diez...?

CAPÍTULO 15

Es casi el final de noviembre, y la temperatura ha bajado considerablemente. Cuando salgo con mi grupo de perros, la escarcha cruje bajo mis pies, y mi aliento sale en forma de nubes. Heather ha estado molestándome para que vaya de compras navideñas, así que me rendí y me tomé el día libre en el trabajo. Doy una buena recorrida al parque con los perros y luego regreso a casa para una ducha rejuvenecedora. Cocino el almuerzo de Robbie y le preparo avena caliente con arándanos para el desayuno. Por fortuna, la escuela decidió no involucrar a la Policía. Estoy tan agradecida con la señora Frostrich que podría abrazarla. En su lugar, Robbie recibió dos semanas de castigo y tiene que limpiar la pared del gimnasio. Al parecer, un estudiante más grande provocó a Robbie, lo que resultó en que él perdiera los estribos y atacara. Aún no he logrado descubrir exactamente lo que se dijo, pero está escuchando su música nuevamente, así que es un comienzo positivo.

Oigo el chirrido de la puerta y volteo para verlo entrar. Tiene la corbata torcida y el pelo enmarañado. Le digo que tiene el pelo como si recién se hubiera levantado, y una pequeña sonrisa se dibuja en sus labios.

—Hoy haré algunas compras navideñas —le cuento al pasarle la avena—. ¿Quieres algo de Santa?

—No. —Se deja caer en la silla—. La Navidad es para niños.

—¿Quieres decir que no crees en Santa?—Me llevo la mano a la frente con horror fingido.

—Dejé de creer cuando tenía ocho y te atrapé envolviendo regalos en Nochebuena, ¿recuerdas?

—Estabas desconsolado —acuerdo—. Adiós a la inocencia de la Navidad.

Robbie arrastra los pies bajo la mesa.

—Mamá murió en Navidad.

Me quedo mirando a mi hermano. No es usual que la mencione. Creía que él había superado su muerte por completo, pero ya no estoy tan segura.

—Así es. —Me siento a su lado—. Robbie, si quieres hablar, sobre cualquier cosa... siempre estoy aquí para ti.

Robbie me mira desde detrás de su espeso flequillo, abre la boca para hablar, pero luego la cierra con firmeza cuando mi padre entra a la cocina. Y el momento se pierde.

—Buenos días. —Mi padre se estremece levemente—. Hace frío hoy.

Me acerco a la estufa y le subo la intensidad.

—¿Por qué no pintas aquí hoy, papá?

—Oh, estaré bien. —Mi padre sonríe, y pone la tetera al fuego—. Me pondré ropa interior térmica.

—Hazlo, por favor —le ruego—. No quiero que te enfermes para Navidad.

Robbie devoró su desayuno y está sorbiendo té caliente.

—Debo irme rápido. —Se limpia la boca—. Me reuniré con Ade.

—¿Quieres que Ade venga a cenar esta tarde? —le ofrezco.

—Emmm... De hecho, Lou, tenemos otro visitante esta tarde.

—¿Ah, sí?—Miro a mi hermano con expresión inquisitiva.

—Un profesor vendrá a darme clases particulares de Matemática.

—¿De verdad?—Sonrío ante sus palabras—. Eso es genial, pero... no he podido organizar las finanzas.¿Cómo lo pagaremos?

Mi padre levanta la mano; se ve contento consigo mismo.

—Ya está organizado, Lou. Ayer hablé por teléfono con el señor Love, y él le dará unas clases de prueba a Robbie... ¡gratis!

—¿El señor Love?—Juro que mi ritmo cardiaco se acelera al oír su nombre—. ¿El profesor de Literatura?

—Sí. —Robbie se rasca la cabeza—. Al parecer, es un genio en Matemática al igual que en Literatura.

—Pero ¿él te agrada, Robbie? No te presionó para hacerlo, ¿verdad?—Un recuerdo cruza mi mente: el señor Love diciéndome que se siente atraído por mí.

—¡No!—Robbie voltea los ojos—. De hecho, es bastante genial.

—¿No es maravilloso?—Mi padre hace un pequeño junto a la mesa—. Le mostraremos a ese horrible profesor de Matemática que se equivoca, ¿no es así, Robbie?

—No estoy seguro de eso. —Robbie se pone su abrigo grueso—. Pero haré mi mejor esfuerzo.

Mi padre saca su cartera, y me da un billete nuevo de veinte libras.

—Compra algo rico para el té, Lou. Parece que tendremos otro visitante.

Una hora más tarde, estoy esperando a Heather en el centro comercial, ubicado en el centro de la ciudad. Aún es temprano por la mañana, y los comercios están tranquilos. Armaron una cueva de Santa en la planta baja, rodeada de nieve artificial y renos de poliestireno. Observo a las madres con niños entusiasmados, que hacen fila para ver al padre de la Navidad. Una mujer vestida de lo que supongo que es un duende está entregando paletas y moviendo el cuerpo al ritmo de unas canciones navideñas cursis. Hay trabajadores subidos a escaleras, colgando guirnaldas brillantes y decoraciones del techo; todo se ve muy festivo. Veo a Heather entre la gente que baja por la escalera mecánica. Me saluda alegremente con la mano y baja saltando los últimos escalones cuando deja de moverse.

—¿Qué tal? —Me da un cálido abrazo.

—Hola. —Mi nariz queda aplastada contra su chaqueta de cuero.

—¿Lista para comprar hasta caer muerta?

—Más bien vengo a mirar vidrieras —presumo—. No tengo idea de qué comprar este año.

Ella saca una tarjeta de crédito del bolso.

—Esta terminará con un agujero hoy.

—Yo pagaré en efectivo —señalo con modestia.

—Impresionante —bromea Heather, y entrelaza su brazo con el mío—. ¿Te ganaste la lotería?

—Ahorro todo el año —respondo con una sonrisa—. De lo contrario, jamás podría tener dinero para Navidad.

—Sensato. Comencemos, entonces, ¿de acuerdo?

—Te sigo.

Unas horas más tarde, nos detenemos a almorzar en uno de los restaurantes del centro comercial. Estamos en el último piso, sentadas junto a la ventana, desde donde podemos ver la ciudad que se extiende a nuestros pies. Sale humo de las chimeneas de tamaño industrial, que se mezcla con las nubes grises. Las calles están salpicadas de vehículos que pasan zumbando de un lado al otro. Hay una manifestación junto al edificio principal de la Universidad. Algo de oposición a la cuota de matrícula, según escuché en la radio, que podría provocar algunos trastornos. Pienso en mi próxima semana en el campo; será agradable tener algo de paz y tranquilidad, lejos del esmog y del ruido de la ciudad. Sin embargo, me preocupa dejar a mi padre y a Robbie solos. ¿Cómo se las arreglarán sin que yo les esté encima?

Heather ordena nuestra comida y bebida, y luego se reclina para observarme.

—¿Estás entusiasmada por la semana en el retiro de escritores?

—Así es. —Toqueteo una grieta en el linóleo, al borde de la mesa. —Extrañaré a papá y a Robbie, por supuesto.

—Te hará la mar de bien. —Heather me palmea la mano—. Sin tareas del hogar, sin cocinar, solo paz y tranquilidad por una semana entera.

—Una gloria. Hasta podría terminar mi novela.

—¿De qué se trata? —pregunta Heather.

—Emmm... ¿Cómo podría describirlo? Supongo que es un misterio romántico.

—Suena prometedor.Así que, cuando se publique, voy a querer una copia firmada, por supuesto.

—Serás la primera en recibir una —le prometo. La camarera nos lleva chocolate caliente. Se ve demasiado lindo para tomarlo: un líquido marrón arremolinado con crema espumosa blanca, malvaviscos y decoración comestible. Mi estómago ruge al verlo—.¿Cómo va la vida de soltera? —pregunto, mientras hundo la larga cuchara en el chocolate.

—Terrible. Odio estar sola. Nadie con quién besarme.

Nadie que me malcríe.—Heather suspira—. No sé cómo has hecho tú para arreglártelas sola durante tanto tiempo.

—Disfruto de estar sola —afirmo—. Nadie a quién darle explicaciones, nadie con quién discutir... además, estoy ocupada con mi padre, Robbie y, además, el perro. Tres machos en mi vida es suficiente, muchas gracias.

—¿No quieres tener intimidad con alguien? —Heather me mira con una sonrisa sugestiva.

—No —contesto con demasiada rapidez. Omití contarle sobre el encuentro con Joel Love. Por lo general, le cuento cualquier cosa a Heather pero, en este momento, no quiero compartir que estoy desarrollando una atracción hacia el profesor de mi hermano menor. Últimamente, ha estado en mis pensamientos un poco demasiado, y no puedo evitar reproducir el momento en que tomó mi mano y me dijo que se sentía atraído hacia mí. ¡Vaya! No es mi tipo para nada; demasiado intelectual para empezar. Pero tiene ojos encantadores, pelo genial y un buen gusto para la ropa...

—Ah, Lou, antes que me olvide... —Heather toma su bolso y comienza a rebuscar—. Logré conseguir una fotografía decente de mamá.—Cuando la miro con expresión perpleja, continúa—: ¿Tu padre intentará pintar su retrato?

—¡Sí!—Se la quito y me quedo mirando la fotografía a color de su rostro—. Tu mamá se ve linda.

—Fue una de esas cosas de cambio de imagen. No olvides que es una sorpresa para ella, Lou.

—Mis labios están sellados. —Finjo cerrar un cierre por mis labios.

Heather hurga entre las bolsas junto a sus pies.

—Compré montones de regalos. ¿Qué hay sobre ti, Lou? ¿Qué comprarás?

—Es sencillo.Papá estará eufórico con cualquier cosa

relacionada con la pintura. Para la tía Josie, pensé en un perfume fino, y Robbie quiere una laptop.

Heather suelta un silbido bajo.

—No quiero mucho, ¿no?—Lame la crema de la cuchara y le queda un bigote blanco. Le paso una servilleta.

—Conseguiré el dinero de alguna manera. —Cruzo los dedos por debajo de la mesa—. Es importante para su trabajo escolar, y todos sus amigos tienen una. Ya sabes cómo es la presión de grupo.

—Intento olvidar mis días de escuela. —Lou hace una mueca—. Fracasé horriblemente en los exámenes.

—También yo —señalo asintiendo—, aunque a quién le importa eso ahora. Tú tienes tu propio negocio, y yo trabajo en... una pastelería.

—¡Oye!—Heather chasquea la lengua al ver mi expresión decaída—. Estás ayudando a alimentar al país; es un trabajo sumamente importante. Además, creía que amabas la pastelería.

—Así es. —Apoyo la barbilla sobre mis nudillos—. Quiero decir, todos allí son geniales, y sé que soy buena en mi trabajo. Pero a veces creo que debería tener una vocación, como tenía mamá. Algo que de verdad valga la pena, como la enfermería.

—Emmm... ¿tu vocación no es escribir?

—Algunos días no estoy tan segura. Es difícil, Heather. Recibo rechazo tras rechazo, y me hace cuestionarme si tengo un verdadero talento para poder lograr el éxito.

Heather apoya la cuchara sobre la mesa y me mira con ojos entrecerrados; eso significa que está por decir algo serio.

—*Eres* talentosa, Lou. Solo debes seguir intentándolo; no te rindas. Un día serás una escritora exitosa y, entretanto, continúa vendiéndome deliciosas baguettes y tortas de crema. Todo saldrá bien al final, créeme.

—De acuerdo. —Me siento animada por sus palabras positivas—. ¿Alguna vez te dije lo gran amiga que eres?

—Por favor, siéntete libre de cubrirme de elogios —responde Heather entre risas—. Aquí llega el almuerzo. Comamos, y luego podremos atacar tu lista de Navidad.

CAPÍTULO 16

Más tarde ese día, Heather me lleva de regreso a casa. Tengo dificultades para bajar del auto con todas las bolsas. Alentada por mi amiga y por el sonido festivo de las canciones navideñas, que sonaban en todas las tiendas, volví a gastar demasiado. Compré muchos regalos pequeños para mi padre, Robbie y la tía Josie y, después de revisar la cartera y de contar los billetes, me doy cuenta de que gasté más de la mitad de mis ahorros para Navidad y aún debo comprar para Heather, su familia y la temida laptop de Robbie. Por fortuna, me pagan más temprano en diciembre.

—¿Nos vemos el fin de semana para tomar algo? —pregunta Heather esperanzada, cuando rodeo el automóvil para acercarme a ella.

—Está bien, pero tendrá que ser un lugar económico y alegre.

—El Feathery Duck, entonces. —Acelera el motor, se coloca los anteojos de sol (aunque estamos en pleno invierno) y sale zumbando.

Camino con dificultad por el sendero de entrada. Mi padre

observa desde la ventana de abajo. Me abre la puerta y toma las pesadas bolsas.

—¿Estuviste gastando dinero, cariño?

—Sí, y no espíes.—Lo sigo por el pasillo hasta la cocina. Está impecable. No recuerdo que estuviera tan limpia cuando me fui esa mañana—.¿Estuviste limpiando? —pregunto, mientras agarro la tetera.

—Así es. —Mi padre está más contento que unas pascuas—. Tenías razón sobre el clima. Hacía demasiado frío para pintar, así que pensé en arreglar un poco el lugar y darte algo de descanso.

—Oh, papá, se ve encantador. —Le muestro la sonrisa más grande que puedo lograr—. ¿También limpiaste la estufa y la heladera?

—Sí —afirma él con orgullo—. También pasé la mopa por el piso e hice las camas.

—¿Hasta la de Robbie? —pregunto riendo.

Mi padre asiente.

—Eso fue toda una experiencia. Tenía platos bajo la cama y media docena de tazas.

Volteo los ojos.

—Así que allí estaban escondidas. Gracias.

—Por nada. ¿Y compraste algo rico para nuestro invitado de esta noche?

—Tenemos dos invitados, papá; recuerda que la tía Josie estará aquí.

Mi padre ignora su mención. —Sí, pero ella es familia; no cuenta.

—No le diré que dijiste eso —comento riendo—. Además, papá, tal vez el señor Love no quiera quedarse a cenar. Tiene una hija que debe de esperarlo en casa.

—¿Ah, sí?—Mi padre se rasca la cabeza—. ¿Cómo lo sabes?

—Emmm... Oí a alguien hablar del tema.—Me sonrojo, y

me pongo a preparar el té—. Entonces, me tomaré una taza de té rápido, y comenzaré con la comida. Por cierto, prepararé lasaña, para responder tu pregunta anterior.

—Mi favorita. —Mi padre se lame los labios, agradecido.

De pronto, se me ocurre una idea.

—¿Y si es vegetariano?

—Ah. Eso podría ser un problema.

—¡Pastel de papa y queso!—Corro al congelador horizontal —. Preparé una fuente hace unas semanas. Estoy segura de que quedó una porción. —Meto la cabeza en el congelador y rebusco a fondo—. Taráááán.

Mi padre respira aliviado.

—Salvada por nuestra propia chef experta.

—Lo pondré a descongelar. —Lo pongo en el microondas, termino de tomar mi té, y subo las escaleras.

—Lou, ¿adónde vas? —grita mi padre.

—Solo al baño —respondo nerviosa—, y luego comenzaré con la comida.

Subo deprisa y corro al baño para enjuagarme el rostro y cepillarme los dientes. Después cruzo a mi habitación para desenredarme el cabello y ponerme una fina capa de maquillaje. ¿Debo llevar mi largo cabello recogido o suelto? Por razones de higiene, decido recogerlo. Me quito la sudadera y saco una blusa de raso de la percha más cercana. Miro mis vaqueros y concluyo que tendrán que servir. Me aplico un poco del perfume más costoso que tengo, y estoy lista. «Mmm... nada mal, Lou, nada mal». No es que quiera impresionar a nadie. (A quién quiero engañar, ¿verdad?).

Cuando por fin termino de arreglarme, bajo las escaleras con aire despreocupado. Mi padre está en la sala, mirando la televisión. Voy dando saltitos de entusiasmo hasta la cocina, enciendo la radio y me arremango. Son las tres de la tarde. Robbie no llegará hasta dentro de una hora, por lo menos, ya que va a hacer su reparto de periódicos apenas termina la escuela. Eso significa que tendré tiempo de sobra para preparar la lasaña perfecta y, si resulta que el señor Love es vegetariano, tengo el delicioso pastel de papa y queso como respaldo. La vida es buena.

La carne molida está hirviendo, la salsa de queso está espesándose, y ya extendí las capas de lasaña en una linda pila. Me felicito mentalmente por un trabajo bien hecho cuando Robbie irrumpe por la puerta y se quita el bolso fluorescente por encima de la cabeza.

—¡Yupiii!, recibí mi primera propina por Navidad —exclama.

—Y ni siquiera estamos en diciembre —comento con alegría—. ¿Cuánto fue?

—Diez libras, y parece recién salido de la imprenta. —Mete la mano en el bolsillo para mostrarme el billete nuevo.

—Fabuloso. —Le muestro una sonrisa amplia a mi hermano—. ¿Tendrás tu clase de Matemática esta tarde?

—Sí. El señor Love llegará pronto.

El entusiasmo burbujea en mi estómago, pero me esfuerzo para que no se vea en mi rostro.

Robbie se acerca por detrás y hunde el dedo en la salsa de queso.

—Mmm... Mi favorita.

—Emmm, Robbie... —comienzo titubeante—, papá y yo creemos que sería agradable que el señor Love se quedara a cenar. Creemos que es lo menos que podemos hacer, considerando que no te cobrará por las clases.—Echo un vistazo a mi hermano, quien no se ve molesto por la idea de cenar con uno de sus profesores.

—Sí, estaría genial. —Robbie se pasa la mano por el pelo—. Pero no me... harás pasar vergüenza. Por favor, no hagas cosas de chicas como empezar a mostrarle mis fotos de bebé.

—Por supuesto que no —contesto riendo—. Aunque la tía Josie vendrá como de costumbre, pero le diré que se comporte. —Le paso a Robbie una cucharada de salsa—. ¿Sabe bien?

Él le da un sorbo glotón.

—Sí.

—Me alegra tener tu aprobación, pero creo que le pondré algunas hierbas para darle ese toque extra.—Giro el especiero hasta dar con el frasco de finas hierbas. Espolvoreo generosamente sobre la olla, revuelvo bien y lo dejo hervir a fuego lento. Suena el timbre, y mando a Robbie a que abra.

De repente, estoy nerviosa y siento calor. Decido apagar la calefacción; está caluroso en la cocina con el horno y la estufa encendidos, y mi frente está cubierta de sudor. Me digo que es el esfuerzo de cocinar, pero ¿a quién quiero engañar? La idea de volver a ver al señor Love me tiene en un estado de agitación. Saco una servilleta de papel del dispensador y me seco el rostro. Tal vez debería contarle la verdad sobre la otra noche, pero ¿de verdad quiero su lástima? Obviamente, dedujo que me habían plantado, o algo así. Al final, Darren Walker sí apareció, tan arrogante como siempre. Solo siento que le debo una explicación al señor Love. Y, de paso, puedo dejar perfectamente claro que estoy soltera.

Robbie me llama desde el pasillo. Preparo una sonrisa de bienvenida en el rostro y abro la puerta.

—Hola. —Me acerco al señor Love.

—Hola otra vez —responde él con su tono de voz bajo y áspero.

—¡Robbie! Toma el abrigo del señor Love, ¿quieres?—Mi hermano me mira de reojo antes de resoplar y de estirar la mano—.Hace frío hoy, ¿verdad? —comento.

—Sí. —El señor Love se quita el abrigo polar y se lo entrega a Robbie.

—¿Qué debo hacer con esto? —pregunta Robbie.

—Emmm... llévalo arriba.—Mientras Robbie sube de a dos escalones a la vez, el señor Love y yo nos quedamos mirándonos —.¿Quiere quedarse a cenar?—Mi voz suena un poco más aguda de lo normal. Aclaro mi garganta y me apresuro a continuar—. No se sienta obligado; si prefiere regresar directo a casa...

—Me encantaría —afirma el señor Love—, muchas gracias.

—Genial —expreso con una sonrisa. Diría que levanto el rostropara sonreírle, pero soy bastante alta, así que la diferencia de altura entre nosotros es mínima.

Robbie regresay recuerdo por qué está el señor Love en casa.

—Estamos muy agradecidos de que haya aceptado darle clases particulares a Robbie —expreso con mi sonrisa más encantadora—. ¿No es así, Robbie?

—¿Qué? Supongo que sí.—Robbie se rasca la barba incipiente en su barbilla. Recuerdo que mi hermano es un adolescente hecho y derecho, capaz de que le crezca barba, y que no debo avergonzarlo.

—Entonces, me pondré a preparar la cena y los dejaré trabajar.—Apenas logro contenerme y no aplaudir. Por el rabillo del ojo, advierto que Robbie hace una mueca y, entonces, me acuerdo de mi padre—.Robbie, antes de comenzar, preséntale el señor Love a papá.

—Está bien —murmura mi hermano.

El señor Love sigue a Robbie a la sala, y escucho saludos entre hombres, que resuenan a través de las paredes. Regreso a la cocina, me apoyo contra la puerta cerrada, y exhalo aliviada. Un silbido agudo proveniente de la olla llama mi atención.

"¡Maldición!", exclamo, y corro a retirar de la estufa la

burbujeante salsa para la lasaña. Justo a tiempo; el contenido de la olla parece a punto de quemarse. La llevo a la mesa y la coloco sobre un posafuentes; luego, comienzo a preparar la lasaña. Cinco minutos más tarde, la salsa de queso está agregada, y luce perfecta. Termino de espolvorear queso rallado y, ¡taráááán!, está lista para terminar de cocinarse en el horno. Me siento muy conforme con mis esfuerzos culinarios.

CAPÍTULO 17

Todo está bajo control en la cocina. La lasaña está burbujeando en el hornoinferior, y hay papas fritas de triple cocción en el horno superior. Preparé una ensalada tamaño familiar y estoy en proceso de cortar pan crujiente cuando suena el timbre por segunda vez. Dejo el cuchillo de pan y me dirijo a la puerta principal. La tía Josie está medio escondida bajo un paraguas con lunares.

—Hola, Lou. —Se sacude las gotas antes de limpiarse los zapatos en la alfombrilla.

—Hola —saludo—.Ven, sal de la lluvia.—Mantengo la puerta abierta y la invito a pasar—.Espero que tengas hambre.

—Estoy famélica.¿Qué hay en el menú esta noche?

—La lasaña más grande que hayas visto.—Me sigue de regreso a la cocina.

—Huele delicioso aquí. —La tía Josie se quita el abrigo, y lo cuelga en la puerta de la despensa—. ¿Cuál es la ocasión especial?

Tenemos una visita para la cena —susurro—.El profesor de Robbie.

—¿Qué hizo ahora? —pregunta mordaz la tía Josie. Está al tanto del grafiti y la pelea, y su respuesta fue tirar de su oreja.

—No está en problemas —replico—. Está recibiendo una ayuda extra con Matemática para ayudarlo a aprobar sus exámenes de certificación.

—¿Quieres decir que se está esmerando y se está aplicando?

—Supongo que sí. —Me muerdo el labio—. Hay bastante silencio allí dentro. Tal vez debería ir a ver.

—No te detengas por mí. —La tía Josie se arremanga—. Estaré aquí lavando mis manos, ocupándome de mis cosas, si me necesitas.

—Gracias. —Le doy un beso en la mejilla—. Yo, emmm... no tardaré.

La tía Josie voltea para mirarme con una ceja levantada.

—Tómate todo el tiempo que necesites.

La sala, en comparación con la cocina, es el epítome de la calma. Mi padre está sentado en su sillón favorito, leyendo el diario, y Robbie y el señor Love están en el sofá. Hay papeles y libros esparcidos. Robbie está inclinado sobre una de mis novelas de tapa dura, escribiendo, y el señor Love está a su lado, hablando en voz baja. De pronto, caigo en la cuenta de que no verifiqué si el señor Love es vegetariano. ¡Grrr! Será mejor aclarar eso de inmediato.

—¿Todo bien por aquí? —comienzo. El señor Love me mira y sonríe. Robbie me ignora, y sigue trabajando con aplicación—. Señor Love, olvidé preguntarle si era vegetariano.

—Antes de responder, ¿podrían todos llamarme *Joel*, por favor?—Miro a Robbie con recelo; ¿no podría eso comprometer su integridad profesional? Cuando yo estaba en la escuela nos dirigíamos a todos los profesores como "señor" todo el tiempo—. Estoy seguro de que Robbie sabe que, cuando estamos en la escuela, debe llamarme *señor Love*.

Robbie sigue escribiendo y parece ajeno a la conversación.

—¿Comprendes, Robbie? —casi chillo.

—¿Qué?—Él levanta la vista hacia mí—. Ah, sí, entiendo. Joel.—Sonríe con suficiencia, y de pronto comprendo el deseo de la tía Josie de tirar de su oreja.

—Me alegra que haya quedado claro —expreso entre dientes.

—En cuanto a su pregunta sobre mis hábitos alimenticios, en realidad, soy vegano.

—¡¿Vegano?!—Esa vez sí chillo. Desesperada, intento recordar si los veganos comen queso. Estoy bastante segura de que no comen ningún producto que derive de animales, lo que significa que el pastel de queso y papas del que estaba tan orgullosa no es apropiado.

—¿Qué haré?—gimoteo en silencio. Mi turbación debe de reflejarse en mi rostro porque todos han dejado de hacer lo que estaban haciendo y están con la mirada fija en mí.

Entonces, el señor Love... es decir, Joel, sonríe.

—Estoy bromeando. Adoro la carne.

El aliento que tengo contenido sale tembloroso. Mi padre comienza a reír a carcajadas y luego se le une Robbie. ¡Ja, ja, maldito ja! Esa broma no fue para nada graciosa. Por dentro, estoy furiosa. Me tomé muchas molestias para preparar esa comida. Por fuera, por supuesto, sonrío con amabilidad.

—Está bien —expreso en tono seco—. No hubiese sido un problema si lo fuera, por supuesto.—Allí estoy, mintiendo otra vez. ¿Qué me sucede? Nunca miento, casi nunca—. Robbie, ¿puedes ofrecerle al señor Lo..., es decir, a Joel, una bebida?

—¿Qué? ¿Por qué yo?—Robbie parece agraviado por mi pedido perfectamente razonable.

—Estoy preparando la cena —le recuerdo con una mirada penetrante.

—Yo lo haré —se ofrece mi padre con alegría—. ¿Té, café o jugo, Joel?

—Una taza de té me vendrá bien —responde Joel.

Mi padre se levanta del sillón y me guiña el ojo al pasar a mi lado.

—Los dejaré para que continúen —les digo a Joel y a Robbie.

—No tardaremos mucho más. —Joel me sonríe, y mi corazón da un pequeño salto. La broma previa queda olvidada. Le devuelvo la sonrisa antes de dar la vuelta y cerrar la puerta suavemente detrás de mí. De regreso a la cocina, pongo la mesa, y luego limpio el mesón con un paño húmedo.

Mi padre está ocupado preparando las bebidas.

—Parece un buen tipo y, ciertamente, sabe de lo que habla.

—Pero ¿es atractivo?—La tía Josie me mira.

Hago una pausa.

—Supongo que sí.

—Ah, qué bien. —La tía Josie ríe por lo bajo—. Es hora de que tuviéramos algún bombón por aquí.

—No vino aquí a que se lo comieran con los ojos —señalo volteando los míos—. Recuerda que está aquí por Robbie.

—Muy bien. —La tía Josie se aparta de la pileta y se sienta en una silla. Mi padre me lanza una mirada cómplice antes de levantar la bandeja de bebidas para regresar a la sala—. Tu padre parece feliz hoy. —La tía Josie se quita los mocasines y mueve los dedos de los pies sobre el frío piso de linóleo.

—Así es. —Le cuento sobre las tareas que hizo ese día.

—Era hora —comenta resoplando—. Ahora solo necesita encontrar un empleo.

—Dale tiempo —le pido, mientras me siento frente a ella—. No quiero presionarlo para que haga algo que odia.

La tía Josie chasquea la lengua, y luego cambia de tema.

—Vi a Darren Walker esta mañana, en su ronda de reparto de leche. Intentó convencerme de recibir sus productos a precios excesivos. Creo que el hombre debe de recibir una comisión. Me llenó de halagos. ¡Ja! A mi edad. Ese tipo es un engreído.

—Espero que te hayas negado.

—Desde luego. —La tía Josie entrecierra los ojos—. ¿Sigue molestándote?

—Oh, no es nada que no pueda manejar. Me envió algunos mensajes para invitarme a salir.

—¿Aún te gusta, Lou?

—Es muy atractivo —respondo con cautela— y encantador.

—Ah, sí, puede ser encantador. —La tía Josie frunce el ceño —. Pero no es alguien en quien se pueda confiar. Le gustan demasiado las mujeres.

—Lo sé —suspiro. Lo he escuchado tantas veces a través de los años... La gente intentaba advertirme sobre él. De algún modo masoquista, eso lo hace más atractivo. —Lo sensato sería que lo saque de mi vida de una vez por todas, pero... supongo que me halaga la atención.

—Y todos la necesitamos de vez en cuando —comenta la tía Josie en voz baja.

Se escuchan unos golpes suaves a la puerta.

—Adelante —digo, mirando a la tía Josie. Joel asoma la cabeza.

—Robbie y yo ya terminamos. ¿Tengo tiempo de ir a buscar algo de vino para nosotros?

—Sí. —Miro a mi alrededor en busca del bolso—. Una botella de vino tinto sería agradable.

—Permítame a mí —interviene Joel con calidez—, como una manera de agradecerle por cocinar para mí.—Se va antes de que yo pueda protestar.

—Oh, cielos. —La tía Josie tiene una expresión soñadora—. ¿No es atractivo?

—¡Basta! —exclamo riendo, con las manos levantadas—.

Asustarás al pobre hombre. Prométeme que te comportarás. Robbie está preocupado por que podamos avergonzarlo.

—Sé cómo comportarme —espeta la tía Josie pero, si no me equivoco, hay un brillo travieso en su mirada.

Joel regresa justo cuando suena el temporizador del horno. Trae dos botellas y, para mi sorpresa, me entrega un pequeño ramo de flores.

—Lamento que no tengan la calidad de las de una florería —comenta él mientras tomo el ramo—. El almacén no tiene mucho para elegir.

—Es muy amable. —Me siento sinceramente conmovida por su gesto—. Gracias.—Noto que la tía Josie levanta las cejas mientras nos observa a ambos.

—¿Puedes ponerlas en agua? —le pido—. Mientras tanto, sacaré la lasaña.

Mi tía toma el ramo.

—¿No me presentarás, Lou?

—Oh, lo lamento. Ella es mi tía Josie, y él es Joel.

—Encantada de conocerlo, pero no me llame *tía*, por favor. *Josie* es suficiente.

—Hola.—Joel levanta la mano como en un saludo estático.

—Así que es profesor.—La tía Josie arregla las flores en un florero de cristal.

—Sí. Literatura es mi materia principal, pero también he enseñado escritura creativa.

Eso despierta mi interés. Le echo un vistazo rápido al pasar con la fuente de lasaña dorada hacia la mesa.

—Lou escribe —comenta la tía Josie—. Siempre ha querido ser escritora.

—Es solo un pasatiempo. —Puedo sentir que mis mejillas se sonrojan—. Mi verdadero trabajo es en una pastelería.

—¿Qué género escribe?—Joel se llevó las manos a los bolsillos.

—Historias infantiles principalmente. Libros de cuentos ilustrados para los más pequeños.

—Ese es un mercado difícil de penetrar —señala Joel—.Se supone que es sencillo pero, en realidad no lo es. Me gustaría leerlos, si puedo.

—Sí... emmm, quizás. —Tomo el cuchillo de carnicero y corto la pasta. Sale carne picada y salsa de queso.

—Por favor, siéntese. —Hago un gesto con la cabeza hacia la mesa.

—Llamaré a los demás.—La tía Josie sale de la cocina tarareando alegremente.

—¿**P**uedo ayudar en algo? —pregunta Joel—. Me siento algo culpable después de la metida de pata de antes.

—Está todo bien —afirmo, con una sonrisa temblorosa —. Quería explicar mi propia metida de pata de la otra noche en el restaurante chino. No me propuse engañarlo, pero la verdad es que no planeaba encontrarme con una amiga: me dejaron plantada.

—Me di cuenta de eso en aquel momento —señala Joel con una sonrisa—, y ya está olvidado.

Asiento, agradecida de que no siga haciendo preguntas.

—Si le sirve de algo, ese tipo debe de estar loco para hacerle algo así...

La puerta se abre, y eso interrumpe nuestra conversación. Estoy consciente de la mirada de Joel sobre mí, y un calor recorre mi cuerpo. Su mano está extendida sobre la mesa y casi toca mis dedos. Por instinto, retiro mi mano.

—¡Cielos!, hace calor aquí. —Soplo mi rostro encendido con la mano.

Mi padre me mira sorprendido.

—Es invierno, Lou, y estoy helado.

—Yo también.—Robbie tira los cordones para ajustar la capucha de su suéter.

—Bueno, yo tengo calor —interviene la tía Josie—, pero no es ninguna novedad. Culpo a la menopausia.

—Abriré una ventana. —Estiro el brazo para entreabrir una de las pequeñas—. Siéntense y sírvanse.—Le quito el papel de aluminio al cuenco de la ensalada, e introduzco las pinzas.

—¿Cómo fue tu primera clase de Matemáticas? —le pregunto a Robbie.

—No muy bien.—Robbie hace una mueca.

—Recién comenzamos —señala Joel con amabilidad —.Trabajaremos en el programa y nos concentraremos en los temas que más te cuestan.

—De verdad valoramos su ayuda —expreso con la mayor sinceridad—. La dificultad con las matemáticas debe de estar en nuestros genes.

—Matemática es una materia complicada para muchas personas —responde Joel—. No se mortifique por eso.

—Sin embargo, usted llegó al examen de nivel avanzado. Eso debió ser difícil.—Paso la fuente de pan.

—Lo disfruté —admite él—. Estuve a punto de estudiarla como carrera de grado, pero la Literatura siempre ha sido mi primer amor.

—Debe de ser superinteligente.—La tía Josie lo mira con expresión sagaz—. ¿Siempre quiso ser profesor?

—No. Quería ser astronauta.—Joel se vuelve hacia mi padre —. ¿A qué se dedica usted, señor Henry?

—Por favor, llámeme *Job*. —Mi padre traga saliva—. No estoy trabajando en la actualidad... pero estoy buscando empleo. El único problema es que no sé lo que estoy buscando.

—Papá pinta —comento—. Es un artista muy talentoso.

Joel levanta las cejas.

—Excelente. Y, Robbie, ¿tú también pintas, o escribes como tu hermana?

—Compongo música y toco la guitarra. —Los ojos de Robbie brillan al hablar de su materia favorita—.También aprenderé a tocar la batería.

Joel asiente en señal de aprobación.

—Así que son una familia talentosa. ¿Qué hay sobre usted, Josie?

Las mejillas de mi tía se sonrosan.

—Oh, no, no soy para nada creativa. Era enfermera antes de jubilarme, como la madre de Lou.

—¿Ah, sí?—Joel mira la pared, donde hay numerosas fotografías de mi madre.

—Murió hace diez años —señalo en voz baja.

—Lo lamentoo.—Joel me muestra una sonrisa de empatía, y me sorprende lo agradable que es ese hombre, lo diferente que es de Darren Walker.

—Su hija... —Estoy ansiosa por cambiar el tema a uno menos sensible. Noto que mi padre tiene los ojos llorosos, y sé que está recordando—.¿Cuál es su nombre?

—Summer —responde con una sonrisa.

—Es un nombre encantador —admito—. ¿Y tiene la edad de Robbie?

—Quince —confirma—, a punto de cumplir treinta.

Me pregunto cuántos años tiene Joel. Calculando, diría que unos treinta, lo que significaría que tuvo a Summer cuando era adolescente. ¡Cielos! Dudo mucho de que yo pudiera lidiar con un niño *en estos momentos*.

—Entonces, ¿ella también hará la certificación este año?

—Sí.—Joel se inclina para servirse ensalada—. Quiere trabajar en el ámbito del Derecho. Tiene una idea muy clara del bien y el mal. La vida es toda blanco y negro para Summer.

Yo le digo que también puede ser gris y complicada; no todo en la vida es tan claro.

Asiento en señal de acuerdo.

—¿Y dónde está ahora?

—Se queda a dormir en casa de su mejor amiga. Es su segundo hogar. Parece que yo ya no sirvo como compañero.

—Lo mismo pasa con nuestro Robbie —acota la tía Josie—. Siempre está en su habitación tocando música y jugando a esos espantosos juegos en la computadora.

Robbie se remueve en la silla; se ve un poco avergonzado. Tomo otro bocado de lasaña. Está realmente deliciosa, y el vino la complementa a la perfección.

—Esto está de rechupete. —Mi padre está devorando la comida con entusiasmo. Jamás lo vi comer tan rápido. Su plato está casi vacío, y está bebiendo el vino de golpe.

—¿De rechupete? —repite Joel.

—Una expresión antigua —explica mi padre—. Significa *delicioso, genial*.

—Ah, comprendo. Yo no soy de aquí. Soy de Manchester.

—¿Y cómo terminó viviendo aquí, en Wolverhampton?— Mi padre se lleva un tenedor lleno de ensalada a la boca.

—Por razones laborales —contesta Joel—. Solicité el puesto vacante de director de departamento y, por fortuna, lo conseguí. La señora Frostrich y yo estuvimos en el mismo curso de capacitación docente, y eso ayudó.

—¿A qué escuela asiste Summer? —pregunto, y bebo un poco de vino.

—A la Royal School.

¡Guau! Una escuela privada. Debe tener mucho dinero.

Robbie sonríe.

—El año pasado les ganamos en una competencia de fútbol.

—No me sorprende —señala Joel—. Los deportes no son su

fuerte. La Royal es más una escuela académica. Summer ha estado aprendiendo latín durante dos años.

¿Latín? Toso al oír sus palabras. Me parece un desperdicio. ¿Por qué alguien querría perder tiempo en aprender un idioma tan arcaico y obsoleto?

—Siempre quise aprender italiano —comenta la tía Josie con expresión soñadora—. Es un idioma tan romántico... y los hombres italianos, mmm... —Deja que su voz se apague cuando la miro con desaprobación.

Parece que todos los platos quedaron vacíos.

—Si todos terminaron, comenzaré a levantar la mesa.—Me pongo de pie, y tomo mi plato y los cubiertos.

—Permítame ayudarla. —Joel me sigue hasta la pileta.

Comienzo a protestar, pero él insiste. Es evidente que es un hombre moderno.

—¿Eso significa que puedo sentarme a ver televisión?—La tía Josie ya está arrastrando los pies hacia la puerta.

—Solo por esta noche —bromeo. Los tres se van, y tomo plena conciencia de que Joel y yo estamos solos.

—Tome. —Le paso un paño con estampado de flores, y lleno la pileta con agua jabonosa.

—Entonces, ¿regresará a Manchester para Navidad? —pregunto, mientras hundo las manos en el agua caliente.

—No. Summer y yo decidimos quedarnos aquí y disfrutar de una típica Navidad en Midlands.

—Oh, lo van a disfrutar —expreso con una sonrisa—. ¿Qué le parece Wolverhampton hasta ahora?

—Es genial —responde Joel—. Las personas han sido muy hospitalarias. Viví en Londres durante un tiempo; nadie hablaba. Pero aquí la gente parece verdaderamente amigable.

—Es una ciudad amigable —acepto—. ¿Ha podido recorrer Wolverhampton?

—No he tenido oportunidad. Me abrumaroncon trabajo, pero me gustaría hacerlo.

Se me ocurre una idea.

—Este domingo encienden las luces de Navidad en el centro de la ciudad. Debería ir... con Summer.

—¿Estará usted allí?—Joel toma un plato y lo seca metódicamente.

—Emmm... tal vez.

—Podríamos ir juntos. —Joel me sostiene la mirada—. Es decir, solo si quiere. Necesito que alguien me muestre el lugar. ¿Estaría dispuesta a hacerlo?

Vacilo.

—Podría llevar a Robbie también...

—De acuerdo, sería lindo.

—Excelente —expresa Joel con una sonrisa.

En la radio se escucha una canción romántica de fondo. Joel apenas me roza con un brazo, y siento un escalofrío por la espalda. Sin que lo note, le echo un vistazo. Tiene un rostro amable y abierto. La tía Josie tiene razón: es atractivo. Bajo la mirada hasta sus dedos largos y elegantes. No hay anillos, y me pregunto que habrá sucedido con la madre de Summer.

—Con respecto a Robbie...—Él se aclara la garganta.

—¿Sí? —pestañeo, alejando los pensamientos inquisitivos. Joel Love no es de mi incumbencia. Apenas lo conozco.

—Me contó sobre la pelea y sobre el asunto del grafiti.

—¿Lo hizo?—Me sorprende que Robbie le confíe algo a un profesor.

—Hoy hablamos durante su castigo. El chico al que Joel golpeó estaba burlándose de su padre, insultándolo.

—Lo sabía. —Me quito los guantes de goma—. Robbie jamás iniciaría una pelea. ¿Mencionó lo del grafiti?

Joel hace una mueca.

—No le gustará.

—Por favor, dígame —le pido suspirando.

—El señor Hoffman, el profesor de Matemática...

—Sí... —Lo miro con ojos entrecerrados—. ¿Qué tiene que ver?

—Fue él quien sorprendió a Robbie peleando. Parece que el viejo Hoffman perdió los estribos y comenzó a gritarle a Robbie. —Joel respira profundamente—. Le dijo que no llegaría a nada, como su hermana. Estuve preguntando por ahí, y la mayoría de la clase de Robbie fue testigo. Definitivamente, Hoffman lo dijo. Media hora más tarde, aparece el grafiti de Robbie en la pared. En su defensa, se podría decir que fue provocado. No digo que lo que hizo esté bien, pero entiendo por qué lo hizo.

—¿Cómo se atreve ese hombre?—La furia se apodera de mí —. ¿Cómo puede hablarle así a un alumno? Robbie es solo un adolescente, mientras que el señor Hoffman... bueno, debería saber cómo comportarse. Es un profesor; supuestamente, un profesional.—Me muerdo el labio por la ira y saboreo sangre—. ¿No se supone que los profesores deben motivar e inspirar? ¿No se supone que deben preocuparse por los alumnos?

—Sí, así es.—Joel apoya una mano consoladora sobre mi brazo—. También estoy avergonzado por la conducta del señor Hoffman. Jamás le hablaría así a un alumno. Es incorrecto y poco profesional.

—Claro que sí —espeto.

—¿Qué hará?—Joel suena nervioso—.Puedo hablar con la señora Frostrich en su nombre, si eso la ayuda.

—Gracias por la oferta, Joel, pero esto es algo que debo hacer en persona.—Me aparto, y comienzo a apilar los platos en la alacena—.De todos modos, no sería justo involucrarlo. Hoffman es su colega. Podría hacer incómoda su vida laboral.

—A veces es más importante hacer lo correcto. —Joel me

guiña un ojo—. De todas maneras, Hoffman nunca me cayó bien, pero no se lo cuente a Robbie.

—A mí tampoco —señalo enojada—, pero, de verdad, puedo manejarlo sola. Y gracias, Joel... —Le sonrío—. Gracias por contarme lo que realmente sucedía con mi hermano.

Después de limpiar, preparo té para todos. Nos sentamos, y miramos el pronóstico del tiempo para el resto de la semana. Me pregunto cómo estará cuando me vaya al retiro de escritores, pero faltan dos semanas y el pronóstico no llega tan lejos. Mi padre y Joel están concentrados en una animada conversación sobre arte. Mi padre nunca fue un gran conversador y siempre ha sido reservado respecto de su pintura. Me sorprende cuando se pone de pie de un salto y le ofrece a Joel mostrarle su trabajo. Los veo irse, mientras hundo mi galleta de chocolate en el té. La tía Josie se vuelve hacia mí.

—Me agrada —comenta—. Parece un hombre muy amable.

—Así es —concuerdo.

—También es muy atractivo bajo todo ese cabello.

Me aclaro la garganta e intento parecer indiferente.

Robbie simula tener arcadas.

—¿Así es como será cada semana?, ¿las dos haciéndole ojitos?

—Discúlpame —río con indignación—, pero no soy yo quien se está babeando.

Robbie me mira con suspicacia.

La tía Josie guiña un ojo.

—Si yo tuviera veinte años menos, estaría detrás de él, sin ninguna duda.

—¿Cuántos años crees que tiene? —pregunto en voz más baja.

Robbie me echa una mirada fulminante.

—Tiene treinta y cinco.

—¿Cómo lo sabes? —pregunto mientras pongo el televisor en mudo para escuchar cuando regresen mi padre y Joel. Sería incómodo si nos atrapara chismorreando cuando él ha sido tan amable.

—Todos en la escuela lo saben —resopla Robbie—.Joel es uno de esos profesores modernos que cree que está bien contarnos información personal. ¡Como si nos importara!

—Robbie, no seas tan grosero —protesto—.El señor Love ha sido bueno contigo, ¿verdad?

—Supongo que sí. —Suspira con fuerza—. Nadie vería a Hoffman hablando de su vida con unos humildes alumnos.

—Hablando de él... —Me invade la empatía por mi testarudo hermano—.Sé el motivo de la pelea y la forma en que Hoffman te habló. Es absolutamente inaceptable y estuvo muy mal de su parte.

—A nadie le importa, Lou. —Robbie se encoge de hombros—. Siempre dice cosas así y se sale con la suya porque es un adulto y un profesor.

—¡Ya lo veremos! —exclamo con firmeza—. Quizá esta vez se metió con el alumno equivocado.

—Es un imbécil —expresa Robbie sin disimular su ira.

—Cuidado con ese vocabulario —chilla la tía Josie, al tiempo que se sienta más derecha—. Es de mala educación insultar frente a una dama.

—No veo ninguna —contesta Robbie con una risa

disimulada—. Como sea, me iré arriba ahora.

—De acuerdo, cariño. —Sonrío mientras lo veo salir de la sala.

—Tu madre se revolcaría en la tumba si supiera que Robbie habla así, Lou. —La tía Josie resopla con desaprobación—. Ella odiaba las malas palabras.

—Oh, así hablan los jóvenes de ahora, tía Josie. Eso es poco comparado con los insultos que oímos en la tienda.

—Es el fin del mundo.—La tía Josie se pone de pie con esfuerzo—. Debo irme a casa, cariño. Gracias por la adorable cena; realmente, estuvo de rechupete.

—Por nada. —La acompaño por el pasillo—. ¿Mañana a la misma hora?

—Aquí estaré.

La despido, y volteo al escuchar voces detrás de mí.

—También debería marcharme. —Joel me mira—. Gracias por la deliciosa cena. —Se despide de mi padre y saluda a los gritos a Robbie.

—Su abrigo. —Subo a buscar su abrigo de lana—.Gracias por el vino y las flores... y por todo. —Le entrego el abrigo.

Joel levanta la mano para saludar y lo observo alejarse por la calle; la luz del farol dibuja la silueta de su ancha figura.

Al día siguiente, sigo enfurecida por el asunto con el señor Hoffman.En el trabajo, le cuento a Marvin, y él está tan indignado como yo. Steph se ausentó por el día para ir a su curso sobre cómo ser una gerente agradable. Me dejó a cargo, con instrucciones estrictas de controlar al personal más joven.

—¿Por qué no llamas por teléfono? —alienta Marvin—. Así le dices a esa escuela lo que piensas.

—Tenía pensado ir hasta allí —respondo—, pero ahora

tengo la responsabilidad de cerrar la tienda. Será muy tarde para cuando terminemos aquí.

—Está tranquilo por el momento. —Marvin señala la tienda vacía—. Adelante.

Voy a la parte trasera, y me siento en el escritorio desordenado de Steph. Busco entre mis contactos telefónicos, hasta que encuentro el número y oprimo el botón de llamada.

La recepcionista atiende enseguida.

—Hola, ¿está disponible la señora Frostrich? —pregunto.

—¿Puedo preguntar de qué se trata?

—Uno de los alumnos —contesto—. Soy la hermana de Robbie Henry.

—Permítame verificar.

Escucho música clásica. Mientras espero a que me transfieran, ordeno el escritorio de Steph. Con razón no puede encontrar nada: hay facturas y papeles desparramados por todas partes, que ocultan una gruesa capa de polvo y una multitud de manchas de tazas de café. Estoy poniendo los clips sueltos de vuelta en la cajita cuando escucho una voz con tono severo:

—Hola, habla la señora Frostrich.¿En qué puedo ayudarla?

—Hola, señora Frostrich, soy Louise Henry. La llamo en relación con mi hermano, Robbie Henry.

—Ah.¿Cómo puedo ayudarla?

—Quería hablar sobre la pelea y el grafiti. —Respiro profundo—. Parece que provocaron a Robbie. No es que apruebe la violencia ni el grafiti, pero creo que hay circunstancias atenuantes que causaron los incidentes.

—De acuerdo.—La señora Frostrich se aclara la garganta—. Por favor, cuénteme más.—Así lo hago, y suelto todo. Por supuesto que omito el hecho de que la información provino del señor Love. Después de todo, no quiero meterlo en problemas.

Cuando por fin termino de explicar el razonamiento detrás

de las travesuras de mi obstinado hermano, hay un largo silencio.

—Señora Frostrich... —Temo que se cortara la llamada en medio de mi discurso.

—Sí, señorita Henry, estoy aquí. Gracias por haberme avisado de la situación, pero me temo que el castigo sigue en pie. No podemos permitir que nuestros alumnos reaccionen de semejante manera cada vez que alguien dice algo que no les gusta.

—Entiendo —suspiro, y enderezo la fotografía torcida del perro de Steph—. Robbie es un buen chico. Es cierto que a veces puede ser impulsivo, pero no tiene ninguna maldad.

—Estoy de acuerdo. —El tono de la señora Frostrich se suaviza—. Hablaré con Robbie sobre esto y, si él está de acuerdo, podemos arreglar para que hable con uno de los consejeros escolares.

—¿Un consejero?—Toso por la sorpresa. No imagino a mi hermano desnudando su alma con un extraño. Ya me resulta difícil a *mí* sacarle cualquier información personal.

—Sí —afirma—.Nuestros consejeros son muy buenos, señorita Henry; ayudan a los alumnos de innumerables maneras, principalmente, alentándolos a hablar de sus sentimientos. Luego, pueden aconsejarlos sobre estrategias para controlar emociones más negativas, como la ira.

Eso suena prometedor.

—Gracias, señora Frostrich. Creo que eso puede ser beneficioso para Robbie.

—Bien, bien.

—Con respecto al señor Hoffman...—Trago un nudo de ansiedad nerviosa—.El modo en que le habló a Robbie estuvo mal y fue completamente innecesario. No permitiré que mi hermano sea acosado por un profesor, sin importar hace cuánto tiempo que esté trabajando allí.

—Por supuesto que no —acuerda la señora Frostrich—. Estoy de acuerdo y me encargaré personalmente de hablar con el resto de la directiva escolar sobre el tema y, por supuesto, con el propio señor Hoffman.

—Gracias.—Suelto un largo suspiro de alivio.

—Señorita Henry, si quiere presentar una queja formal, le sugiero que le escriba al Consejo Directivo. Son completamente imparciales e investigarán el asunto más a fondo.

Vacilo. ¿De verdad quiero que mi hermano esté involucrado en una investigación legal? Decido que no. Sería mejor para Robbie seguir adelante, dejar el incidente atrás, y continuar con su preparación para los exámenes de certificación.

—Me conformo con que usted se ocupe del tema —le contesto, con la esperanza de que no me considere débil.

—Muy bien. Por favor, tenga por seguro que el tema se tratará con rapidez, y Robbie puede concentrarse en sus exámenes de certificación.

Le agradezco y corto la llamada. Me siento agradecida y aliviada.

—¿Resuelto?—Marvin apoya las manos sobre mis hombros y comienza a hacerme masajes—. Estás muy tensa, Lou. ¿Quieres ir a Tai Chi conmigo?

—¿Implica sudar? —pregunto con la nariz fruncida.

—Para nada. Es una clase muy tranquila y relajada; justo lo que necesitas.

—Oh, está bien.

Me rindo ante la expresión suplicante de Marvin. Apenas pude dormir la noche anterior con todas las novedades sobre Robbie y, este día, ha sido también agotador. Definitivamente no tengo las fuerzas para rechazar a Marvin ni a su mantra superfeliz de "transforma tu vida". Por lo menos no hoy.

CAPÍTULO 20

—Déjame entender esto.—Robbie está parado con las manos sobre las caderas, observándome con desagrado—.Tendrás una cita con mi profesor, ¿y quieres que yo vaya también?

—No es una cita —protesto—. Joel solo me pidió que le muestre el centro de la ciudad. Es nuevo en esta zona, Robbie, y quiere que alguienle muestre los alrededores.—Dejo la lapicera —. Además, su hija también irá. Tiene tu edad; estoy segura de que tendrán mucho en común.

—Lo dudo. —Robbie sacude la cabeza—. ¿Cómo tomará tener que mezclarse con un rufián de la secundaria local?

—Estoy segura de que se adaptará —replico—. ¿Vendrás? ¿Porrr favorrr?

—Si no me queda otra...—Robbie se deja caer sobre el sillón más cercano—. ¿Qué hay para la cena?

—Una tienda de comida rápida —contesto con una mueca —.Iré a mi primera clase de Tai Chi en toda mi vida, así que compraré la cena de regreso a casa.

Robbie echa la cabeza hacia atrás y ríe a carcajadas.

—Eres toda una *hippie*, Lou.

—Si terminaste de burlarte, me gustaría seguir escribiendo. —Me vuelvo hacia la mesa y ver la página vacía me irrita—. ¿No tienes tarea que hacer?

—De hecho, estoy al día con todo, así que iré a casa de Ade a trabajar en algunas canciones nuevas.

—Bien —respondo, y lo despido con la mano—.Diviértete.

La puerta se cierra de golpe detrás de él y luego hay silencio. Sintiéndome feliz, me pierdo en el mundo de Billy, la ballena azul bebé y su reino submarino. Estoy tan inmersa en mi escritura que no escucho a papá entrar en la habitación hasta que se aclara la garganta. Lo veo apoyado contra la pared. Su rostro está manchado de pintura y también sus uñas.

—¿No te diste cuenta de que la pintura debería ir sobre el lienzo? —pregunto sonriendo.

Eso lo hace reír.

—¿Cómo te va? —Se sienta en una silla a mi lado.

—Terminé otra historia para niños —respondo con bastante orgullo.

—¿Y qué hay de las que enviaste? ¿Has tenido noticias?

—Cinco rechazos hasta ahora. —Aparto un mechón de pelo que me hace cosquillas en la nariz.

—¿Crítica constructiva?

—No. Solo un correo electrónico estándar, que envían a miles de otros autores aspirantes.

—Sigue intentándolo —me alienta papá con una sonrisa.

Me froto la nariz.

—¿Te gustaría una taza de té?

—Yo lo preparo. —Las rodillas de papá crujen cuando se pone de pie. Lo sigo hasta la pileta y miro por la ventana. Es una tarde soleada. El cielo es del color del topacio azul y no se ve una nube. Más arriba puedo distinguir un avión que pasa zumbando, y deja atrás una estela blanca.

—En dos días comienza diciembre. —La tetera burbujea, lo que cubre la ventana con vapor—.Casi termina otro año más.

—Ajá. —Papá parece distraído.

Observo su rostro familiar: las líneas aparecen con más frecuencia, y su cabello ahora está salpicado de gris. Sin embargo, sus ojos se ven diferentes, casi brillantes.

—Recibí una propuesta —me cuenta lentamente.

—¿Una qué? —Me río—. Espero que no de una mujer.

—No nada de eso —contesta.

Le paso leche y azúcar, y espero a que me explique.

—Nuestro amigo Joel me sugirió que podría ayudar en el departamento de arte de la escuela de Robbie.—Papá parpadea; parece que no cree en lo que me ha dicho.

—¿Qué? —Yo también parpadeo.

—Dijo que están buscando personal de apoyo, como mentores, asistentes de enseñanza, ese tipo de cosas.

Una sonrisa estalla en mi rostro sorprendido.

—Espero que le hayas dicho que sí.

Ahora papá se ve avergonzado.

—Le dije que lo pensaría.

—¡Papá! —Estallo de emoción—.Esto sería perfecto para ti.

—¿De verdad? —Parece inseguro.

—Sí —respondo con firmeza—. ¿Ayudar a los estudiantes con el arte y cobrar por hacerlo?

Él vacila. —Suena bien.

—Suena ideal.—Rodeo su cintura con el brazo, y lo aprieto suavemente—.Por favor, haz la prueba, ¿quieres?

—De hecho, acepté hacer algo voluntario. De esa manera, puedo averiguar si me gusta y si les agrado a ellos. Empiezo la semana que viene: tres días.

Me quedo con la boca abierta.

—¿Tan pronto? Papá, eso es simplemente genial. Estoy tan orgullosa de ti...

Papá levanta las manos salpicadas de pintura. —Esperemos y veamos cómo funcionan las cosas. No te entusiasmes demasiado ahora, Lou... —Se calla porque estoy dando vueltas por la cocina, sonriendo de oreja a oreja. Decido que las cosas están mejorando para esta familia y, por primera vez en años, estoy deseando que llegue la Navidad.

Más tarde me pongo mi equipo de ejercicio, que consiste en un par de mallas holgadas, mis zapatillas para pasear perros y una camiseta deportiva que saqué del guardarropa de Robbie.

—¿Me veo bien? —le pregunto a Marvin, una vez que tengo el cinturón de seguridad puesto en su auto. Él me mira con expresión crítica.

—Servirá.

—Gracias.—Mi sarcasmo se pierde en el alegre Marvin. Él sube el volumen de su estéreo y circula alrededor de una rotonda extremadamente ajetreada.

—Entonces, el Tai Chi, no es doloroso, ¿verdad?

Marvin me mira con incredulidad.

—Es muy placentero, Lou, no hay dolor en absoluto.—Se ríe —. ¿Lo estás confundiendo con la acupuntura?

—Quizás. —Me río con él.

Marvin indica el giro a la derecha y entra al estacionamiento del polideportivo. Hay un ímpetu en nuestro caminar mientras avanzamos juntos por el sendero, con nuestras botellas de agua en las manos. Una señora pasa trotando a nuestro lado, agitando una toalla.

—Olvidamos nuestras toallas —exclamo.

—En serio, Lou.—Marvin me mira divertido—.No sudarás. No es un ejercicio aeróbico, está bien.

—Bien. Porque quemo suficiente grasa corriendo en el trabajo.

—Exactamente. Yo no te haría eso, Lou. —Marvin se hace a un lado mientras dos jóvenes pasan zumbando en sus bicicletas.

Cuando llegamos a la entrada, se comporta como un caballero y abre la puerta para mí.

—¿Lista? —pregunta con una sonrisa.

—Hagámoslo—respondo asintiendo con firmeza.

La clase comienza suave y lentamente. La instructora, una mujer musculosa con estómago de tabla de lavar, se coloca al frente ejecutando grandes movimientos gráciles con sus extremidades. La sigo lo mejor que puedo, haciendo una mueca al verme en los espejos. Hay algunos otros principiantes como yo, así que no me siento como una completa novata. Marvin es impresionante; se mueve con elegante facilidad. Envidio su confianza porque estoy muy tambaleante, pero decidida a terminar la clase. La instructora camina por entre los participantes, gritando instrucciones en el micrófono que tiene en la cara. Se detiene directamente frente a mí y mueve mis brazos en una curva hacia arriba.

—Dobla las rodillas —me pide—, relájate. Debo de estar muy tensa porque me estoy concentrando mucho. Me siento aliviada cuando ella se aleja.

El siguiente movimiento es particularmente complicado: Implica pararse sobre un pie mientras te estiras hacia el techo lo más alto posible. Me tropiezo con Marvin, que intenta atraparme. El resultado es que ambos terminamos cayendo al suelo. Nos da un ataque de risa y recibimos miradas severas del resto de la clase. La instructora regresa y pregunta si todo está bien. Se queda con nosotros por el resto de la clase. Finalmente, hacemos unos ejercicios de relajación, con los que puedo lidiar sin problemas. Masajeo mi rostro con mis cálidos dedos, tratando de no reírme de las expresiones tontas que Marvin está mostrando por el espejo. Luego, respiramos profundamente, y la música oriental se apaga.

—Bien hecho. Nos vemos la semana que viene. —La

instructora aplaude y evita mirarnos a Marvin ya mí. Salimos con los demás.

—Entonces, ¿te gustó? —Marvin pasa un brazo por mis hombros.

Tomo un trago de mi agua. —Sí. Fue más fácil de lo que esperaba. Sin embargo, algunos de los movimientos fueron un poco complicados.

Caminamos en la oscuridad hacia el auto de Marvin.

—Será más fácil si vienes con regularidad —sugiere Marvin con una confianza que no siento—. ¿Estás lista para la semana que viene?

Suspiro.

—Marvin, ¿alguna vez has tenido la sensación de que tú y yo nos vemos demasiado?

—¡No! ¿Por qué?

—Bueno, trabajamos juntos, vamos al mismo grupo de escritura, nos enviamos mensajes casi todos los días y ahora estamos empezando a hacer ejercicio juntos. La gente asumirá que somos una pareja.

Marvin abre la puerta del auto con su llavero y entramos en el vehículo helado.

—De hecho, consideré proponerle matrimonio, Lou. Somos totalmente compatibles, ¿no crees?

—Como amigos, sí.—Río por lo bajo—. No diría lo mismo en el aspecto romántico.

—Ah, ¿te refieres a la atracción sexual? Eso podría ser un problema, pero desde que te conocí, ¿no te dije que, si una mujer me enderezaba, serías tú, Lou?

—Lo hiciste —admito—, pero también dices eso de Ariana Grande.

—Ella es la excepción.—Marvin enciende el motor y pone marcha atrás—. Además de ti, por supuesto.

Jugueteo con el termostato hasta que sale aire caliente.

—¿Te importaría dejarme en la tienda de pescado y papas fritas, por favor?—Se me hace agua la boca al pensar en un kebab grande y jugoso.

—¿Irás a la tienda de pescado y papas fritas después de hacer ejercicio? —Marvin sacude la cabeza—. ¿Qué haré contigo?

—Estoy hambrienta—le explico, dando palmadas a mi vientre quejumbroso—. Reiniciaré la dieta mañana.

—Las dietas no son buenas, Lou —señala él—. Es necesario adoptar un régimen de alimentación saludable y holístico, y convertir eso en la norma. Las dietas caprichosas te hacen más gorda a largo plazo; está médicamente comprobado. —Marvin me echa un vistazo mientras sale del cruce y se une a la carretera principal—. ¿Quieres que te diseñe un plan?

—¿Por qué no? —Estoy demasiado cansada para discutir —.El otro día, un niño en la tienda le preguntó a su mamá si yo estaba embarazada.

—Son esas camisetas holgadas que nos hacen usar —señala Marvin—.Son tan poco favorecedoras... De todos modos, ¡no estás gorda, Lou! Eres curvilínea y femenina.

—Tengo huesos grandes —comento con resignación.

—Eres hermosa.—Marvin quita su mano del volante para dar unas palmadas a la mía—, ¿Sabes qué? Creo que te acompañaré con ese kebab. Por amor a la comida grasosa, aquí vamos.

Marvin y yo chocamos cinco y nos adentramos en la noche estrellada.

CAPÍTULO 21

Estoy atrapada en un sueño delicioso: lejos, muy lejos de Wolverhampton, estoy tomando el sol en una isla griega. Estoy usando un bikini minúsculo (milagrosamente, perdí doce kilos y estoy delgada y ultra tonificada. Bien por mí, ¿eh?). Mi piel es de color marrón dorado y brilla por el bronceador que me apliqué generosamente. Mientras me pongo de pie, atraigo miradas de admiración. El mar está justo frente a mí, está en calma y besa la orilla con suavidad. Camino con gracia hacia el mar y me dispongo a sumergirme en su frescor cristalino, cuando del agua emerge una figura: Joel Love, que luce encantador con un bañador rojo. Su pecho firme está cubierto de pelo oscuro, que se encrespa sobre un abdomen bien delineado. Corre hacia mí, me levanta en sus brazos y me lleva al mar. Me aferro a su cálido cuerpo, envuelvo mis brazos y piernas alrededor de sus firmes músculos y pienso en lo que sucederá luego: estar a solas con él en nuestra enorme y magnífica cama de luna de miel, cubierta con pétalos de rosas.

Un momento, ¿estoy casada? ¡¿Qué?! Me incorporo en la cama, respirando con dificultad. El edredón está metido debaj de mi barbilla y envuelto alrededor de mis piernas. Le doy un puntapié y me tiendo en la cama, vestida con mi pijama de Disney. No es frecuente que recuerde mis sueños, y este ya se me está escapando, pero todavía puedo recordar que estaba casada con Joel Love y que estaba delgada y delirante de felicidad. Me acurruco de nuevo debajo del edredón, deseando volver a la tierra de los sueños, pero el sueño se me escapa. Entonces, el sonido de la descarga del inodoro hace que mis ojos se abran de par en par. Bertie está arañando mi puerta, exigiendo que lo deje entrar. Salgo de la cama y abro la puerta.

—Hola, amigo.

El perro pasa rápidamente a mi lado y salta a mi cama; se acurruca en una bola apretada de ternura.

—Hoy me quedaré en la cama un poco más —le aviso —.Podemos ir a caminar más tarde. —Me pongo la bata y me uno a Robbie en el rellano. Está apoyado en la barandilla, jugando con su teléfono.

—Buenos días —bostezo, estirando mis brazos por encima de mi cabeza.

Él murmura lo mismo.

Puedo escuchar a papá cepillarse los dientes y decido bajar a preparar las bebidas. Bertie me sigue, olisqueando mis talones. Cuando abro la puerta trasera, él sale, lleno de energía, espantando las aves y aplasta los plantines de invierno.

Enciendo la tetera y miro el calendario de pared. Hoy es primero de diciembre; la cuenta regresiva para la Navidad ha comenzado oficialmente.

Todo empieza esta noche con el encendido de las luces del centro de la ciudad. Por primera vez en años no estaré trabajando. Steph está utilizando a los miembros más jóvenes del personal, dándoles la oportunidad de ganar dinero extra para Navidad. Debería estar llena de emoción, pero me siento un poco molesta. La noche anterior, Heather se invitó a sí misma y luego Marvin me envió un mensaje de texto para preguntar si él también podía ir. Me he estado diciendo a mí misma que es porque realmente quieren ver cómo se enciendan las luces pero, en el fondo, sé que irán a ver a Joel. Los dos son entrometidos de cabo a rabo. Así que sí, había imaginado que Joel y yo disfrutaríamos de una velada para conocernos mejor. En su lugar, habrá otras cuatro personas más en nuestro grupo; difícilmente será una reunión íntima. Oh, bueno, Robbie y Summer, siendo los adolescentes típicos, probablemente estarán demasiado absortos en sus teléfonos para prestar mucha atención a dos viejitos vergonzosos y un montón de luces festivas y cursis. Son Marvin y Heather los que me preocupan. Los dos juntos no son más que problemas.

Me pregunto por qué no les dije a mis amigos que no, pero no quería que pareciera un asunto de mucha importancia, después de todo, no es como si fuera una cita. Absolutamente no. Es una inocente reunión amistosa. «Así que deja de preocuparte, Lou». La tetera silba alegremente, lleno tres tazas con leche, agua y azúcar, y las revuelvo bien. Luego, vuelvo a subir las escaleras, comparto las bebidas con mi padre y hermano, que están medio despiertos, y me acurruco bajo el edredón con Bertie y un buen libro.

Después de quedarme un poco más en la cama, me siento renovada y rejuvenecida. La noche anterior logré dormir unas buenas ocho horas, lo cual es mucho para mí. Normalmente, sobrevivo con cinco o seis horas de sueño. Por lo que estoy llena de energía. Preparo un asado de domingo con todas las guarniciones y luego paso la mayor parte de la tarde en la mesa con mi portátil. Terminé de editar mi historia infantil más reciente. En esos momentos, estoy en la difícil etapa de escribir una sinopsis. Creo un mapa mental de la historia, donde destaco las palabras clave pertenecientes a la trama. Luego, intento combinarlas formando frases coherentes. Me toma toda la tarde pero, finalmente, he escrito una sinopsis de una página con la que estoy feliz. Espero que eso despierte el interés de un agente o editor. Una vez que termine el trabajo el lunes, tengo la intención de enviarlo por correo electrónico, con los dedos cruzados, esperando lo mejor. Satisfecha con el trabajo del día, cierro la computadora y subo las escaleras para prepararme para mi paseo por el centro de la ciudad.

Cuando vuelvo a bajar, Robbie está esperando en el sofá con su abrigo de cuero y su bufanda.

—¿Estás listo para ser deslumbrado? —bromeo.

—¡Yupiii!—Pone los ojos en blanco con disgusto—. No puedo creer que esté haciendo esto.

—No seas tan tonto —lo regaño—.Será divertido.

—Tu idea de diversión es muy diferente a la mía — responde, poniéndose de pie.

—Solías disfrutarlo —señalo.

—Sí, tal vez cuando tenía diez años. —Robbie arrastra las zapatillas por el piso de madera—.Así que esta hija de Joel, ¿está bien?

—No la conozco—lo miro impasible—, pero estoy segura de que es encantadora. —Me pongo el abrigo y el gorro.

—Solo que no quiero quedarme con ella toda la noche. Las chicas son una molestia.

—Está bien, prometo no dejarte con ella toda la noche.— Suelto un suspiro—.Pero sería bueno que fueras amigable con ella. Probablemente esté nerviosa, Robbie.

—Está bien —responde mi hermano—, pero si ella sale con conversaciones de niña y isitas, me largo.

—Me parece justo. —Sonrío—. Deberíamos irnos, o perderemos nuestro autobús.

Robbie me sigue mientras abro la puerta principal. Ambos le gritamos adiós a papá. Este asoma la cabeza por la barandilla; su rostro está cubierto de espuma de afeitar.

—¡Pásenlo bien!—grita, mientras cierro la puerta.

Robbie y yo tenemos que correr hacia el autobús. El suelo está helado de escarcha, lo que significa que resbalo y patino por todos lados. El conductor misericordioso nos espera en la parada. Al subir detrás de Robbie, voy resoplando y jadeando.

—Dos a la ciudad, por favor —digo sin aliento. La máquina arroja un boleto y subo los escalones hasta el piso superior. Robbie está apoyado contra el cristal, y luce completamente harto. Me acomodo en el asiento junto a él, arrugando la nariz ante el hedor abrumador a orina y a hierba.

—Los placeres del transporte público. —Hurgo en el bolsillo de mi abrigo para ponerme los guantes—.Tal vez podamos tomar un taxi de regreso.

—Son igual de malos —refunfuña Robbie.

Ambos miramos por la ventana polvorienta, y vemos pasar los suburbios.

— ¿Por qué no hiciste venir a papá esta noche? —suelta Robbie.

Tengo la clara impresión de que realmente no quiere estar aquí.

—Le pregunté —explico—. Puedes adivinar cuál fue su respuesta. De todos modos, no te *hice* venir.—Le doy un codazo en el costado—. Admítelo: estás un poco intrigado por Summer.

—No lo estoy —se burla.

—¿Qué más estarías haciendo? —argumento—.¿Sentarte en tu habitación, sentado frente a tu computadora?

—Podría estar practicando mi música.—Robbie se inclina hacia adelante, bajando un poco su bufanda—. Los padres de Ade le comprarán un sistema de música para Navidad, lo que significa que podremos hacer conciertos en vivo.

—¿Dónde? —pregunto al descuido.

—En tabernas. Clubes sociales, ese tipo de lugar. Las

escuelas incluso preguntaron si tocaremos en el concierto de egresados el próximo año.

No respondo.

Robbie me mira con dureza—. Pensé que estarías feliz por mí.

—Lo estoy... Pero es tu año de exámenes de certificación, Robbie; necesitas concentrarte en tus estudios.

Chasquea la lengua. —Todo está bajo control, solo relájate, Lou.

—Me relajaré si me prometes que darás prioridad a tus exámenes.

—Está bien.—Se mira los pies—. ¿Podemos olvidarnos de los exámenes por una noche? Oh, olvidé que vamos a pasar una noche con uno de mis profesores. ¡Excelente!

—No mencionaré la escuela —me apresuro a contestar—. Vamos a divertirnos.

El autobús se detiene frente a una de las muchas tabernas del centro de la ciudad, y la mayoría de los pasajeros, incluidos Robbie y yo, bajamos. La ciudad está concurrida, las calles están llenas de gente haciendo compras y terminando el trabajo del día. Nos abrimos paso entre la multitud, y vamos por calles laterales, hasta que nos encaminamos hacia la galería de arte. Joel ya está ahí, esperando fuera. Parece estar solo pero, a medida que me acerco, veo a una adolescente sentada en los escalones. Está concentrada en su teléfono y no nos ve llegar.

—Hola. —Le sonrío a Joel y me sorprende cuando me abraza—.¿Han esperado mucho? —Mi nariz está aplastada contra la pechera de su abrigo, y mis palabras suenan ahogadas.

—No, no mucho.—Debe de haber escuchado lo que dije. Me suelta, y retrocedo. Luego, estrecha la mano de Robbie. Me vuelvo para mirar expectante a la chica, pero ella todavía está concentrada en su teléfono y no parece darse cuenta de nuestra presencia.

—Summer... —Joel suena molesto. La chica levanta la mirada y me sorprende ver que tiene exactamente los mismos ojos que Joel. Su rostro también es el mismo; ambos comparten los mismos labios carnosos y pómulos altos. Solo el cabello es diferente: el de Joel es oscuro y ondulado, pero el de Summer es largo, liso, sedoso... y azul. Ella tiene el cabello AZUL y es hermoso. Miro disimuladamente a Robbie, que está boquiabierto como un pez fuera del agua.

—Hola —saluda con la mano desde su posición en los escalones.

—Hola, Summer —respondo y me acerco a ella—. Soy Lou, y este es Robbie.

La mirada de Summer se posa en Robbie. Él murmura un "hola", luego mete las manos en los bolsillos y se mira los pies.

—¿Han estado esperando mucho? —pregunto alegremente —.Lo lamento si llegamos tarde; el tráfico era terrible. Creo que todos en la ciudad han venido a ver cómo se encienden las luces.

—No, no —responde Joel—.Nosotros mismos acabamos de llegar. Me las arreglé para encontrar un lugar para estacionar, lo cual fue bueno.

Asiento con la cabeza y hay una pausa un poco incómoda.

—Espero que no le importe —empiezo, mirando a Joel—, pero quedé para encontrarme con un par de mis amigos también.

—Cuantos más, mejor —responde él con una sonrisa que hace que mi estómago se agite.

—Deberían de estar aquí... pronto. —Miro detrás de mí y veo a Marvin caminar hacia nosotros—.En realidad, aquí está uno de ellos ahora.

Marvin me toma en brazos y me levanta de la acera. Puedo sentir mis mejillas arder de vergüenza y me suelto.

—Tú debes de ser Joel —comenta, mientras me enderezo el abrigo arrugado.

Los dos hombres se dan la mano antes de que les presente a Summer. Y, por supuesto, Marvin conoce a Robbie. Lo despeina afectuosamente, y mi hermano lo mira furioso en respuesta.

—¡Cielos!, hay mucha gente.—Marvin ofrece a todos un paquete de chicle—. Normalmente, estamos trabajando, ¿no es así, Lou?

—¿Ambos trabajan en la pastelería? —pregunta Joel.

—Sí. —Marvin sonríe—.Pasamos mucho tiempo juntos.

—Como amigos —chillo—.Somos buenos amigos.

Marvin levanta una ceja, pero permanece en silencio.

—Joel es profesor—le cuento—. ¿No es genial?

Robbie sacude la cabeza. Su mirada acusadora me recrimina por mencionar la escuela, lo que había prometido no hacer. Empiezo a parlotear sobre la televisión de la noche anterior mientras la multitud que empuja nos separa.

—¿Nos movemos hacia los escalones? —sugiere Joel. Robbie ya está allí, sentado junto a Summer, y están charlando.

Me siento en el frío piso de piedra, entre Marvin y Joel.

—¿Esta es la galería de arte? —Joel mira detrás de él al viejo edificio imponente.

—Sí. Es el lugar favorito de papá. Podemos dar una mirada si quieres.

—Eso me gustaría. —El muslo de Joel está presionado contra el mío y su calor se filtra a través de mi ropa.

—Quería darte las gracias —suelto de golpe— por organizar para papá el voluntariado en la escuela. Está tan contento y emocionado... Creo que sería el trabajo de sus sueños, ayudar a los alumnos con su arte.

—Es un placer —responde Joel—.Tu papá es un hombre

talentoso. Será un valor agregado para nuestro departamento de arte.

Sonreímos el uno al otro por un momento, luego el hechizo se rompe con un chillido. Heather cruza la calle corriendo, dirigiéndose hacia nosotros, con los brazos extendidos. Me levanto con rapidez, y me abraza bruscamente.

—Holaaa—me grita al oído.

—Emmm... hola. —Hago otra ronda de presentaciones.

Noto que los ojos de Heather se iluminan cuando mira a Joel y la punta de su lengua se desliza sobre su labio inferior. Cuando él se da la vuelta, ella me susurra al oído:

—¡Vaya!, es atractivo.

La ignoro y miro la hora en mi reloj de pulsera.

—Entonces, ¿echamos un vistazo rápido a la galería de arte?

—Maravilloso, cariño.—Heather entrelaza su brazo con el mío y le dirijo a Joel una mirada de disculpa mientras los seis subimos los escalones y abrimos la puerta de la galería.

CAPÍTULO 22

—Realmente debería atender a Joel —le susurro a Heather. Está detrás del resto de nosotros, caminando solo.

—Oh, entiendo.—Heather me da un guiño sugerente —.Déjame con Marvin, estaré bien.

—No es lo que piensas... —Me detengo cuando Heather se va en dirección opuesta, y se aferra a Marvin. No tengo idea de dónde están Robbie y Summer; desaparecieron en la dirección opuesta tan pronto como entramos en la galería de arte.

Joel se detiene frente a un enorme retrato de un hombre que me parece un rey.

—Eso es impresionante, ¿no te parece?

—Así es —asiente—, y es viejo.

Miro la fecha de la placa: 1890.

Pasamos al siguiente cuadro: una mujer voluptuosa, que lleva una jarra de agua. Me recuerda a las pinturas prerrafaelitas de las que aprendimos en la escuela.

—¡Vaya! —exclamo—.Los colores son tan llamativos...—Mi voz resuena por la habitación. Me doy cuenta de que Joel y yo estamos solos, aparte de una pareja china con una niña, que están cruzando las puertas de salida.

—¿Vienes aquí a menudo? —me pregunta Joel con una mueca—.Lo lamento, eso sonó bastante cursi, pero estoy realmente interesado.

—No vengo desde que estaba en la escuela secundaria —admito—, pero papá viene mucho y me lo cuenta.

—¿Tu papá se da cuenta de lo talentoso que es?

Ahora estamos viendo una selección de bustos resguardados dentro de cajas de vidrio.

—No, él es muy humilde.

—¿Lleva mucho tiempo pintando?

—Toda su vida —respondo—. Al principio solo pintaba paisajes, pero últimamente se ha vuelto más aventurero. Hizo unos cuantos cuadros fantásticos de animales y está pintando un retrato para mi amiga como regalo de Navidad.

—Eso es grandioso. —Joel me sonríe a través del vidrio, y mi estómago se agita de nuevo.

—Hablé con la señora Frostrich —le comento—.Ella sugirió que Robbie podría hablar con un consejero escolar.

—¿Y qué te parece esa opción?

—Está bien, creo.

—Son buenas personas —señala Joel.

Me doy una palmada en la frente. —Le prometí a Robbie que no hablaría de la escuela. Debes estar cansado de oír hablar de la Academia Hayes.

Joel se encoge de hombros. —No es un trabajo de nueve a cinco; lo tengo claro.

—De todas maneras...

—¿Sobre qué te gustaría hablar? —me pregunta.

Sigo a Joel fuera de la salón hacia otro lleno de arte moderno.

—Hazme una pregunta —agrega cuando no respondo a su último comentario.

—¿Dónde está la mamá de Summer? —Dejo escapar las palabras, y me arrepiento de inmediato—. ¡Lo siento! No suelo ser tan entrometida.

—Me gusta tu interés.—La mano de Joel roza la mía, y una oleada de deseo me envuelve.

—La última vez que supe de ella, estaba viviendo en París. —Nos detenemos frente a un lienzo salpicado de un caleidoscopio de colores—. No podía manejar el haber tenido a Summer tan joven. Quería viajar, experimentar el mundo. Nos separamos, y yo me quedé en casa con Summer.

—Oh. —No sé qué decir. Qué triste que Summer se haya visto privada del amor de una madre y qué difícil debe de haber sido para Joel. Lo miro con renovado respeto—. Eso debe de haber sido difícil para ambos —logro decir al fin.

—No voy a endulzarlo y a decirte que fue fácil, pero tuve el apoyo de mis padres cuando Summer era una bebé.

—Debes de extrañarlos —supongo—. ¿Viven en Manchester?

—Están muertos —responde sin emoción—. Hace dos años, en un horrible accidente automovilístico.

Mi mano vuela a mi boca.

—Lo siento mucho —susurro.

Hay una pausa silenciosa; puedo ver un pulso latiendo en la línea de la mandíbula de Joel y me siento abrumada por la repentina necesidad de abrazarlo. Sin pensar, doy un paso hacia él, envuelvo mis brazos alrededor de su ancha espalda. Él hunde su rostro en mi nuca y siento que sus manos descansan suavemente en mis caderas.

—¿Estás bien? —murmuro, muy consciente de que mis piernas tiemblan levemente.

Me mira y noto las motas verdes que se arremolinan dentro

de sus ojos predominantemente grises.

—Estás temblando —señala en voz baja.

—Deberíamos parar —respondo con voz ronca. A pesar de lo dicho, las manos de Joel me acercan a él y nos besamos, con suavidad y timidez. Se siente como si una docena de fuegos artificiales estallaran dentro de mi estómago; su beso es así de bueno. Su barba me hace cosquillas en la barbilla, pero no podría importarme menos. Cuando se separa de mi boca, dejo escapar un gemido y dejo que mis pechos se presionen contra su pecho. Mi cabeza da vueltas, y tengo ganas de abrirle la camisa para poder tocar su piel desnuda. Es lujuria pura y simple. Se siente tan bien que, cuando tropieza hacia atrás, voy con él. Nos deslizamos por el suelo y chocamos con un pedestal erigido para sostener un artefacto.

El escudo metálico cae al suelo con un estruendo. Joel y yo nos separamos de un salto, ardiendo por la pasión entre ambos. Me quedo mirando el objeto a nuestros pies y, entonces, una mujer en uniforme camina hacia nosotros con una mirada furiosa en su rostro.

Joel da un paso adelante.

—Lo siento, es totalmente culpa mía. Me resbalé en el piso de madera e, instintivamente, extendí la mano para agarrarme de algo.

—Eso es una reliquia. —Creo que su acento es alemán. Lleva una placa de identificación con el nombre *Greta* estampado, una falda tubo azul y un chaleco a juego. Greta se inclina para recoger el escudo. Nos quedamos allí como un par de escolares traviesos, esperando el castigo. Transcurren unos minutos, donde la asistente de la galería inspecciona minuciosamente el artefacto.

—.Se ve bien.—Resopla mientras coloca con cuidado el escudo en el pedestal.

—Lo sentimos mucho —reitero—.Fue un accidente

genuino.

Greta asiente.

—Acepto sus disculpas, pero tengan más cuidado en el futuro.

—Absolutamente. —Joel y yo retrocedemos—. Eso estuvo cerca —murmura—.Pensé que tendría que pagar una factura costosa.

—Por suerte para nosotros, era de metal duro. —Lo sigo a través de la puerta de vidrio—.Astilló el piso, ¿te diste cuenta?

—No. —Deja de caminar y me tropiezo con él—.Mi mente estaba en otra parte.

—Sobre eso...—Puedo sentir mis mejillas arder. Quiero decirle que fue un error y que ese beso no debería haber sucedido, pero el sonido de una risa familiar capta mi atención.

Robbie y Summer están parados junto a una hilera de vasijas de barro, con las cabezas juntas, mirando el teléfono de Robbie.

—¿Están bien, chicos? —pregunto a la ligera.

Robbie me mira; sus ojos brillan de felicidad.

—Estaba mostrándole a Summer algunas bromas en mi muro de Facebook. Ade me ha etiquetado en el desafío del agua.

—¿El desafío del agua? —repito, sin entender.

Summer me sonríe.

—Es cuando la persona etiquetada tiene que arrojarse un cuenco de agua sobre sí misma mientras alguien lo graba. Luego lo publican en las redes sociales y etiquetan a otra persona.

Robbie me está mirando.

—Ni siquiera lo pienses —espeto, levantando mis manos—. No pienso hacer nada que involucre agua y hacer el ridículo, especialmente cuando estamos en pleno invierno helado.

Me dirijo a Joel—Las alegrías de las redes sociales.

—No estoy allí, por fortuna—responde—. La enseñanza y

las redes sociales no se mezclan.

—Mmm, me lo puedo imaginar. —Miro sus labios, y mis pensamientos se desvían hacia ese beso y la deliciosa sensación de su boca sobre la mía— ¿Viste a Marvin y Heather? —le pregunto a mi hermano, en un esfuerzo por distraerme.

—No.

—Deberíamos ir a buscarlos —le propongo a Joel—. Las luces se encenderán pronto. No querrás perdértelo...

Me muestra una sonrisa.

—Te sigo.

Los cuatro subimos las escaleras. Summer tiene que ir al baño, así que mientras esperamos, le envío un mensaje a Heather. Greta, la asistente de la galería, permanece en la puerta con un juego de llaves. Supongo que es hora de cerrar. Nos separamos para revisar los salones del piso superior, pero todavía no hay señales de Heather y Marvin, y ella tampoco ha respondido mi mensaje de texto.

—¿Está buscando a alguien? —dice Greta, con su extraño acento.

—Perdí a mis dos amigos —contesto, sintiéndome estúpida por tener que admitirlo. La galería de arte está muy silenciosa, por lo que parece que no hay nadie más aquí. ¿Cómo podemos perder a dos adultos?

—Pruebe en la tienda y en el café —sugiere. Así que bajamos las escaleras.

Greta tenía razón: encontramos a Marvin y a Heather sentados en el café, compartiendo una gran rebanada de tarta de limón.

—¿Dónde estaban? —Mi voz suena acusatoria. Ese beso nunca hubiera sucedido si Heather no hubiese insistido en que todos nos separáramos.

—Nos hartamos de mirar arte.—Clava el tenedor y le da un gran mordisco.

—Compré algunas cosas en la tienda —comenta Marvin con entusiasmo. No me sorprende cuando revela que compró un póster de Britney Spears y un calendario de Kylie.

—¿Regalos de Navidad anticipados? —pregunto a la ligera.

—¡No! Son para mí —responde Marvin y saca el calendario de la bolsa de papel marrón para mostrárnoslo.

Robbie sacude la cabeza, Summer se ríe y Joel parece un poco desconcertado por el efervescente Marvin.

—Si eres como yo —plantea Joel—, la víspera de Navidad es cuando hago mis compras.

—¿Quizás podríamos hacerlo juntos? —Las cejas de Marvin se levantan—. Las compras, quiero decir.

Pongo los ojos en blanco; está perdiendo el tiempo coqueteando con Joel. Ese beso abrasador me prueba, sin lugar a dudas, que Joel Love *no* es gay. Uno para mí, cero para Marvin. Creo que estamos felices.

Con un poco de ánimo de mi parte, Heather y Marvin terminan sus capuchinos y envuelven los restos del pastel en una servilleta. Dejamos la galería de arte con Greta está pisándonos los talones. La calle principal del centro de la ciudad ha sido cerrada, y hay una gran multitud de personas caminando hacia un escenario improvisado. El alcalde está ahí arriba con todas sus galas rojas y doradas, gritando por el micrófono sobre la maravillosa ciudad que es Wolverhampton. Nos quedamos en la parte de atrás de la multitud y vemos cómo una fila de gente sube al escenario. Presentan un poeta local que recita uno de sus poemas y un concejal que nos cuenta el trabajo que se ha proyectado en la ciudad.

—Alcanzamos el estatus de ciudad recientemente —le cuento a Joel—. Fuimos un pueblo por una eternidad.

—¿Tienen una catedral? —Joel se acerca a mí.

—No, pero la iglesia principal es hermosa.

Un hombre frente a mí balancea a su pequeño hijo sobre

sus hombros. Debe de haber cientos de niños aquí, dando vueltas con sus familiares y amigos.

Una vez que el consejero termina de hablar, una hermosa mujer de piel de ébano comienza a cantar.

—Esa es Jasmine Starr —grito por encima del ruido—. Era alumna de la Academia Hayes. Ella estubo *de primera en la lista de éxitos* en su apogeo. Creo que ahora está jubilada.

Robbie sostiene en alto su teléfono y toma fotografías. Muevolos pies al compás de la música.

Marvin pone su mano en mi hombro.

—¿Crees que me daría un autógrafo?

—Quizás —respondo, acariciando su mano.

Cuando termina su canción, hay un grito tumultuoso pidiendo otra. Jasmine Starr canta otras dos canciones antes de devolver el micrófono al alcalde. Este inicia una cuenta regresiva, y todos nos unimos. Cuando llega a uno, Jasmine presiona el interruptor y hay una explosión de luces sobre nuestras cabezas. Las figurillas navideñas están iluminadas en la principal zona comercial del centro de la ciudad. Puedo escuchar los gritos ahogados de los niños. Todos miramos hacia arriba para ver las siluetas de Papá Noel, los muñecos de nieve, los renos y los árboles de Navidad y de las cientos de estrellas titilantes a su alrededor. Más abajo hay personajes de Disney y figuras de la televisión infantil británica. Hay muchos aplausos y vítores, y yo me uno, sintiéndome ridículamente feliz. Quién diría que las luces navideñas pudieran causar tanta frivolidad; incluso Robbie y Summer se ven impresionados. Deslizo una mirada disimulada a Joel, que está sonriendo a las luces sobre él.

—¿Es esto lo suficientemente festivo para ti? —le pregunto a Marvin.

—Sí.—Marvin chasquea los dedos y grita al cielo nocturno —.Que comiencen las festividades navideñas.

CAPÍTULO 23

Media hora después, la multitud comienza a dispersarse. Heather y Marvin están dispuestos a ir por un curry y tampoco se necesita mucho para convencerme, ya que mi estómago está gruñendo.

—¿Podemos ir también, papá? —le pregunta Summer a Joel.

—Claro.—Pasa un brazo por los hombros de su hija.

Heather y yo vacilamos, tratando de decidir en cuál de los restaurantes indios cenar.

Marvin finalmente se hace cargo.

—El que está detrás del teatro—anuncia con decisión —.Nunca comí un mal curry allí.

Nos dirigimos hacia allá, y Summer se acerca para caminar a mi lado.

—¿Y qué te parece Wolverhampton? —le pregunto.

—En realidad, está bien —responde ella. Ha comenzado una fina llovizna; se pone la capucha sobre la cara, y eso hace que sus ojos se vean enormes; se ve fresca y joven—. Lo odié cuando recién nos mudamos aquí,—revela con el ceño fruncido

—. El centro comercial es pequeño en comparación con el de Manchester.

—Hay otros lugares cercanos para ir de compras —le comento—.Telford es bueno y hay un gran centro comercial llamado *Merry Hill*. ¿Has hecho muchos amigos? —Le muestro una sonrisa alentadora.

—En realidad, no. —Summer hace una mueca—.Las chicas de la escuela son unas brujas ricas. Quería ir a la secundaria local, pero papá insistió en que debería ir a la Royal.

Miro delante de mí: Joel camina entre Heather y Marvin, y sobre lo que sea que estén charlando los está haciendo reír a carcajadas.

—Tu papá solo quiere lo mejor para ti —planteo con cautela.

—¿Lo crees? —Summer pone los ojos en blanco, y siento una oleada de simpatía por ella.

—La Academia Hayes es, probablemente, diez veces peor —agrego—. Reprobé todos mis exámenes.

—¿Todos ellos? —El impacto en el tono de Summer es evidente.

—Sí. No estoy orgullosa de eso; podría haberme esforzado más en la escuela, pero la enseñanza no fue tan buena para ser honesta. Los profesores tenían que luchar con alumnos conflictivos en cada lección. Ojalá hubiéramos podido enviar a Robbie a tu escuela.

—Robbie no se pierde de mucho, créeme.—Summer suspira —.De todos modos, es demasiado genial para ir a una escuela privada.

Me río.

—Ciertamente puede ser rebelde.

Caminamos por una calle lateral, pasamos por pintorescas cafeterías y una tienda de ropa alternativa. Summer se detiene para mirar un maniquí en la ventana, que lleva un vestido suelto estilo *hippie*.

—Entonces, ¿puedes hablar latín? —pregunto.

—Un poco —responde Summer.

—Enséñame algo —sonrío.

Comenzamos a caminar de nuevo, cruzando en un cruce peatonal.

—*Salve. Nomen mihi est* Summer.

—¿Te estás presentando?

—Sí... *Etiam*. Entonces, *Salve. Nomen mihi est* Louise.

Repito la frase.

—*Vale*—continúa Summer cuando termino de hablar—. Adiós.

—*Vale*—repito—. ¡Guau! Hablo latín.

—*Nice quod estis vos.*—Summer me sonríe tímidamente.

—¿Qué dijiste?

—Eres simpática, —responde ella.

—Ah, gracias...

—*Gratias tibi.*

—*Gratias tibi.* Gracias —expreso. Tú también.

Cuando pasamos por una tienda de kebabs en la esquina, el delicioso olor se esparce y asalta nuestras fosas nasales. Joel y los demás han desaparecido por un camino lateral y aceleramos el paso para alcanzarlos. Nos están esperando fuera del restaurante. Marvin tiene una mano en la puerta y nos hace señas para que nos demos prisa.

—¿Cuál es la prisa? —le pregunto.

—Esa. —Señala una nube de tormenta arremolinada. La fina lluvia se transforma en pesadas gotas de lluvia que, de repente, nos azotan. Nos lanzamos al interior del restaurante, y la calidez y el fuerte olor a especias me sorprenden.

Dentro del vestíbulo hay un sofá rojo oscuro y mesitas con

menús esparcidos. Un camarero nos dice que hay una espera de veinte minutos por una mesa, así que pedimos bebidas y examinamos los menús.

—Oh, no sé qué comer —exclama Heather—. Todo suena tan delicioso...

—Sé lo que voy a ordenar—Marvin cierra su menú—. Pollo madrás con extra de chiles.

Decido optar por un curry más suave.

—Hay muchas opciones vegetarianas —le avisa Joel a Summer. Ella sonríe en respuesta.

—Oye, yo también soy vegetariana. —Heather le hace señas desde el otro extremo del sofá.

—Tú comes pescado —señalo.

—Y... ¡soy pecetariana, Lou!

El camarero nos dice que nuestra mesa está lista y lo seguimos a través del concurrido restaurante.

—Por lo general, es un lugar tranquilo —comenta Marvin.

—Debe de ser por el encendido de las luces de Navidad. —Corro una silla y abro el cierre de mi abrigo. Siento una punzada de decepción cuando me doy cuenta de que Joel está sentado al otro lado de la mesa. Heather se desliza en la silla a mi lado y Robbie se sienta enfrente. Bebo mi media cerveza y observo con disimulo mientras Joel se quita la chaqueta. Lleva una camisa a cuadros y se ve elegante. Me mira a los ojos y nos sonreímos el uno al otro por un momento. Luego, el camarero se acerca con un plato de papadams de cortesía. Marvin comienza a charlar con Joel, y Summer y Robbie están otra vez con sus teléfonos—.¿Ya decidiste qué vas a ordenar? —le pregunto a Heather.

—Biryani de vegetales —contesta, mientras se sirve una cucharada de ensalada de cebolla en su plato. Se inclina más hacia mí y me susurra al oído—: Los vimos.

—¿Qué? —Sumerjo mi papadam en la salsa de menta.

—Tú y Joel —contesta entre dientes—, besándose, besuqueándose, jugando al tenis de amígdalas.

Empiezo a toser, mis ojos están llorosos y necesito tomar un trago largo de mi cerveza.

—No es lo que piensas —murmuro, sintiendo el calor correr por mis mejillas.

—Sí, claro—resopla Heather—. ¡A mí me pareció bastante apasionado!

—Yo estaba... —Busco las palabras adecuadas —.Consolándolo.

—¿Con tu lengua?, ¿en serio? —Las cejas perfectamente depiladas de Heather se arquean—. Solo admítelo Lou: te gusta, y no puedo decir que te culpe... es un hombre sexy.

—Shhh...—Miro la salsa solidificada en mi plato—. ¿Marvin también lo vio?

—¡Por supuesto! Ustedes dos estaban en medio del salón, a la vista. Tuvimos que ir a tomar una copa para refrescarnos.

—Nunca dejarán de hablar de esto —me quejo, y muerdo el papadam con fuerza—. Ahora todo el mundo lo sabrá en el trabajo. —Tengo visiones de Steph y Marvin en las que se burlan de mí sin piedad.

—¿Eso es algo tan malo? —pregunta Heather—.Sácalo a la luz.

—Es complicado. Además, Joel y yo solo somos amigos.
Heather me mira con incredulidad.

—Parecía más que eso —replica con delicadeza.

—¿Cómo está el problema con Marcus? —pregunto, en un intento por distraerla.

—Sigue siendo un problema.—Se aparta el cabello de la frente—. El otro día envió veinticuatro rosas rojas a casa de mis padres, con una nota que me dice cuánto me extraña.

—¿Te envió flores? —Eso me hace reír.

—Sí, le envió flores a una florista.—Heather pone los ojos en blanco—.Es un idiota.

—¿No vas a volver con él?

—No. Y ahora es más fácil decirle que desaparezca. Creo que este tiempo separados me ayudó a desarrollar una piel dura. Su pobre esposa se lo puede quedar.

—Es bueno escuchar eso. —Asiento con la cabeza en señal de aprobación.

Terminamos los papadams y pedimos más bebidas. Summer, Heather y yo nos vamos al baño. Cuando volvemos, nuestra comida principal está en la mesa. Me concentro en mi kormay, saboreando la comida. Está realmente delicioso. Joel nos habla de los restauranes indios en Manchester. Por la forma en que lo describe, él mismo cenó en la mayoría de ellos.

—Me encanta la comida india —señala Marvin entre bocados—. Deberíamos hacer esto más a menudo, Lou.

—¿Después de Tai-chi? —Me río. Eso nos lleva al tema del ejercicio. Me alegra saber que, al igual que a mí, a Joel no le gustan los gimnasios.

—Prefiero correr al aire libre —afirma él.

—Yo también. —Le hablo de mi trabajo de pasear perros.

—Quiero un perro —acota Summer—. Pero papá sigue diciendo que no.

Joel se limpia la boca con la servilleta.

—No sería justo —argumenta—. Trabajo muchas horas.

—Puedes llevar el nuestro a caminar si quieres —le sonríe Robbie.

—¿Contigo? —pregunta ella.

—Emmm... sí.

Le sonrío a mi hermano. ¿Quién hubiera pensado que los dos se llevarían tan bien?

—Oh, oh —interrumpe Heather—. Mira quién acaba de entrar.

Todos nos volvemos para mirar hacia la entrada. Darren Walker está parado allí con un grupo de sus compañeros.

—Finge que no lo vimos—le susurro a Heather—. Ojalá no se dé cuenta de que estamos aquí.

Demasiado tarde: él se acerca directamente a nuestra mesa con una amplia sonrisa en el rostro.

—Lou...—Presiona su mano húmeda sobre mi hombro—. Qué bueno verte aquí.

Obligo a mis labios a curvarse hacia arriba en una sonrisa.

—Estuvimos en el encendido de las luces de Navidad.

—¿Hiciste qué? —Darren comienza a reír a carcajadas—. Nunca te consideré una chica cursi, Lou.

—Fue muy agradable —espeto.

Hay un silencio incómodo, donde todos nos dedicamos a terminar nuestras comidas.

—¿No me vas a presentar a tus amigos? —pregunta Darren con indiferencia.

—Ya conoces a Heather, por supuesto —le digo con los dientes apretados.

Marvin aprovecha para presentarse.

—Tú eres el lechero, ¿no? —comenta un poco cortante.

—Por el momento —resopla Darren—, pero tengo planes para establecer mi propio negocio y luego, finalmente, una franquicia. —Mira fijamente a Joel con ojos entrecerrados—. ¿No nos conocemos de antes?

Joel moja su pan naan en la salsa que le queda.

—No soy bueno para recordar caras.

Me parece una respuesta genial, y me siento agradecida de que no haya mencionado la debacle del restaurante chino.

—Joel está dando clases particulares a Robbie —interrumpí rápidamente—, y esta es su hija, Summer. —Los ojos de Darren se iluminan al ver a Summer, y siento que se me eriza la piel. Ella es una adolescente por el amor de Dios—. En realidad, nos vamos ahora, Darren.—Le hago señas al camarero, y este se apresura y comienza a apilar nuestros platos.

—¿Y cómo está la hermosa Heather? —continúa Darren, ajeno a mi insinuación.

—Muy bien —responde con sarcasmo.

La atmósfera feliz ha caído en picada, y siento una necesidad desesperada de deshacerme de Darren Walker.

—Solo voy al baño —anuncio,y corro la silla hacia atrás. Darren me sigue de regreso al vestíbulo.

—¿Quieres quedarte con nosotros el resto de la noche?— Señala a sus alborotadores amigos, que están en medio de una competencia de eructos.

—No, gracias.—Su mano descansa ligeramente en mi espalda y puedo ver que Joel está mirando. Me alejo—. Tengo trabajo mañana, así que me acostaré temprano.

—No has respondido a mis mensajes —comenta, rascándose la cabeza—. Estoy empezando a pensar que estás evitándome, Lou.

—Estuve muy ocupada—miento.

—Bueno, está bien. —Se mete las manos en los bolsillos —.Siempre serás mi chica favorita, lo sabes,¿verdad?

—Eres gracioso —Niego con la cabeza—. Vete y disfruta de la noche con tus amigos.

Darren mira a sus amigos con diversión.

—Avísame cuando estés libre, ¿de acuerdo?

—Adiós, Darren.

Camino de regreso a la mesa, recordando tardíamente que debería haber ido al baño.

Estamos parados fuera del restaurante, esperando nuestros taxis. Ya dejó de llover, hay luna llena en un cielo negro como la tinta y sopla el viento. Mis mejillas se han entumecido por tanto frío. Marvin nos dice que está apostando por una Navidad blanca.

—¿No sería maravilloso —suspira Heather—. Me encantan las cosas blancas y esponjosas.

—Aquí está nuestro coche—anuncio entre dientes castañeante.

El taxi se detiene junto a la acera y le pregunto al conductor a través de la ventanilla abierta dónde está el otro.

—Cinco minutos —responde, levantando una mano.

—Vayan ustedes —sugiere Joel—. Summer y yo podemos esperar dentro.

—¿Estás seguro? —Mi mano descansa ligeramente contra la suya. Me sorprende cuando la agarra y la aprieta.

—Absolutamente. Por cierto, gracias por permitirnos acompañarlos.

—Fue un placer. —Trago saliva al recordar la sensación de sus labios sobre los míos.

—Adiós.—Abro la puerta trasera y subo al taxi.

Marvin,comportándose como Marvin, insiste en abrazar a Joel y a Summer y en decirles que fue una experiencia increíble. Cuando se apiña a mi lado, sacudo la cabeza—.¿De verdad lo disfrutaste?

—Por supuesto que sí, Lou —responde—. Y pude ver que definitivamente tú también lo disfrutaste. —Frunce los labios y hace un tonto sonido chillón. Le doy un golpe en el brazo y le digo que se porte bien. Cuando, finalmente, Robbie y Heather están en el auto, nos alejamos, y todos nos saludamos con la mano hasta que desaparecemos en la esquina.

En el viaje a casa, Heather no pierde el tiempo para decirme lo que piensa de Darren Walker.

—El tipo es un imbécil de primera—gruñe—. ¿Qué ves en ese perdedor?

—Vi—la corrijo—.Una vez me gustó.

—Lo mejor fue cuando dijo que iba a ser dueño de su propia franquicia —bufó Marvin—. ¿Quién se cree que es?, ¿Richard Branson?

—Más bien Mr. Bean—grita Robbie desde el frente. Y con eso todos nos echamos a reír.

CAPÍTULO 24

A la semana siguiente, hay mucho entusiasmo en la casa de los Henry. Papá asistirá a su primer día de voluntariado en la Academia Hayes. El martes por la mañana se levanta temprano, antes de que yo salga a cumplir con mis obligaciones paseando a los perros. Cuando regreso, está sentado a la mesa de la cocina, lustrando sus zapatos elegantes.

—Papá, te ves muy elegante—exclamo. Él lleva su mejor traje gris y se ha peinado y arreglado su cabello, generalmente puntiagudo.

—Pensé que haría el esfuerzo —señala—.No quiero fracasar y decepcionar a Joel.

—Tú nunca eres un fracaso. —Le rodeo el cuello con los brazos y aprieto con fuerza—. Solo sé tú mismo y estarás bien.

Robbie irrumpe por la puerta, preguntando dónde está su corbata de la escuela.

—Por allí.—Señalo el radiador.

Se la engancha al cuello y luego guarda su almuerzo en la mochila.

—Bien, me voy —anuncia, dirigiéndose a la puerta.

—Robbie...—Mi tono firme lo detiene—. ¿No le vas a desear buena suerte a papá?

—Oh, sí. —Robbie se vuelve a medias—.Buena suerte... La necesitarás.

Papá frunce el ceño y luego sale de la habitación en busca de un pañuelo limpio.

—¿Tienes que ser tan negativo?—regaño a Robbie—.Este es un día importante; al menos podrías estar feliz por él.

Robbie se encoge de hombros.

—Sé cómo son las cosas allá. Algunos de los alumnos son horribles con el personal.

—Estoy segura de que papá puede manejarlo.—Pienso en lo que Joel me dijo sobre el chico que se burlaba de Robbie por su papá—. Sabes que ese chico que se estaba burlando de papá solo está celoso.

Robbie mira sus pies. —Supongo que sí.

—Robbie...—Pongo mi mano en su hombro—. Solo ignóralos y aléjate.

—No es tan fácil Lou; no permitiré que me vean como un cobarde.

—Pelear no es de valientes, Robbie. Eso es lo que ellos hacen: te presionan hasta que pierdes el control, pero luego eres tú quien se mete en problemas.

—Bueno, él no volverá a presionarme. Me aseguré de eso. —Robbie sonríe—. ¿Puedo irme ahora?

—Sí. —Me aparto—.Que tengas un buen día y por favor... sé amable con papá.

Mientras estoy en el trabajo, mis pensamientos están con papá. Le envío un mensaje de texto durante la hora de almuerzo, pero no responde. Cuando termino mi turno me dirijo directamente a casa y me sorprende verlo sentado en su sillón favorito con una taza de té.

—Papá —me quito la bufanda y le sonrío alegremente—, estuve pensando en ti todo el día.

Papá ríe. —Te preocupas demasiado, Lou.

—¿Cómo estuvo todo? —Me quito el gorro y aliso mi cabello esponjoso.

—Estuvo bien. —Se ve un poco decaído. Mi felicidad al verlo se evapora lentamente.

Pero entonces aparece una sonrisa en el rostro de papá.

—Solo bromeaba. Fue fantástico, Lou.

—Oh, eres un bromista—lo regaño—. ¿Así que lo disfrutaste?

—Ciertamente, sí. Los niños son geniales, Lou, y todo el personal es encantador.

—¿Qué hiciste? —pregunto, sentándome en el brazo del sofá.

—Ayudé al profesor a preparar los materiales para la lección. Ayudé a los niños con su trabajo. Dibujaron flores en un jarrón. Luego, por la tarde, ayudé con una clase de cerámica.

—Qué fantástico. —Me quito los zapatos—. ¿Viste a Robbie?

—No.—Papá niega con la cabeza—.Debe de haberme estado evitando. Pero vi a Joel; se acercó para ver cómo me estaba yendo.

—¿Ah, sí? —Trato de parecer indiferente.

—Es un tipo encantador —continúa papá—.Me llevó a la sala de profesores para almorzar y me presentó a sus colegas. El señor Hoffman estaba allí soltando una perorata política, pero no creo que me reconoció, afortunadamente.

—¿Y cómo fue el comportamiento? Me refiero a los alumnos.

—Estuvo bien, Lou. No sé si fue por su arte, pero todos los estudiantes estaban comprometidos y el maestro es maravilloso.

—Estoy tan feliz por ti...—Le doy una palmada en el brazo—.Entonces, ¿irás de nuevo?"

—Por supuesto.

—Bien. —Me pongo de pie—. Voy a preparar una cena de celebración: asado con todas las guarniciones, tu favorito.

—¿Quieres un poco de ayuda? —Papá se pone de pie a mi lado—. Podría pelar las papas y preparar las verduras.

—Vamos, entonces. Nos dirigimos a la cocina y, por primera vez en mucho tiempo, preparamos la comida juntos.

El jueves por la tarde subo las escaleras hasta el desván y bajo las cajas con los adornos navideños. Enchufo mi iPod y escucho una ecléctica selección de música mientras decoro el árbol de Navidad. La mayoría de los adornos tienen años, comprados por mamá, guardados con cariño en papel de seda. Los coloco con cuidado en las ramas artificiales, coloco el ángel en la parte superior y luego lo rocío con nieve artificial. Lo ubico ante el ventanal, enciendo las luces y,¡tarááán!,ha comenzado la Navidad en casa de los Henry. Bertie lo mira desde su cama y deja escapar un fuerte suspiro. Recuerdo que lo orinó un año cuando mamá aún vivía y Bertie era un cachorrito. Hoy en día solo tiene energía para gruñirle.

—¿No se ve encantador, amigo? —le pregunto, complacida con mis esfuerzos.

El árbol de Navidad es solo el comienzo. Voy en busca de un paño y cera, y limpio bien todos los estantes antes de sacar los adornos de las cajas. Hay velas y renos, globos de nieve y dos Papá Noel a cuerda. Saco las escaleras del garaje y cuelgo oropel y estrellas. Estoy colocando una cadena de luces de colores alrededor del espejo encima de la chimenea cuando suena el timbre.

—¿Dónde está tu llave? —grito, balanceándome levemente mientras bajo los escalones de metal.

Abro la puerta esperando a papá o a Robbie, pero me sorprende ver a Joel.

—Hola. —Su rostro se arruga en una amplia sonrisa, y mi ritmo cardíaco aumenta.

—Hola. —Nos quedamos en silencio durante un momento, evaluándonos el uno al otro.

—Robbie no ha regresado todavía —comento al fin—.Entra y espera.

Abro más la puerta, y Joel pasa a mi lado dando las gracias.

—Lo siento. ¿Estás ocupada? Puedo volver en una hora.

—No —respondo con rapidez—. Solo estoy decorando la casa para... Navidad. Me vendría bien una pausa para el té, ¿te gustaría tomar una taza conmigo?

—Claro. —Joel me sigue por el pasillo hasta la cocina.

Pongo la tetera y apoyo las manos sobre el escurridor—. ¿Tuviste un buen día?

—No. —Joel sacude la cabeza—. Hubo una pelea en la clase de séptimo año y luego uno de los alumnos de onceavo tuvo un ataque de epilepsia. ¿Cómo estuvo tu día?

—Estuvo bien. —Le ofrezco una galleta—. Agitado como siempre. ¿Se recuperó el alumno de onceavo?

—Sí.—Joel se frota la barbilla—. Uno de los mentores lo llevó a Urgencias para que lo revisaran. Sin embargo, después de toda esa agitación, no pude lograr que la clase se calmara. Terminamos teniendo un debate sobre *Rebecca*, de Daphne De Maurier.

—Un libro excelente. —Voy hasta la heladera por la leche—. A papá le encanta el voluntariado. Muchas gracias por organizarlo.

—Me alegro de que lo esté disfrutando.—Señala un asiento —. ¿Puedo?

—Vamos a sentarnos en el salón —contesto—. Puedes decirme lo que piensas de mis adornos navideños. —Le entrego su bebida y pasamos a la sala contigua.

Hay cosas por todo el suelo. Paso sobre una caja abierta de oropel y me dejo caer en el sofá. Joel toma un sorbo de té y mira mi árbol.

—Sé honesto —le pido, mirándolo por encima del borde de mi taza.

—Se ve bien.—Desliza la mano por entre su cabella—.Muy festivo.

—Gracias.—Mi mirada se dirige a su firme trasero. Parpadeo un par de veces antes de decir—: Siento no poder invitarte a cenar esta noche: es mi grupo de escritura. Siempre compro comida después.

—No hay problema.

Pregunta sobre el grupo de escritura y le cuento brevemente sobre los miembros.

—Es solo un grupo pequeño, pero todos son encantadores —afirmo con una sonrisa.

—¿Alguna vez publicaste alguno de sus escritos? —Se sienta a mi lado, y soy muy consciente de su pierna cerca de la mía.

—Todavía no. —Me aclaro la garganta—. Sin embargo, he estado contactando agentes y editores. Es mi aspecto menos favorito del proceso de escritura.

—La mía es la edición. —Joel hace una mueca—. Empiezo con un manuscrito de cien mil palabras y termino agregando otras veinte mil. Y revisar la gramática y la puntuación puede destruir el alma, ¿no crees?

—Realmente no lo sabría comento a la ligera—. Escribo, principalmente, para niños pequeños, como sabes, así que termino teniendo que cortar palabras. —Me volteo hacia él—. ¿Has publicado algo?

—He publicado tres novelas de suspenso por mi cuenta a lo largo de los años, pero en realidad quiero que me publiquen de la manera tradicional.

—Yo también. —Hay una pausa mientras nos miramos a los ojos.

—Sobre el otro día en la galería de arte... —Joel toma mis manos.

—Está bien —farfullo, sintiéndome nerviosa—. Estabas triste, y nos dejamos llevar.

—Fue muy agradable. —Su rostro se acerca al mío y siento una oleada de atracción—. ¿Te gustaría...?

¡*Riiing*! El timbre suena, y luego Robbie grita a través del buzón que olvidó su llave.

Me levanto de un salto. —Lo siento. Iré a abrir.

Tan pronto como abro la puerta, Bertie salta sobre Robbie. Cualquiera pensaría que nunca lo había visto antes.

—Joel está aquí —susurro, señalando con la cabeza hacia el salón.

—Oh, la alegría de otra clase de Matemática. —Robbie se descuelga del hombro el bolso con el que reparte periódicos y lo arroja sobre mis zapatos.

—Me voy a preparar para mi grupo de escritura.—Tengo un pie en las escaleras. Desearía quedarme en casa esa noche.

—De acuerdo—responde Robbie, mirándome un poco desconcertado—. ¿Estás bien, Lou? Pareces un poco nerviosa.

—Estoy bien.—Mi voz sale muy aguda—. Dile a papá que voy a traer pescado y papas fritas para la cena. —Dicho eso, me marcho.

CAPÍTULO 25

Es el cumpleaños de la señora Montgomery. Para celebrar los setenta, lleva una estupenda caja con donas de varios sabores. Las comemos durante nuestra pausa para el té y todos tenemos las manos y la boca pegajosas cuando terminamos.

—¿Estás deseando ir al retiro de escritores, Louise? —pregunta Esther Montgomery.

—Estoy un poco nerviosa —respondo—Cuatro días me parece mucho tiempo para estar en un lugar extraño escribiendo.

—Busqué en Google el lugar donde te vas a quedar —comenta Marvin, y gira su teléfono para que todos podamos ver—. Es un gran hotel de lujo en el campo.

—Es hermoso —canturrea Raveena—. Tendrás mucha inspiración allí, Lou.

—Sí. —Me limpio los dedos con una servilleta suelta que encontré—. Es de esperar que la paz y la tranquilidad me permitan terminar mi libro.

—Excelente.—La sonrisa de Marvin es amplia—. ¿Qué haré sin ti en el trabajo?

—¿Trabajar un poco? —Me río mientras me pongo de pie y recojo las tazas vacías.

Raveena me sigue a la cocina.

—¿Cómo van las cosas con tu marido? —le pregunto. Parece más feliz y más tranquila. De hecho, escribió una historia corta que leyó al grupo; estuvo bien.

—No están mal —responde ella—. Aceptó ir a terapia. Espero que se abra y me diga lo que siente. —Pienso en Robbie y me recuerdo que debo preguntarle cómo fue la sesión con el consejero de la escuela.

Volvemos a la mesa. Había organizado un juego de Santa secreto entre los seis. Marvin está hurgando en la caja. Saca un objeto envuelto y comienza a apretarlo.

—¿Quieren abrirlos ahora? —les pregunto a los demás.

Responden en coro que sí.

Mientras Marvin entrega los regalos, saco una hermosa flor de pascua de debajo de la mesa. La conseguí en la tienda de Heather; me la envolvió en celofán y la ató con una cinta dorada brillante. Llamo a Martha, la bibliotecaria.

—Esto es para ti —anuncio alegremente—, como agradecimiento por permitirnos usar tu biblioteca una vez al mes.

—Oh, no deberías haberlo hecho. —El rostro de Martha se ilumina—.Pero gracias.

—¿Quieres una dona? —Freya le ofrece la caja a Martha.

—Tengo algo aún mejor: pasteles de fruta navideños caseros.

Martha se apresura a su escritorio y regresa con un contenedor lleno de los tradicionales pasteles navideños. Intento olvidar que ya me comí una rosquilla. Ella coloca uno frente a mí y le doy un mordisco.

—Mmm—murmuro—, están deliciosos. ¿Querías hacer la masa tan gruesa?

Martha asiente.

—Es la receta de mi abuela. Ella solía hacerlos para Harrods, ¿te imaginas?

—Eso es increíble —señalo, limpiando las migajas. Todos los demás están de acuerdo conmigo. Martha nos sirve otro pastel a todos.

—Realmente no debería. —Miro mi segundo pastel de frutas. Mi cabeza está gritando: "No, avariciosas tripas, no se atrevan", pero mi estómago está suplicando por otro. Al final gana mi estómago.

—Qué diablos...—Marvin se encoge de hombros—. Es Navidad.

—Entonces —Esther toma su regalo—, ¿debo abrir el mío primero?

—Adelante.—Trago lo que queda del pastel y bebo un sorbo de agua.

Con elegantes dedos adornados con anillos, la señora Montgomery desenvuelve su regalo. Es un juego de desayuno inglés para té y mermelada en una caja colorida, y es perfecto para ella.

—Qué hermoso —exclama, inspeccionando la parte posterior de la caja—.Gracias a quien lo comprara.

Marvin está tan emocionado que todos decidimos dejarlo que sea el siguiente. Cuando abre su regalo, doy un grito ahogado y mi mano vuela hasta mi boca. Su santa secreto es un gorro rojo peludo de Papá Noel y una tanga a juego. Lo mira con la boca abierta por un momento y luego estalla en una sonora carcajada. Estoy bastante segura de que fue Raveena quien se lo compró. Parece aliviada y se agarra los costados con alegría. Ahora me preocupa abrir el mío.

—Emmm... sigue tú—le pido a Freya.

Freya arranca el papel. Intento que mi rostro no muestre

ninguna expresión. No quiero revelar el hecho de que yo compré ese.

Ella canturrea con la pluma de Harry Potter e, inmediatamente, comienza a garabatear en su libreta A4.

Alfred toma su caja rectangular y la abre lentamente. Recibió una elegante caja de chocolates de menta para después de la cena.

—Los guardaré para el día de Navidad —señala regiamente.

—¿Puedo seguir yo?—Raveena está brincando en su asiento por la emoción.

—¡Sí!—gritamos todos.

Su presente es tan adecuado para ella... Es una hebilla para el cabello con mucho brillo y un paquete gigante de sus dulces favoritos en forma de corazón.

—Qué hermosa.—Se coloca la hebilla en su voluptuoso cabello espeso—. Tu turno, Lou.

Miro hacia abajo al papel de regalo lleno de renos con el lazo dorado. Se ve y se siente como un libro. Rápidamente arranco el papel y sonrío al ver su contenido. Es un libro motivador titulado *Cómo creer en uno mismo y tener éxito*.

—Esta debería de ser una buena lectura —exclamo, hojeando las páginas.

—Te ayudará a ver lo maravillosa que eres. —Esther me da una palmada en la mano.

Estoy abrumada por la emoción y, por alguna razón, solo puedo pensar en mamá. Las lágrimas se acumulan en mis ojos.

—Lo lamento—me disculpo, limpiándolos—. Perdí a mi madre en Navidad y todavía la extraño.

Marvin se acerca para abrazarme.

—Feliz Navidad, cariño.

Entonces nos ponemos todos de pie, nos besamos y abrazamos, y mi repentina tristeza es sofocada por los sonidos de la radio de Martha, donde Bing Crosby canta sobre una Navidad blanca. «¿No sería maravilloso?» pienso.

El viernes por la mañana, Robbie me recuerda que me había ofrecido como voluntaria para manejar la tómbola en la feria de Navidad de su escuela. Sabía que había una razón por la que había reservado el día libre. Me lo pidió hace meses y debo de haberme sentido caritativa ese día en particular porque, como él me recuerda, dije: "Sí, ¿por qué no?". Me pregunto si veré a Joel. El solo pensar en él hace que mi estómago se vuelva como una lavadora que se mueve lentamente. Robbie está sorprendentemente de buen humor para las seis y media de la mañana. De hecho, ¿por qué está despierto tan temprano?, me pregunto con suspicacia.

—Voy a ir a lo de Summer después de la escuela—me avisa casualmente en la conversación. Estábamos hablando de lo que quería en sus sándwiches y, de repente, su atención se desplazó hacia señoritas de cabello azul.

—Oh, está bien. —Le sonrío por encima de la cabeza esponjosa de Bertie—. Es encantadora, ¿no es así?

—Sí, ella está bien. —Robbie agacha la cabeza.

—¿Y por qué estás listo tan temprano de todos modos?—le pregunto mirando el reloj de pared—. La escuela no empieza hasta dentro de una hora y media.

—Yo, emmm...—Robbie se aclara la garganta—. La acompañaré a la escuela.

—¿A su escuela? ¡Robbie, eso está a kilómetros de distancia!

—Iré en mi bicicleta—espeta—. Estaré en Hayes con tiempo de sobra, así que quédate tranquila, Lou.

—Está bien. —Dejo escapar un suspiro de resignación—.

Pero, por favor, no llegues tarde. Ya estás en la lista negra de la señora Frostrich.

Robbie se pasa la mano por el cabello revuelto.

—¿Sabes?, sería bueno si me hablaras como un adulto de vez en cuando. Tengo casi dieciséis años, Lou.

—Entonces, ¿fueron ideas mías el absentismo escolar, las peleas y los grafitis?—Le pongo la correa a Bertie.

—No eres mi mamá—murmura Robbie.

—¿Qué dijiste?—Lo escuché bien; simplemente no puedo creer que me haya dicho esas palabras.

—Tuve una mamá—Robbie se pone el abrigo—, y ella murió. Nunca la reemplazarás.

Mi boca se siente repentinamente seca.

—No quiero hacerlo —replico—. Estoy preocupada por ti, Robbie... Me preocupo por...—Sale de prisa de la casa.

—¿Algo bueno para el desayuno? —Papá está parado en la puerta rascándose la cabeza—. Robbie estará bien—me asegura papá después de contarle la conversación—. Está pasando por una época difícil. ¿Te dije lo que solía hacer al levantarme?

—Eso no ayuda, papá. —Apoyo con fuerza sus huevos revueltos—. Lo que Robbie necesita es un modelo masculino firme.

—¿Me estás llamando *marica*?—Papá tiene una mirada ofendida en su rostro.

—Por supuesto que no—respondo con irritación—, pero tal vez ayudaría si fueras más estricto con él.

—Sabes que no estoy de acuerdo con esa basura totalitaria, Lou. Robbie y yo somos amigos y así es como nos gusta a ambos.

—¡Ese es el problema! —grito—. Necesita un padre, no otro compañero. ¿No tiene muchos de esos ya, siendo tan popular como él?

Papá aparta la mirada y mira los huevos—.Lo siento, no era mi intención gritar. Me preocupo por él, no quiero que arruine su vida, su educación… —Me siento frente a papá, revolviendo su té.

Papá me señala con el tenedor.

—Robbie es más sensato de lo que crees. Ten cuidado con él, cariño, él te admira.

—¿A mí?—Niego enfáticamente con la cabeza—. No lo creo.

Papá asiente lentamente.

—Él te escucha más de lo que crees.

Me pongo de pie.

—Debería irme. Voy tarde a mi trabajo de pasear perros. ¿No vas a la escuela hoy?

—No. Tengo el día para pintar.

—Que tengas un buen día, papá. —Rodeo su cuello en un abrazo—. Perdón por perder los estribos.

Papá me da una palmada en el brazo.

—No necesitas disculparte. Robbie y yo tenemos suerte de tenerte. Eres un ángel, Lou, y uno de estos días me dejarás para formar tu propia familia.

—¡Nunca!—exclamo con una sonrisa.

Papá me mira de reojo con astucia.

—Puede que sea antes de lo que crees.

—¿Qué?—Me pregunto si a Heather se le habría escapado lo de *aquel* beso. Estuvo en casa la otra noche, tuvo la oportunidad y no la dejaría pasar.

—¿Por qué dices eso?—logro preguntar con una risa afectada.

—Por nada en particular.—Los labios de papá se curvan en una leve sonrisa—. Abrígate bien.

—Adiós, papá. —Lo saludo por encima del hombro y me apresuro a salir de la casa con un Bertie que está harto de esperar.

CAPÍTULO 26

Más tarde esa mañana, consigo que Heather me lleve a la Academia Hayes. La estoy esperando afuera con una caja llena de basura y algunas pinturas de papá que logré que entregara. Estaciona junto a la acera; el caño de escape del auto hace un ruido estruendoso y sale un humo gris.

—Deberías hacer que lo revisen —sugiero mientras ella sale para abrir el maletero.

—Este es mi bebé. —Acaricia el techo de su coche—. Mi nuevo estado en Facebook es que tengo una relación con mi auto.

Pongo los ojos en blanco y dejo mis cosas dentro.

—Gracias por recogerme, no tenía ganas de lidiar con todo esto en el autobús.

—No hay problema.—Heather cierra el maletero de un golpe—. Me alegra alejarme un poco de la florería. Recibimos un lote de azucenas y me hacían estornudar constantemente.

Entro en el coche y ajusto el cinturón. Heather enciende el auto y nos sacudimos ligeramente cuando sale a la carretera.

—No puedo creer que estés participando en esta feria navideña. No pensé que estos eventos fueran de tu gusto, Lou.

—Tampoco sé por qué lo acepté. Podría estar en casa escribiendo.

—Tendrás mucho tiempo para eso en el retiro. —Me mira de reojo—. ¿Joel estará allí también?

—Mantén tus ojos en la carretera—le pido mirando al frente—. Por supuesto que estará allí; trabaja allí.

—¿Esperas que se repita la actuación de la galería de arte?

—¡No!—Toso—. Habrá un montón de gente, Heather, no estaremos solos.

—Es una pena. —Heather se inclina para encender la radio, y la música pop llena el aire—.Es un tipo muy agradable. Te podría ir mucho peor.

Estoy hurgando en mi bolso en busca de un pañuelo de papel. Mi nariz comenzó a gotear y espero no tener un resfriado.

—Es un tipo muy agradable. —Soplo en el pañuelo—. Y además somos solo amigos.

—Por el momento—bromea Heather—.Lo siento, me detendré ahora.

—Por favor, hazlo.—Doblo las manos sobre mi regazo con recato—. ¿Cómo va la florería?

Heather se pasa el resto del viaje contándome sobre los pedidos que ha recibido recientemente. Se queja de uno de sus perezosos empleados mientras se detiene en el aparcamiento de la escuela.

—Aquí estamos. —Se escucha un crujido cuando aplica el freno de mano—. ¿Quieres que te ayude a sacar tus cosas?

—Me las arreglaré—respondo, inclinándome para darle un abrazo—. Te debo un pastel gratis.

Bajo del coche, y saco las cajas y los cuadros. Heather toca la bocina, y la saludo mientras se aleja. La grava cruje debajo de mis pies mientras camino hacia la entrada principal de la escuela. Está tranquilo; creo que los alumnos todavía deben de estar en clase. Solo se escucha el sonido de una segadora a través de los campos de juego y se infiltra en el silencio. Me pregunto por qué está cortando el césped en un día tan frío. Otro hombre sopla las hojas caídas en el sendero, y el cuidador está pintando la verja de hierro de un gris apagado. El otoño por fin ha terminado. Subo los escalones de piedra, abro la puerta de la recepción y lucho por entrar con mis cosas.

—¡Louise!—La recepcionista corre hacia mí—. ¿No es un día frío?

—Sí—respondo, y dejo la caja a mis pies.

Ella toma mis manos. —Oh, te estás congelando. Ven y caliéntate un poco junto a mi radiador.

Vuelvo a tomar la abultada caja y la sigo detrás del escritorio. Estuve aquí cientos de veces, pero nunca desde este ángulo. Miro a mi alrededor con curiosidad; está muy ordenado y organizado. Huele a ambientador de manzana y a pintura fresca. Hay otras dos mujeres sentadas en un escritorio ovalado escribiendo en computadoras portátiles, y un trabajador está de rodillas haciendo algo con un cable.

—¿Estás aquí por la feria?—pregunta la dulce recepcionista.

—Sí, aydaré en el puesto de la tómbola.

—Excelente. Necesitamos toda la ayuda que podamos conseguir. ¿Sientes un poco más de calor ahora? Puedo llevarte al pasillo y mostrarte tu puesto.

—Sí, gracias.

La recepcionista me acompaña a través del vestíbulo y hacia el salón de actos.

—Es tan bueno tener a los padres para ayudar... —Se lleva la mano a la boca—. Oh, lo siento querida, eres la hermana de Robbie, ¿cierto?

—Así es.—Le sonrío a la señora mayor.

—Hay tantos alumnos yendo y viniendo que me confundo. Entre tú y yo, creo que es hora de que me retire.

—¿Cuánto tiempo ha trabajado aquí?

—Llevo treinta y dos años, querida.

El salón está lleno. Los puestos se armaron en forma circular, y cada uno es diferente. Hay puestos de libros y música, mesas donde se venden pasteles y bocadillos, puestos de Santa Secreto, puestos de pinta-caritas y de concursos. Uno de los miembros del personal armó un puesto para ponerle la cola al burro y hay uno de pesca de patos con un enorme oso de peluche como premio para los más pequeños. Me recuerda a las ferias itinerantes que ocupan el parque cercano una vez al año. ¡Hay oropel por todas partes! Y un enorme árbol de Navidad iluminado con luces multicolores está ubicado en la esquina.

—¡Vaya! —comento a la recepcionista—. No pensé que habría tanta variedad.

—Los alumnos lo han estado preparando toda la mañana. —Ella mira su reloj de pulsera—. Abre en media hora. Luego, no tendrás lugar para moverte.

—Debería organizarme, entonces.

—Si necesitas algo, solo avísame. —La diminuta recepcionista se aleja tambaleándose; sus tacones repiquetean en el piso de madera.

Me ocupo de poner los premios de la rifa sobre la mesa. Ya hay una buena cantidad ahí: artículos de tocador y adornos, libros y DVD donados. Incluso veo un conjunto de enciclopedias. Papá subió al ático por mí a principios de semana: donó un juego de jabones que había recibido como regalo de cumpleaños y muchos otras chucherías. En el fondo de la caja hay una bolsa llena de gorros de lana de mamá. Los toco con ternura, los acerco a mi nariz, pero el olor de ella se ha ido hace tiempo. Creo que este es un punto de inflexión; a papá le llevó años deshacerse de sus cosas. Con un nuevo trabajo en el horizonte, tal vez esté empezando superarlo. Recojo sus cuadros y camino con ellos hasta una mesa donde se vende la cerámica de los niños. Una dama de aspecto alegre se presenta como Brenda; es asistente de enseñanza y me dice que conoció a papá.

—¿Estos son suyos?—pregunta con asombro.

—Sí—respondo con orgullo.

—Bueno, ¿no es tu papá un talento y un hombre encantador además? Yo digo que estos definitivamente se venderán. ¿Cuánto querías por ellos?

—Lo que te parezca apropiado—contesto— y, por supuesto, las ganancias son para la escuela.

—Ellos esperan renovar el gimnasio, comprar nuevos equipos de alta gama... —Brenda sonríe y mira los paisajes de papá—. Estos son realmente excelentes. ¿De quién eres pariente aquí?

Me estremezco.

—Robbie Henry. —Espero que no sepa sobre el incidente del grafiti, pero Brenda sonríe ampliamente.

—Puedo ver de dónde saca Robbie su talento y ¡cielos!, tu hermano es genial con la guitarra. Van a tocar un poco más tarde; ya sabes, él y su amigo. Nos darán un poco de entretenimiento.

—¿De verdad?—Trago saliva. Algo más que no sé sobre la vida de mi hermano.

Puedo ver a la señora Frostrich merodeando en la puerta con una multitud de padres.

—¿Pudiste instalarte bien?—me pregunta Brenda.

—Sí, gracias.—Sonrío y me doy vuelta para regresar a mi puesto, justo cuando la gente comienza a entrar en el salón y el ruido aumenta significativamente.

Las próximas horas pasan volando, con un flujo constante de personas que visitan mi puesto. La mayoría de los artículos de la mesa se venden, incluso los artículos de tocador poco fiables. Cuando hay una pausa en el giro de la tómbola, me acerco para preguntarle a Brenda si ha vendido muchos artículos.

—Los de tu papá se vendieron en la primera media hora—contesta con una sonrisa—. ¿Cómo te ha ido?

—Nada mal—respondo—.Como está más tranquilo, ¿puedo traerte una bebida?

—Consigue vino caliente para las dos. —Me guiña un ojo —.Cuidaré tu puesto.

Cruzo al otro lado del pasillo y pido dos vinos calientes a uno de los profesores.

—¿Documento de identificación?—pregunta alegremente.

—Tengo veinticinco—afirmo molesta. *¿Este tipo habla en serio?*

Mientras hurgo en mi bolso en busca de cambio, una voz detrás de mí me sobresalta.

—Seguramente puedes dejar que la dama lo tenga gratis. — Joel Love me sonríe y mi estúpido estómago comienza a dar vueltas de nuevo—. Ella ha estado ayudando con uno de los puestos.

—Le ruego que me disculpe, señora. —El profesor calvo se inclina de manera melodramática—. Sírvase pastel de frutas también.

Miro la comida con nostalgia. Comencé mi plan de alimentación saludable de nuevo, pero una mirada a ese pastel y se me hace agua la boca. Joel toma la decisión por mí y elige tres de la caja.

Me pregunta cómo ha ido la feria mientras caminamos de regreso adonde está Brenda.

—Ha sido un éxito. ¿Estabas en clase? —pregunto, bebiendo un poco del delicioso vino caliente.

—No, el viernes es mi tarde libre para planificar y

prepararme. Me quedé atrapado en la sala de profesores con un grupo de profesores descontentos.

—Oh.—Le sonrío.

—Señor Love, qué amable de su parte haber venido. —Brenda toma la bebida y el pastel—. Tu hermano está allí. —Me señala el escenario. Robbie y Ade están de espaldas a nosotros, afinando sus guitarras.

Pero mi atención todavía está en Joel.

—¿Cómo fue la clase de Matemática ayer?—le pregunto.

—Mejor. —Joel traga saliva—. Robbie se esforzó; lo lograremos.

—Aquí viene la jefa —anuncia Brenda entre bocados de pastel de fruta. Me vuelvo para ver a la señora Frostrich cruzar el pasillo a grandes zancadas. Nos saluda con la cabeza cuando pasa.

En su mano sostiene un micrófono al que da una palmadita antes de llamar la atención de todos. El salón se queda en silencio; aparte de los lamentos de algunos bebés, la atención de todos está en la temible señora Frostrich. Cruzo los brazos sobre el pecho y escucho su discurso agradeciendo a todos por la ayuda. También agradece a los padres por su apoyo a la escuela. Joel se acerca y me susurra al oído que me llevará a casa.

—Gracias—le respondo en un susurro—, aunque no quiero molestarte.

—No me molestas—sonríe—. De todos modos iba en esa dirección.

—Está bien—me río—. ¿Harás algo divertido el fin de semana?

Joel hace una mueca.

—Corregir cientos de ensayos. ¿Tú?

—No mucho; con suerte algo de escritura.

Dejamos de charlar para escuchar a la señora Frostrich presentar a Robbie y a Ade. Estoy de puntillas, estirándome para ver a mi hermano tocar su guitarra. Luego, Ade se une y tocan una alegre melodía de los Beatles. Oh, es tan bueno... Estoy dando golpecitos con el pie al ritmo de la música y tratando de no saludarlo porque no quiero avergonzarlo.

—Louise... —El sonido de mi nombre me hace mirar a Joel.

—¿Sí?

—Emmm... ¿te gustaría salir... conmigo... la semana que viene?

—¿Solo nosotros dos?—De repente, la emoción me invade.

—Sí, pensé que podríamos ir a un lugar agradable para comer. Hay un nuevo lugar italiano en el centro de la ciudad que podríamos probar.

¡Cielos!, ¿el costoso, a la carta? Abro la boca para decir que sí, pero entonces recuerdo el retiro de escritores. La decepción se apodera de mí.

—Lo siento mucho—explico—. Estaré fuera. Gané una semana en un retiro de escritores.

Joel me mira fijamente.

—¿Te refieres al de Cannock Chase?

—Sí —respondo—. ¿Has oído hablar de eso?

Joel asiente.

—Trabajo para el consorcio que lo organizó. Soy uno de los mentores.

—¡¿Ah, sí?!—Mi boca se abre por la sorpresa—. ¿Eso significa que estarás allí... en el retiro?

Joel sonríe.

—Tengo una cita sin confirmar para ir un día.

—Eso es... eso es grandioso, Joel.

—Así que, después de todo, pasaremos algo de tiempo juntos.

—Sí.—La sonrisa más tonta imaginable se dibuja en mi rostro. Mi cabeza ya está creando escenas de nosotros solos, escribiendo, charlando, riendo... besándonos. ¡Vaya!, podría suceder, supongo. Podría olvidar la idea de "seamos solo amigos" y podría estar al borde de una relación propiamente dicha.

De repente, Brenda camina afanosamente hacia mí y me hace girar. Nos bamboleamos al compás de la música y nos cubrimos los hombros con oropel. Por primera vez en años, empiezo a creer que mi vida amorosa está mejorando. Tiempos emocionantes...

CAPÍTULO 27

Robbie y Ade terminan su actuación con una ronda de aplausos atronadores. Mi hermano hace una reverencia y luego salta del escenario como el verdadero dios del rock que es. Se dirige hacia mí y Joel, haciendo pausas para estrechar manos y recibir palmadas en la espalda por el camino.

—Estuviste grandioso—le grito.

Robbie está sudando profusamente, sus mejillas están rosadas y luce triunfante.

—Gracias. —Mira a Joel, y me alegro cuando se dan la mano.

La multitud comienza a dispersarse, los padres han comenzado a salir del salón, justo cuando suena el timbre de la hora de salida. Un grupo de limpiadores entra con cepillos y trapeadores, haciendo muecas ante el estado del piso.

—Joel nos lleva a casa—le comento a Robbie.

Noto que las cejas de Brenda se disparan hacia arriba ante mis palabras.

—Genial—responde mi hermano—. No me gustaba la idea de llevar mi guitarra a casa en el autobús.

—Bueno, antes de que nos marchernos, ¿puedes ayudarme a recoger mis cosas?—Robbie y yo empezamos a recoger la mesa, y Joel se aleja murmurando algo que no entiendo del todo.

Diez minutos más tarde, estoy limpiándome las manos polvorientas en mis vaqueros. Les repartí el resto de las chucherías a algunos de los padres que han quedado, sin cargo, por supuesto. Joel está sentado en los escalones del escenario, escuchando música en su teléfono.

—Fue un placer conocerte—expresa Brenda mientras se pone el abrigo—. Dale saludos a tu papá.

—Lo haré, gracias.—La veo irse, preguntándome dónde se habrá metido Joel. Luego hay un golpecito en mi espalda. Un enorme peluche me está mirando; el enorme oso del puesto de pesca de patos. Doy un paso atrás y enfoco la mirada en el peluche de color canela. Para mi sorpresa, Joel está escondido detrás de él.

—¿Qué ganaste?—Me río.

—Es para ti. —Levanta la pata del oso y la agita.

—¿Para mí?—Se lo quito—. Es el oso más grande que he visto.

—Es todo tuyo.

—¿Cómo sabes que es un *él*?—pregunto.

—Solo una suposición. ¿Cómo lo llamarás?

—Lo llamaré... Billie; de esa manera puede ser neutral en cuanto al género.

—Buena idea.—Joel me pasa mi abrigo—. Vamos, salgamos de aquí.

El fin de semana pasa volando y, antes de que me dé cuenta, amanece un lunes gris. Estoy de pie en la ducha, me gotea agua y tarareo una melodía pegadiza que he escuchado mucho en la radio últimamente. Bertie está rascando la puerta. Debe de preguntarse por qué no salimos a pasear con los otros dos perros. Enjuago el acondicionador de mi cabello y luego cierro la ducha. Mientras cepillo mis dientes, repaso la lista mental de tareas que armé por mi semana de ausencia. Ayer cociné una lasaña tamaño familiar y un pastel de cordero, que están en el congelador horizontal, con instrucciones de uso pegadas con cinta adhesiva. También le di a la casa una buena limpieza y planché un canasto lleno de ropa. Creo que estoy lista para irme, al menos me siento organizada.

—¿Vas a tardar mucho, Lou?—grita Robbie desde el otro lado de la puerta.

—Emmm...—Escupo la pasta de dientes—, no, casi termino.

Me envuelvo en mi bata mullida y abro la puerta. Bertie me ladra desde su lugar en el rellano.

—Hoy no, amigo —le digo, rascándole la oreja mientras paso. Es otra preocupación.

—¿Te acordarás de darle de comer y de beber?— Le pregunto a Robbie, que está apoyado en el marco de la puerta —. Y tendrá que dar una caminata rápida, al menos una vez al día.

Bertie me mira con ojos tristes. Juro que sabe que voy a dejarlo.

—Por supuesto que lo haré. —Robbie deja escapar un suspiro—. Deja de preocuparte, hermana.

—De acuerdo.—Sonrío con tristeza y sigo hasta mi dormitorio. La habitación está fría; la calefacción acaba de encenderse. Me quedo allí, reacia a quitarme la bata. La neblina trepa por la ventana. Me acerco y miro la calle tranquila. Las luces de la calle siguen encendidas, la luz del día es muy tenue. El graznido de un ave inunda el aire. No me importa el invierno, es mi estación favorita. Me gusta ver el fuego ardiendo en la chimenea, me gustan los días fríos y helados y envolverme en suéteres gruesos. Me encanta ver la nieve caer del cielo y cubrir el suelo. Me gusta el sonido de los niños emocionados, que hacen muñecos de nieve y se precipitan colina abajo en trineos. Me gusta ver árboles desnudos y mi aliento flotando frente a mí.

Robbie es una persona veraniega, como mamá: le encanta sentarse en el jardín en pantalones cortos y dormir con las sábanas echadas hacia atrás en el calor. Pero papá y yo estamos a favor del invierno, a los dos nos encanta el frío. Es curioso cómo me parezco físicamente a mamá, pero mis gustos son más como los de papá, y en comparación, Robbie es el vivo retrato de papá, pero tiene la personalidad de mamá. Hay una fotografía de ella en mi tocador. Me rodea con sus brazos y ambas estamos sonriendo a la cámara. Papá la considera la persona más hermosa que jamás haya visto. Quizás ser parte de ella también me hace hermosa.

Me siento en el taburete y peino mi cabello mojado, aplico crema en mi rostro seco, inclino mi cabeza hacia adelante y le echo aire con el secador de pelo. Luego me siento sobre la maleta y la aplasto. La arrastro escaleras abajo, tratando de no llorar al ver a un Bertie melancólico. Papá está en la cocina bebiendo té.

—Esta ya es mi tercera taza—anuncia con una sonrisa soñolienta.

—En esta casa se toma demasiado té—resoplo—. Deberíamos probar el de hierbas.

Papá murmura su acuerdo.

—¿A qué hora te vas?

—Pronto.—Me dejo caer en la banqueta más cercana—. Te llamaré cuando llegue.

—Por favor, hazlo. —Papá me mira por encima del borde de su taza—. ¿No desayunarás?

—No tengo hambre—respondo. Mi estómago se siente como un nudo, estoy nerviosa y emocionada—. Hay mucha comida en el congelador, está bien surtida, pero tendrán que comprar pan fresco y leche...

—Lou—me interrumpe papá en voz baja—. Robbie y yo estaremos bien, deja de preocuparte por nosotros. Ve y diviértete y escribe mucho. Cuando vuelvas será casi Navidad y podremos celebrar.

—Está bien. —Me acerco y lo abrazo—. Te amo; ya te extraño.

Papá ríe.

—Te divertirás demasiado como para pensar en mí. ¿Vienen a buscarte?

Ladeo la cabeza hacia un lado y escucho el sonido de una bocina. Me apresuro a entrar en el salón y miro a través del mosquitero. Marvin está sentado en su coche, cantando junto a la radio.

—Toma. —Papá está detrás de mí, sosteniendo mi maleta—. ¿Tienes todo?

—Eso creo. —Tomo mi mochila y la cuelgo sobre mis hombros.

—¿Dónde está tu computadora portátil?

—En mi maleta.

—¿Y tus bolígrafos y papel?

—Sí, los tengo también.

—¿Pijama? ¿Ropa interior limpia? —Papá me sonríe—. Diviértete, Lou.

Me lanzo de nuevo a sus brazos, abrazándolo con fuerza.

—¿Dónde está Robbie?

—Estoy aquí. —Mi hermano entra tranquilamente en la sala—. Te olvidaste de esto. —En su mano sostiene mi cepillo de dientes.

—Oh, gracias. —Se lo quito, y lo meto en el bolsillo lateral de la maleta.

—Adiós, Robbie. —Quito el cabello de los ojos—. Nos vemos en una semana. —El impulso de decirle que se porte bien es fuerte, pero me las arreglo para reprimirlo.

—Adiós, Lou. —Saludan papá y Robbie a coro.

Subo la manija de la maleta y me dirijo hacia el pasillo.

—No hagan una fiesta sin mí—grito antes de cerrar la puerta principal.

El aire frío golpea mi rostro mientras camino por el sendero hacia Marvin. Él se baja del coche y lucha por abrir el maletero.

—Hola, Lou—me saluda—. Hace tanto frío que la cerradura se congeló.

—Buenos días, Marv. ¿Debería ponerla en el asiento trasero? —sugiero.

—Buena idea. —Marvin se sopla las manos y espera a que coloque mis pertenencias dentro del auto—. Dios, ¿qué hacemos despiertos tan temprano? Debería estar en mi cama. Está helando.

Papá todavía saluda desde la ventana. Por fortuna, la calefacción del coche está encendida y hace un calor agradable. Me pongo el cinturón, le doy a papá un último saludo y luego miro hacia adelante mientras Marvin pone el auto en movimiento.

CAPÍTULO 28

—Según mi teléfono—señala Marvin—, no debería llevarnos más de cuarenta y cinco minutos llegar allí. —Toca el costado de su navegador por satélite—. Esto debería llevarnos directamente al lugar.

Me acomodo en mi asiento y abro una bolsa de pastillas de menta.

—¿Irás directamente al trabajo después de dejarme?—le pregunto—. De verdad lo aprecio mucho.

—Me alegra ayudar—responde Marvin con una sonrisa—, y sí, si el tráfico se calma, debería llegar al trabajo a tiempo. Estoy haciendo un montón de turnos adicionales esta semana para compensar tu ausencia.

—Más dinero para gastar en Navidad, ¿eh?

—Sí, y tengo mucho que comprar. —Marvin tiene una enorme familia: es uno de siete hijos.

—¿Qué harás el día de Navidad?

Marvin enciende los limpiaparabrisas para disipar la niebla.

—Oh, será la Navidad familiar loca de siempre. Mis

219

hermanas vienen con sus hijos y maridos. Seremos unos veinte alrededor de la mesa. ¿Tú?

—Cocinaré para papá, Robbie y la tía Josie. —Chupo mi menta pensativa—. Estaba pensando en invitar a Joel y a Summer también.

—¡Oh, Dios mío!—Marvin chilla de emoción—. ¿Eso significa que son pareja oficialmente?

—¡No!—exclamo—. Significa que están solos, sin familia con quien compartir ese día. Estoy siendo amable.

—Por supuesto que sí.—Marvin sonríe e indica a la derecha. Enciendo la radio y escuchamos una selección de melodías pop durante la siguiente media hora. Cuando llegamos a una gran rotonda, el navegador por satélite decide dejar de funcionar —.Maldición,no tengo idea de qué camino tomar.

Damos la vuelta a la rotonda dos veces. Pasamos una señal de polígono industrial y otra de un hospital. Eso nos deja dos para elegir. Ninguno está marcado.

—Prueba este—sugiero, señalando el más cercano. Marvin se desvía a la izquierda y baja por una carretera empinada.

—Tendremos que detenernos y preguntarle a alguien— comento, pero estamos en una calle muy transitada y no hay nadie caminando.

—¿Es esa la señal de la autopista?—Puedo escuchar el pánico en la voz de Marvin.

—Tenemos que salir de este camino, de lo contrario, vamos a terminar en Manchester.

—¡Mi ex es de allí!—Marvin pone quinta—. Me voy de aquí.

Marvin se sale de la carretera y entra en una carretera secundaria más estrecha.

—¿Dónde diablos estamos?—me pregunto en voz alta—. Esto no se parece en nada a Cannock Chase—. Cannock Chase son colinas verdes y cientos de árboles. Eso parece más una zona residencial. Veo a un hombre paseando a un caniche gigante. Marvin se detiene de golpe; por suerte no hay nadie más en la carretera—.Disculpe.—Bajo la ventanilla lo más rápido que puedo—. Estamos buscando un hotel en Cannock Chase. —Muestro la dirección que escribí en un papel—. Se llama Mystic Springs.

El hombre se rasca la barba.

—Lo conozco. Hice un poco de pesca allí. Es por allí. —Señala el camino de donde veníamos—. Segunda salida a la izquierda de la rotonda grande.

—Gracias.

—¡Tengan cuidado! —grita—. Suceden cosas extrañas en ese hotel.

—¿Qué fue todo eso?—murmuraMarvin—. ¿Acabas de pedirle indicaciones al chiflado de la zona?

—No tengo ni idea, pero ya es demasiado tarde para dar marcha atrás.

Marvin hace girar el auto y regresamos. Esa vez tomamos la cuarta salida. Debe de ser la correcta porque hay árboles y vegetación a cada lado. Marvin sigue un camino largo y allí, a mano derecha, hay una señal para el hotel Mystic Springs.

—Allí. —Señalo una brecha en los árboles.

—Ya lo veo.—Marvin enciende la luz intermitente y espera a que pase una fila de coches antes de girar a la derecha. Subimos una pendiente que parece ser cada vez más empinada. La carretera está rodeada de árboles que se inclinan y bloquean la luz. Está tan oscuro que podría confundirlo con la noche, y la niebla de la mañana parece más densa allí que en la ciudad.

—Esto es realmente espeluznante. —Marvin se aferra al volante—. Definitivamente estarás aislada aquí.

—Creo que esa es la idea—contesto, estirando las piernas.

El camino por fin se aplana y sentimos crujir grava y ramitas rotas debajo de nosotros.

—¿Dónde demonios está?—Marvin entrecierra los ojos a través del parabrisas y enciende las luces antiniebla. De repente, pisa los frenos. Me sobresalto en mi asiento.

—¡Mira eso!—Sigo el dedo de Marvin. Un tejón cruza la carretera con lentitud frente a nosotros—. Casi lo golpeo.

Bajo la ventana y asomo la cabeza.

—No sabía que fueran tan grandes.

El tejón llega a la seguridad de la maleza, y se vuelve para darnos una mirada curiosa.

—Ese tejón tiene actitud—comenta Marvin con un escalofrío—. Sube la ventanilla, Lou, hace mucho frío ahí fuera.

Mientras vuelvo a subir la ventanilla, una furgoneta de reparto hace un chirrido en la curva del otro lado de la carretera y pasa volando a nuestro lado—. Idiota—protesta Marvin, agitando el puño. Arranca el coche y nos ponemos en marcha de nuevo. Subimos y bajamos un tramo de sinuosos caminos rurales antes de llegar a un claro, y allí, frente a nosotros, está el hotel Mystic Springs. Nos quedamos allí por un momento en silencio, mirándolo. Es un edificio antiguo, con grandes ladrillos descoloridos, que se estrechan hasta formar ventanas arqueadas y vigas puntiagudas. El techo es de tejas rojas con altas chimeneas y lo que parecen gárgolas.

—Esto es genial —señala Marvin, volviéndose para sonreírme—. Parece sacado de una película de terror.

—Es muy gótico—acuerdo.

—¿Quieres que entre contigo?—Marvin me mira expectante.

—No. Está bien, estaré bien. —Me inclino para darle un beso en la mejilla—. Muchas gracias por traerme.

—No hay problema. Diviértete y escribe mucho.

—Lo intentaré. —Salgo del coche y abro la puerta trasera para sacar mi maleta.

—Te echaré de menos, Lou.—Toca la bocina y acelera el motor.

—También yo —le respondo, y le tiro un beso mientras se aleja. Lo observo hasta que desaparece y luego me vuelvo hacia el hotel. *Retiro de escritura, aquí voy.*

Camino por un sendero de grava hasta una puerta ancha de roble. Hay hiedra trepadora a su alrededor y una caja de hojalata pegada a la pared con la palabra "correo" escrita en ella. Está cerrada, pero hay una campana colgante que agarro y sacudo de un lado a otro. Hace un sonido metálico divertido, que no es muy fuerte. Lo intento de nuevo y espero unos minutos. Está tan silencioso que solo el sonido del canto de los pájaros resuena en el aire a mi alrededor. Decido llamar a la puerta con los nudillos. Golpe, golpe, golpe; retrocedo y miro hacia las ventanas altas. Como todavía no hay respuesta, me acerco a una de las ventanas inferiores y miro dentro. La habitación que estoy mirando está oscura, sin señales de estar habitada. Hay sillones y mesas repartidos por la sala y una barra con una larga fila de dosificadores para bebidas alcohólicas. Las cortinas de brocado pesado combinan con las paredes y la alfombra, y lámparas antiguas y grandes cuadros adornan las paredes. Doy un paso atrás y lo intento de nuevo en la puerta.

—Hola, ¿hay alguien ahí?—Cuando llamo de nuevo, un grupo de grajos levanta vuelo desde el techo, batiendo sus alas y graznando.

Me pregunto si estoy en el lugar correcto. Saco la hoja de papel con los detalles de la dirección. Está claro: el hotel Mystic Springs. Es un nombre inusual; ¿seguro que no puede haber otros hoteles con ese nombre por allí? Decido ir a investigar en la parte trasera de la propiedad. Camino por el borde del edificio admirando la arcaica mampostería. A medida que me acerco a la parte de atrás puedo escuchar sonidos apagados. La voz de un hombre maldiciendo.

—¡Hola! —grito.

El sonido se detiene. Un hombre de cabello oscuro con un overol azul se inclina sobre una pieza de maquinaria. Mira en mi dirección.

—¿Qué quiere?

—Yo... estoy aquí para el retiro de escritores. —Trago saliva.

Él se endereza y debe medir al menos un metro ochenta y cinco. Me siento diminuta en comparación.

—¿Es una huesped?—Resopla y se pasa la mano por la cara, lo que le deja una mancha negra. Trato de no quedarme mirando.

—Supongo que sí. Quiero decir, sí.

—No abren hasta las diez.

—¿Diez?—repito abatida. Ni siquiera son las nueve.

—Puede esperar en ese banco. —Señala un asiento debajo de la ventana.

Voy a sentarme, llevándome la maleta.

—Espere un minuto. —Su grito me hace saltar—. Páseme ese martillo. —Señala una herramienta que sobresale de una caja con otras herramientas.

—¿Este?—pregunto, inclinándome para recoger el enorme martillo.

—Sí.—Me lo quita y procede a golpear la parte inferior de la cortadora de césped.

Me siento con cautela en el banco y miro a mi alrededor. Hay un gran patio rodeado por un enorme jardín, que se extiende hasta un lago. Realmente es impresionante, lleno de árboles nudosos y arbustos coloridos.

—¿Por qué llega tan temprano?

—Pensé que tenía que estar aquí a las nueve—le respondo —. ¿Trabaja aquí?

—Soy de mantenimiento. —Vuelve a golpear la podadora y tira de una cuerda. Hace un estruendo y se enciende.

Satisfecho de que esté funcionando, el hombre apaga la podadora—. Entonces ¿es escritora?

—Aspirante a escritora. —Aprieto mi mochila contra mi pecho.

—No les agradará que llegara tan temprano. —Se rasca la cabeza.

—¿A quiénes?—pregunto, sintiéndome un poco asustada.

—El señor y la señora Potter, por supuesto; los propietarios. Dirigen este lugar como un reloj y no están muy interesados en los invitados.

—Oh.—Busco a tientas el teléfono en mi bolsillo—. Bueno, entonces me mantendré fuera de su camino.

—Buena idea.—Saca un pañuelo grande de su overol y se limpia las manos—. Soy Bartholomew, por cierto, pero puede llamarme *Bart*.

—Encantada de conocerlo. —Le muestro una sonrisa—. Soy Louise.

—Y puede olvidarse de recibir una señal aquí. No tenemos wifi.

Me quedo boquiabierta. Por fortuna, tengo muchos datos.

Bart ríe a carcajadas.

—Solo estoy bromeando. ¿Cómo se las arreglarían los habitantes de la ciudad sin su wifi? —Supongo que es una pregunta retórica, así que no digo nada—. ¿Quiere una taza de café?—pregunta Bart.

—Sí, por favor.—Mi estómago retumba en protesta por el hecho de que, probablemente, tenga que esperar al menos hasta el mediodía antes de comer.

Bart toma un termo y procede a verter bebida en la tapa de plástico. Estoy sorprendida: pensé que podría llevarme a la cocina y hervir una tetera.

—Tome. —Me lo entrega.

El café me quema la boca mientras tomo un trago y juro que hay algo más en él. Toso y me limpio los ojos llorosos.

Bart se ríe de nuevo.

—Tiene brandy. Me mantiene caliente en estos fríos días de invierno. Puede helar por aquí.

—Es hermoso—comento, mirando el lago—. ¿Es siempre tan tranquilo?

—Por lo general —responde—, excepto cuando tenemos esas molestas cacerías de fantasmas.

—¿Cacería de fantasmas?—repito.

—¿No lo sabía?—Me mira—. Este lugar está embrujado, al igual que esos bosques. —Señala el tramo de árboles al otro lado del lago.

—¡Bartholomew!—El sonido de su nombre hace que el hombre de mantenimiento se ponga de pie—. El señor Potter te necesita en el sótano.

Bart me hace un gesto de asentimiento con la cabeza antes de alejarse.

Hay una dama de aspecto severo parada en una puerta abierta. Tiene el cabello gris, peinado hacia atrás en un moño. Su rostro está mortalmente pálido, sus ojos son tan fríos como el hielo y me recorren arriba y abajo. Parece salida de la época victoriana. Es muy delgada y de apariencia remilgada y lleva un vestido recto negro, medias color canela y zapatos planos. Me levanto y camino hacia ella con la mano extendida.

—Hola, soy Louise. Estoy aquí para el retiro de escritores.

Ella ignora mi mano y frunce los labios en una línea apretada.

—Te escuché en la puerta —afirma bruscamente—. Estaba preparando el desayuno para los invitados.

—Sí, lo siento, entendí que podía venir antes.

—Entonces, es un malentendido—señala con un poco más de suavidad—. Soy la señora Potter.

—Un placer conocerla.—Le sonrío, pero ella no me corresponde.

—Entonces, ¿es una de los ganadores del concurso?

—Sí.—Parpadeo—. ¿Quiere decir que hay más ganadores?

La señora Potter junta sus manos. —Se esperan otras tres personas, aunque es posible que no aparezcan. El clima local ha pronosticado nieve.

—Ciertamente hace bastante frío. —Me estremezco, a pesar de que estoy vestida con vaqueros, un suéter de lana y una chaqueta acolchada.

—¿Quiere comer y beber algo? —pregunta.

—Eso sería muy bueno. Gracias.—Sonrío agradecida.

—Venga conmigo. —La señora Potter saca una llave de hierro de su bolsillo y la inserta en la puerta trasera. Se abre con un chirrido. La sigo por un pasillo hasta la enorme cocina. Continuamos por un pasillo decorado en rojo intenso, pasamos por un perchero y el escritorio de recepción.

—Este es nuestro salón—anuncia, llevándome a la habitación que estaba espiando antes—. Por favor, tome asiento.

Me siento en una silla de cuero y la observo mientras arregla las cortinas.

—¿Quiere huevos con tocino y una taza de té?

—Sí, por favor. —Mi estómago gruñe al pensar en eso.

—Aquí hay periódicos y revistas. —Señala a una mesa—. No tardaré.

Cuando se va, saco el teléfono del bolsillo y llamo a casa. Papá responde casi de inmediato.

—¡Lou!—Suena feliz—. Estaba quitando el polvo del teléfono y llamaste.

—¿Estás quitando el polvo? Bien hecho.

Papá se ríe de mis bromas.

—Supongo que llegaste bien.

—Sí, finalmente lo encontramos.

—¿Cómo es?—pregunta papá.

—Muy silencioso —susurro— y anticuado. La gente aquí es un poco extraña, papá, y el área aparentemente está embrujada. —Pienso en la advertencia anterior sobre sucesos extraños y un escalofrío recorre mi espalda—. ¿Cómo están Robbie y Bertie?

—Robbie y Bertie están bien. ¿A qué te refieres con embrujada? —Escucho su bufido—. Nunca creíste en fantasmas y demonios, Lou.

—Lo sé... No creo. —Miro furtivamente a mi alrededor para asegurarme de que estoy sola—. Pero hay algo extraño en este lugar.

Papá suspira.

—Espero que no uses eso como excusa para volver a casa.

—Por supuesto que no—respondo—.Estoy aquí ahora, así que también puedo aprovechar al máximo la paz y la tranquilidad.

—Ese es el espíritu.

Puedo visualizar a papá sonriendo.

—Está bien, voy a cortar ahora. Cuídense, los llamaré mañana.

—Está bien, cariño —responde papá—, y no te preocupes por nosotros.

—Llámame si me necesitas para... cualquier cosa.

—Adiós, Lou. —La línea está muerta.

Guardo el teléfono en mi mochila y me pongo de pie. Deambulo por el salón, mirando las fotos en marcos ornamentados. Hay uno de la señora Potter del brazo de un hombre de aspecto serio. Supongo que es el señor Potter. Lleva traje oscuro y corbata y mira a la cámara con el ceño fruncido. La foto del otro lado es de un perro grande. Parece un pastor alemán, tiene un hermoso pelaje y se ve mucho más feroz de lo que Bertie jamás se vio. Hay una mesita auxiliar con una lámpara de bronce y una taza de café medio vacía. Pulso el interruptor, y la lámpara se enciende. En la pared detrás de ella hay un retrato de una mujer joven. Tiene el cabello oscuro y rizado recogido, con rizos que se escapan alrededor de su rostro ovalado. Sus labios son carnosos y hay color en sus mejillas. Su expresión es altiva, orgullosa, indiferente. Parece casi aburrida y es muy hermosa.

Me acerco y miro sus sensuales ojos marrones cuando un movimiento de la puerta me asusta.

—Hola, cariño.—Una anciana entra cojeando en la habitación con la ayuda de un bastón—. Veo que has encontrado a la dueña de la casa.

—Hola. —Retrocedo rápidamente y tropiezo con la pata de una silla.

La anciana parece no darse cuenta de mi torpeza, y sigue hablando con su marcado acento de Midland.

—Esa es Matilda Potter, ¿no es maravillosa?

—Sí—acuerdo cortésmente—. Es impresionante.

Hay un silencio incómodo, y puedo escuchar el tictac del reloj de pie.

—¿Es una huesped?—pregunto al fin.

—Oh no, querida, yo vivo aquí. Con mi esposo,Cyril. —Me mira con curiosidad—. ¿También vienes a vivir aquí?

—No—respondo con una sonrisa—. Solo estaré aquí hasta el viernes.

—Oh, vaya. —La anciana se quita los anteojos y los limpia en el puño de su cárdigan—. No eres uno de esos molestos cazadores de fantasmas, ¿verdad?

—No.—Trago saliva—. Estoy aquí para trabajar en mi novela. Por cierto, soy Louise.

—Encantada de conocerte, Louise. Me llamo *Maureen*, pero puedes llamarme *Mo*, todos los demás lo hacen. —Su risa es sorprendentemente aguda . Matilda también era escritora,

¿sabes? La señora Potter todavía tiene algo de su trabajo escondido en algún lugar.

—Entonces,¿son parientes?—consulto—. ¿Esta es una casa familiar?

—Oh, sí—Se inclina hacia mí—. Ella era su abuela, querida, fue un asunto terrible lo que pasó aquí.

Estoy extrañamente paralizada por su boca escarlata apenas abierta mientras habla despacio y con convicción—. Es por eso que el lugar está embrujado, querida: ella no puede descansar.

—¿Qué le ocurrió?—susurro.

—¿Cómo?, ¿no lo sabes?—Mo señala con su bastón el retrato—. ¡Fue asesinada! A sangre fría.

CAPÍTULO 29

El tocino y los huevos están deliciosos, especialmente el tocino. Gotea grasa y, obviamente, está frito. Nada de ese carbonizado que se obtiene al asarlo. Como despacio, saboreando la comida. La señora Potter acompañó a Mo fuera del salón, pero sus palabras aún resuenan en mi cabeza. Mis ojos son continuamente atraídos por el retrato, y un escalofrío recorre mi espalda al pensar que alguien fue asesinado allí. «¿Qué tipo de hotel es ese?», me pregunto con desconcierto. Bebo el té dulce, termino mi comida y coloco mis cubiertos con cuidado en el plato vacío. Me toma un tiempo darme cuenta de que la señora Potter está parada en la puerta mirándome. Me pregunto cuánto tiempo lleva allí. Hay un aire en ella que es claramente frío. Ciertamente, no ganaría ningún premio por su amabilidad y accesibilidad. Siento que no debería estar allí y que estoy invadiendo su casa.

—Espero que haya disfrutado la comida. —Inclina la cabeza y entra en el salón.

—Muchas gracias —expreso, limpiándome la boca—. Estuvo deliciosa.

Ella asiente en respuesta.

—Necesito que firme algunos papeles y luego le mostraré su habitación.

—Genial. —Me bajo de la banqueta de la barra—. ¿Cuándo llegarán los demás?

—A última hora de la mañana —responde secamente—. Por favor, venga conmigo.

Nos dirigimos al pasillo y al escritorio de registro. Se pone un par de anteojos y me sorprende con un portátil de aspecto elegante. Me pide la carta del Consorcio de Escritura de West Midlands. Se la entrego con una sonrisa orgullosa y le cuento que mis amigos me inscribieron a escondidas.

—¿No se enojó con ellos?

—Emmm... no realmente. Estaban tratando de hacer algo bueno, supongo.

La señora Potter resopla.

—Detesto la interferencia de otros. Me gusta estar a cargo de mi vida, en todo momento.

—Solo estaban siendo amables—comento encogiéndome de hombros.

La señora Potter me devuelve la carta.

—Todo parece estar en orden. —Se inclina detrás del escritorio y desengancha un juego de llaves de bronce—. ¿Le gustaría que alguien llevara su maleta a su habitación?

—No, está bien—respondo—, puedo manejarlo.

—Está en la habitación número seis, en el primer piso. —Se endereza el vestido y luego se dirige hacia las escaleras.

Me quedo atrás, mirando los retratos en la pared.

—¿Así que estos son todos de su familia?—pregunto mientras subimos las escaleras.

La señora Potter se detiene debajo de la foto de un hombre y una mujer de cabello dorado.

—Estos son los tíos abuelos de mi madre. Eran los únicos de

nuestra familia que eran rubios.—Llega rápidamente a lo alto de las escaleras. Atravesamos una cortina y recorremos un largo pasillo. La alfombra es gruesa, siento como si me hundiera en ella y el rojo profundo de las paredes parece opresivo. La señora Potter inserta la llave en la puerta y la abre. No sé lo que estoy esperando, pero no es la habitación en la que entro. En primer lugar, es más grande que cualquier habitación de hotel en la que me haya alojado. Hay una chimenea encendida y grandes ventanales, y en el medio de la habitación hay una cama con dosel. Tiene cortinas rojas alrededor que hacen juego con las paredes y una hermosa colcha y cojines dorados. Junto a la cama hay una mesita de noche sobre la que descansa una lámpara y también hay un gran armario de madera.

—El baño está por allí. —Señala una puerta que está entreabierta—. ¿Es de su agrado?

—Es hermoso—respondo, mirando a mi alrededor—. Creo que estaré muy cómoda aquí.

La señora Potter me muestra una sonrisa tensa.

—La señora del Consorcio debería de llegar alrededor de las doce. Le prepararé un almuerzo ligero y bebidas.

—Gracias. —Asiento con la cabeza, deslizando mis manos sobre la colcha de la cama.

—¿Hay algo más en lo que pueda ayudarla?—La señora Potter mira su reloj.

—No, no. La dejaré seguir, debe de estar ocupada.

La propietaria asiente, luego gira sobre sus talones y se va.

Dejo la maleta y me siento en el borde de la cama. Es gloriosamente suave. Después de saltar unos momentos, voy a inspeccionar el baño. Como era de esperar, está en consonancia con el resto del hotel. Hay una bañera de mármol antigua y un cabezal de ducha pegado a la pared detrás de ella. Un inodoro extremadamente limpio y un tendedero junto con sus toallas completan el conjunto. A la señora Potter ciertamente le encanta el color rojo, supongo, mirando la alfombra de felpa. Noto que hay una ventana abierta y tiemblo un poco. Voy a cerrarla y, mientras lo hago, veo a Bartholomew, el hombre de mantenimiento, que cruza el césped a grandes zancadas.

Me paso la siguiente media hora desempacando. Una vez que cuelgo mi ropa, me desplomo en la cama con mi teléfono. La niebla se ha despejado, y el sol brilla intensamente a través de las ventanas. Reviso mis correos electrónicos; no hay nada emocionante allí y luego me conecto a TripAdvisor y escribo "hotel Mystic Springs" en el motor de búsqueda. Parece que hay otro hotel Mystic Springs en Estados Unidos. Me pregunto brevemente si la señora Potter tiene una franquicia en marcha pero, de alguna manera, no puedo imaginarla como una emprendedora trotamundos. Ahí está; hago clic en la imagen de donde estoy actualmente.

Hay una veintena de reseñas: algunas muy buenas y otras no tanto. Los aspectos positivos parecen tener que ver con el ambiente fantasmagórico del hotel. Un crítico lo citó por tener un encanto antiguo y otro crítico de cinco estrellas afirmó haber visto una aparición durante su estancia allí. Los aspectos negativos parecen centrados en la hosquedad del personal y en el deterioro general del edificio. "Necesita desesperadamente actualización" escribe un huésped anterior en letras mayúsculas, como si gritara. Me pregunto por qué el Consorcio eligió ese lugar, entre todos los hoteles de la zona. ¿Por qué elegir un establecimiento que obviamente es famoso por su atmósfera inquietante? Solo espero no encontrarme con ningún espíritu durante *mi* estadía allí. Resoplo mientras leo una reseña que afirma que ese es uno de los lugares más aterradores de Inglaterra. «Vaya tontería», pienso, mientras lanzo mi teléfono en la cama y voy en busca de mi computadora portátil. Todavía queda una hora más o menos para el mediodía, así que, con determinación, la enciendo y me pierdo en mi escritura.

Me alegra haber escrito mil palabras mientras espero que lleguen los demás. Mi misterio romántico está ahora en cincuenta mil y estoy disfrutando mucho escribiéndolo. Estoy revisando la ortografía de mi manuscrito cuando escucho el sonido de motores de autos. Saco las piernas al borde de la cama y me asomo a la ventana. Dos mujeres se bajan de un vehículo tipo jeep y un hombre está parado en el camino de grava mirándome fijamente. Me oculto detrás de las cortinas; parece que todos han llegado a la vez. Rápidamente, cierro mi computadora portátil, la guardo en la maleta vacía y la meto debajo de la cama. Luego paso el cepillo por mi cabello y lo aseguro en una coleta alta.

Casi olvido cerrar la puerta con llave y estoy a la mitad del pasillo antes de recordarlo. Vuelvo corriendo a mi habitación y estoy introduciendo la llave en la cerradura cuando siento que se me erizan los pelos de la nuca. Doy la vuelta, mi corazón late con fuerza. Las luces parpadean en el tramo del pasillo y juro que escucho la risa de una mujer. Parece flotar a través de las paredes y luego es seguido por un sollozo.

—¿Quién está ahí?—Estoy de pie contra la puerta. Más adelante en el pasillo, una puerta se cierra de golpe y casi me muero del susto.

—¡Cielos!—Pongo una mano sobre mi pecho agitado. Una vez que me recupero, vuelvo sobre mis pasos y camino hacia las escaleras. Las dos mujeres que vi antes están esperando en el mostrador de registro. Mientras bajo las escaleras, aparece la señora Potter y comienza a hablarles en voz baja. Las rodeo y me dirijo al salón. Una mujer y un hombre están apoyados contra la barra enfrascados en una conversación.

Cuando me ven, la mujer se vuelve y me sonríe.

—¿Estás aquí para el retiro de escritores?—pregunta.

—Sí, soy Louise Henry.   Doy un paso hacia ella.

—Ah, sí, la escritora infantil. —Se presenta a sí misma como

Jill. Es una señora menuda de largo cabello negro y una sonrisa amable—. El Consorcio quedó muy impresionado con tu historia, y yo misma pensé que tenía un gran potencial. ¿Encontraste un agente o editor?

—No, todavía no.

—¡Cielos!, ¿dónde están mis modales? Este —señala al hombre que está a su lado— es Andrew. También está aquí para el retiro de escritores.

Andrew extiende su mano. —Encantado de conocerte.

—No me di cuenta de que habría otros escritores aquí—comento estrechando su mano—. Pensé que estaría sola.

—Sí—asiente Jill—. Hubo cuatro ganadores del premio. El año pasado tuvimos seis, pero fueron demasiados. Todos terminaron por distraerse. Este año recortamos las cifras. En fin, permítanme ir a ayudar a las otras mujeres y luego podremos tener una charla entre todos. —Sale de la habitación y me vuelvo hacia Andrew.

—Esto realmente está en el medio de la nada—señala—. No podía encontrarlo y casi me rindo y me voy a casa.

—Está aislado—acuerdo—, pero supongo que es en parte por lo que lo eligieron, sin distracciones. —«Aparte de los fantasmas», pienso con pesar.

Andrew se pasa una mano por su ondulado cabello castaño. —Y eso es lo que necesito desesperadamente. Tengo gemelas de tres años que, aunque son la luz de mi vida, también me agotan. Después de un día corriendo detrás de ellas, estoy demasiado cansado por la noche para escribir. —Saca del bolsillo una fotografía arrugada y me la muestra.

—Son hermosas. —Sonrío al ver a Andrew sosteniendo a dos querubines idénticas de cabello dorado.

—¿Tienes hijos?—me pregunta.

—No, solo un perro saltarín. —Saco el teléfono del bolsillo y le muestro la foto de salvapantallas de Bertie salivando.

—Ah, me encantan los perros, pero mi esposa ni siquiera considerará tener uno. Demasiado lío. —Él frunce el ceño—. ¿Quién es ese tipo?

Me vuelvo para ver lo que está mirando Andrew. Bartholomew está de pie ante la ventana, trabajando en un desagüe.

—Él es el encargado de mantenimiento —contesto—. Un poco excéntrico. —De hecho, todo ese lugar y sus habitantes me parecen excéntricos, pero no quiero divulgar mi opinión, especialmente sobre las presencias más sobrenaturales. Dejaré que Andrew saque sus propias conclusiones.

Jill regresa a la habitación con un portapapeles y un bolígrafo en las manos.

—Solo necesito que proporcionen sus datos personales y luego podemos empezar. —Tomamos asiento y agarramos un bolígrafo. Rápidamente escribo mis datos personales y luego le entrego el formulario completo a Jill. Miro a las otras dos mujeres. Me arriesgo a decir que tienen treinta y tantos. Cuando todos terminan de completar sus formularios, Jill nos cuenta brevemente sobre el Consorcio de West Midlands y cómo ayuda a los autores nuevos y aspirantes.

—Siempre estamos buscando nuevos talentos, y ustedes cuatro aparecerán en nuestro boletín de Año Nuevo.

Me reclino en la silla y escucho a los demás presentarse: Rhondda es de Gales del Norte y es una madre ocupada de tres hijos, que está estudiando para obtener un título en escritura creativa a través de la Universidad Abierta. Junto a ella, Michelle, originaria de Londres y actual residente en Leicester, también es estudiante de la Universidad Abierta.

—Así es como nos conocimos. —Señala a Rhondda—. A través de los talleres y foros en línea.

Andrew nos cuenta sobre su carrera en gestión de

seguridad e higiene y sobre su aspiración de jubilarse pronto como autor de éxito en ventas.

—¿Qué hay de ti, Louise?—Jill me mira expectante—. Cuéntanos sobre ti.

—Trabajo en una pastelería durante el día. —Me aclaro la garganta—. Y, en mi tiempo libre, me encanta escribir. Principalmente, cuentos para niños, pero también estoy a la mitad de mi primera novela de ficción para adultos.

—Espléndido. —Jill parece complacida—. Puedo decir que todos se llevarán muy bien.

Rhondda le pregunta a Jill si ella también escribe.

—Oh, sí. —Jill se alisa el cabello—. Soy autora de cinco comedias románticas publicadas y más de treinta historias cortas que han aparecido en revistas como *Woman's Weekly* y *People's Friend*.

—¡Vaya! —exclama Andrew—. Desearía ser tan prolífico.

Jill se ríe.

—Tengo un esposo muy comprensivo y nadie más en mi familia que me distraiga.

—Las historias cortas son difíciles de escribir—señala Michelle—. Lo intenté varias veces, pero me rendí.

—¿Que escribes?—le pregunto.

—Poesía, principalmente—responde—. Publiqué tres de mis libros a través de tiendas en línea.

—Eso es genial. —Estoy impresionada—. Tal vez la autopublicación sea algo que también podría considerar para mi trabajo.

—Claro —asiente Jill con entusiasmo—. Muchos autores están tomando ahora la ruta de la autopublicación en lugar de la ruta más tradicional. Te permite tener todos los derechos y un mayor porcentaje de regalías, pero los animo a que inviertan en un buen editor. —Todos asentimos con la cabeza.

—Así que, antes de que les dé un recorrido rápido por el

hotel, solo describiré el itinerario para los próximos días. La mayor parte de su tiempo lo dedicarán a la escritura independiente, pero otro colega y yo también realizaremos algunos talleres de escritura si desean participar. Depende completamente de ustedes.

Pienso en la inminente llegada de Joel, y una oleada de emoción burbujea en mi estómago.

—Si no hay preguntas, les mostraré los alrededores. —Jill se pone de pie y la seguimos fuera del salón.

—Esta fue una casa familiar—cuenta, mientras entramos en lo que parece ser el comedor. Hay mesas y sillas esparcidas por todas partes, arregladas con mantelería de lino blanco, y cubiertos—. Ha estado en la familia Potter durante cientos de años.

—¿Suelen celebrar el retiro aquí?—pregunto.

—Lo hemos hecho durante los últimos años—contesta—. Tiene personalidad, ¿no creen? Mucho mejor que un hotel Premier Inn. Así que aquí es donde desayunarán y cenarán, y luego el almuerzo será algo ligero.

—Es muy generoso de su parte incluir la pensión completa —señalo.

—Oh, tenemos fondos del Gobierno—comenta Jill a la ligera—. Y no podemos permitir que se mueran de hambre, ¿verdad?

—¿Cómo son las habitaciones?—pregunta Rhondda desde detrás de nosotras.

—La mía es muy bonita —afirmo—. Tiene una vista impresionante del bosque.

—¡Dios mío! —exclama Jill—. La señora Potter querrá mostrarles sus habitaciones. Pero antes de que nos separemos, déjenme mostrarles la biblioteca.

Atravesamos el comedor hacia otro pasillo decorado en rojo. Al final hay tres puertas. Jill abre la puerta del lado izquierdo. Da a una hilera de escalones de piedra y un pasamanos, precariamente equilibrado, que desciende a la oscuridad.

—Ah, este es el sótano. —Cierra la puerta rápidamente—. No necesitan saber sobre eso. Es territorio del señor Potter.

—Esta es la sala de juegos—continúa, abriendo la puerta del medio. La sala tiene una mesa de billar y un tablero de dardos; también hay mesas y sillas para que la gente juegue dominó y ajedrez—. Pueden bienvenidos aquí si alguna vez necesitan un descanso de la escritura.

—A mis hijos les encantaría uno de estas—comenta Michelle, mientras pasa la mano por la mesa de billar—. Les compramos una para Navidad este año. No tienen ni idea.

—¿Qué edad tienen tus hijos?—pregunto.

—Doce y quince.

Pienso en Robbie y espero que esté portándose bien. Me hago una nota mental para enviarle un mensaje más tarde.

—En mi opinión, esta es la habitación más importante de este hotel. —Jill empuja la puerta para abrirla y entramos en una enorme biblioteca. Es roja como el resto del hotel. Las alfombras, cortinas y muebles parecen viejos y muy costosos. Las motas de polvo se adhieren al aire, centelleando bajo la luz del sol y las cuatro paredes están cubiertas con estantes de libros—.¿No es maravilloso?—Jill suspira—. Podría pasar todo el día aquí.

Los cuatro nos encaminamos en diferentes direcciones, investigando la habitación decadente. A mí me parece casi victoriana. Los muebles parecen sacados de una exposición de antigüedades.

En el medio de la habitación, hay una mesa de caoba con sillas a juego. Hay un sofá de madera dorada de estilo Luis XV y, para mi deleite, un diván. Camino hasta el hogar, que se encuentra en una impresionante chimenea de mármol.

Mientras observo el reloj de pie que descansa sobre esta, la señora Potter aparece en la puerta.

—Encenderé el fuego —anuncia en su tono tranquilo pero firme—. Esta habitación rara vez se usa y puede hacer mucho frío.

—Gracias, señora Potter—Jill se acerca a ella—. ¿Podría molestarla para mostrarles a nuestros invitados sus habitaciones?

—Ciertamente. Por favor, vengan conmigo.

Andrew, Michelle y Rhondda salen de la habitación tras ella.

—Entonces—Jill extiende sus manos—, ¿qué piensas?

—Es maravillosa —respondo con una sonrisa—. Y hay tantos libros...

—Ah, sí—Jill mira la fila de tomos más cercana—. Los Potter tienen una selección ecléctica. Hay libros de referencia, clásicos, contemporáneos, todo tipo de literatura, en orden alfabético por supuesto. También tienen algunas primeras ediciones, pero están bajo llave.

Paso los dedos por los lomos de la tapa dura.

—Escuché que la abuela de la señora Potter era escritora.

—¿Te refieres a Matilda?—Jill me mira—. Sí, era poetisa.

—¿Publicó algo de su trabajo?

—Solo en el periódico local—responde Jill—. Sí, era bastante famosa en esta área. Desafortunadamente, nunca alcanzó la fama nacional.

—Me gustaría leer algo de ella. ¿Están aquí?

—No, no están. —Un hombre corpulento entra en la habitación—. Están en la colección privada de mi esposa.

—Usted debe de ser el señor Potter—expreso con una sonrisa—. Solo estaba admirando su colección de libros. Es muy impresionante.

—No tengo tiempo para leer. —El señor Potter hace una

mueca—. Hay mucho trabajo que hacer por aquí. —Avanza lentamente, y el polvo sale volando de su overol—. ¿Irán al bar esta tarde? La señora P me dio órdenes de armar el árbol de Navidad allí.

—No—Jill se acerca a él—, estaremos trabajando aquí.

—Bien. —El señor Potter asiente y se rasca la barbilla pensativamente—. Estamos esperando algunos más para mañana, así que, si quieren paz y tranquilidad, les recomiendo que se queden aquí. Los molestos vendrán de nuevo.

Me pregunto si lo escuché correctamente. ¿Se refiere a los invitados?.—Entonces, será mejor que me vaya al bosque— Asiente con la cabeza en mi dirección.

Una vez que se marcha, le pregunto a Jill a quién se refiere con "los molestos".

Jill frunce los labios.

—El señor Potter es un enigma—responde lentamente—, pero creo que se refiere a los cazadores de fantasmas.

—Entonces, ¿es verdad?—Trago saliva—. ¿Este lugar está embrujado?

—Solo para aquellos que creen en ese tipo de cosas— responde crípticamente—. Nunca he visto ni escuchado nada mientras he estado aquí, pero dicen que algunas personas están más en sintonía con las fuerzas sobrenaturales que otras.

—Oh—bajo la mirada—, bueno, de todos modos, no creo en ese tipo de cosas. Pero Jill... ¿por qué organizar el retiro en un lugar supuestamente embrujado?

—¿No lo has sentido en el aire, Louise?—Jill me mira fijamente.

—¿Qué?—susurro.

—Bueno, la fuente más importante para todos los escritores. Está a tu alrededor: inspiración, por supuesto, querida, inspiración.

CAPÍTULO 30

He decidido que el hotel Mystic Springs podría ser útil para lainspiración si estoy escribiendo una historia de fantasmas, o una de terror sangriento, pero no una colección de historias para niños pequeños. Estoy sentada en el comedor con los otros tres ganadores y ansío estar en casa. Extraño a papá y a Bertie e incluso a mi descarriado hermano. La señora Potter nos trajo una selección de bocadillos y pasteles. Es como una variación del té de la tarde, pero a la hora del almuerzo. Mientras tomo uno de atún y pepino, se escucha un ruido proveniente del exterior. Todos nos volvemos para mirar por la ventana. El señor y la señora Potter y Bart caminan lentamente por los jardines, en dirección al bosque. El señor Potter lleva una sierra y Bart blande un hacha de aspecto aterrador.

—¿Qué están haciendo?—pregunta Michelle por todos nosotros.

Mo, que está sentada en la mesa de al lado con su esposo, coloca su taza sobre el platillo, haciendo ruido al chocar—. Van a talar un árbol para Navidad.

—¿Hacen esto todos los años?—pregunto.

—Por supuesto—contesta Mo riendo—. ¿Por qué comprar un árbol en una tienda cuando tienes cientos en tu jardín?

—Citadinos. —El marido de Mo sacude irónicamente la cabeza.

Jill dirige con tacto la conversación hacia todos los asuntos relacionados con la escritura. Nos informa que, antes de irse, llevará a cabo un taller sobre creación de personajes. Terminamos nuestro almuerzo, y Rhondda y Andrew salen a fumar un cigarrillo. Michelle y yo subimos a nuestras habitaciones para recoger nuestras computadoras portátiles, y luego nos reunimos con Jill en la biblioteca. La luz del sol entra a raudales por la ventana y el fuego está encendido. Aquí se está cálido y acogedor. Me acomodo en la mesa y enciendo mi computadora. Cuando llegan Rhondda y Andrew, nos acomodamos para tomar notas mientras Jill habla sobre cómo evitar los estereotipos de personajes. Para cuando termina, tengo cuatro hojas de papel escritas y me duele la mano.

La señora Potter llega a última hora de la tarde con té y más pasteles.

—Debo marcharme pronto. —Jill está de pie ante los ventanales mirando hacia afuera—. Está oscureciendo y han pronosticado nieve. Aunque dijeron que Midlands tendría muy poca.

Me acerco a ella, con mi taza y mi platillo.

—Jo... quiero decir, el señorLove ¿vendrá mañana?

—Sí. —Jill inclina la cabeza hacia un lado—. Es un hombre encantador y un escritor maravilloso.

—Sí, lo es—acuerdo con una sonrisa.

—¿Lo conoces?—me pregunta un tanto sorprendida.

—Él enseña en la escuela de mi hermano—explico.

—Tiene la paciencia de un santo para enseñar secundaria. Es de gran beneficio para el Consorcio; somos afortunados tenerlo como mentor y estoy segura de que quedarán impresionados con sus habilidades de escritura.

«No son sus habilidades de escritura lo que me enamora», pienso con un suspiro lascivo.

El teléfono de Jill emite un pitido y lo busca en su bolso.

—Ese es mi marido—dice rápidamente—. Insiste en que llegue a casa para la cena. —Sonríe a su teléfono—. Es adorable; preparó un guiso irlandés.

—Si te marchas ya deberías evitar el tráfico de la hora pico. —Sonrío por encima del borde de mi taza de té—. Ha sido un placer conocerte y gracias de nuevo por elegirme como ganadora.

—De nada. —Jill me da una palmada en la mano—. Disfruta de tu estadía aquí y escribe mucho. Le pediré a Joel comentarios sobre su progreso. —Me da un breve abrazo y luego se va a despedir de los demás.

Acompaño a Jill a la parte delantera del hotel y la veo alejarse en su coche. La temperatura ha bajado considerablemente y una luna llena brilla en el cielo oscuro. Me cruzo de brazos para tener más calor y me doy vuelta para regresar al interior cuando escucho un aullido que proviene del bosque. Se me pone la piel de gallina en los antebrazos. Miro a mi alrededor rápidamente; está en silencio de nuevo, sin embargo tengo la clara impresión de que me están observando. Pensamientos sobre Matilda Potter se arremolinan en mi mente. Siempre he tenido una imaginación demasiado activa, pero desde que supe sobre su espantosa muerte, se ha acelerado. A decir verdad, no tengo muchas ganas de dormir solo esa noche; me siento infantilmente asustada, pero entonces la parte lógica de mi cerebro me dice que no existen los fantasmas ni los espíritus y resoplo con determinación. ¡Me quedaré aquí hasta el viernes, escribiré mucho y disfrutaré de la paz y la tranquilidad y ningún fantasma arruinará mi diversión!

❄

A pesar de mis miedos, duermo muy bien y despierto a las seis y media con el canto de un gallo. Miro las ranuras en la cama con dosel, parpadeando para sacudir los restos de sueño. La habitación está oscura, ya que las cortinas son tan gruesas y pesadas que tapan toda la luz. Pienso en la pastelería y en lo ocupados que estarán con las hordas navideñas, y chillo de felicidad porque estoy allí en el campo para variar. Me espera toda una mañana dedicada a mi escritura, y la idea me hace sonreír de emoción. Tomo mi teléfono y veo un mensaje de papá en el que me dice que todo está bien por allá y que espera que lo esté pasando de maravillas. Rápidamente, escribo una respuesta breve, antes de levantarme y de caminar para abrir las cortinas. Doy un grito ahogado ante el paisaje invernal frente a mí. El suelo está blanco con una fina capa de nieve y parece una escena de una tarjeta de Navidad. Puedo ver los abetos en la distancia, sus ramas cargadas de un blanco lechoso, y el cielo es gris plateado y centelleante. Me siento un rato en el alféizar de la ventana simplemente para observar la tranquilidad y la belleza que se despliegan ante mí. Luego, ansiosa por comenzar el día, me pongo de pie de un salto y me dirijo al baño.

Después de una ducha rápida, me pongo mis vaqueros ajustados más nuevos y un suéter grueso de cuello alto. Calcetines gruesos y botas cortas completan mi conjunto. Mis dedos están ansiosos por comenzar a escribir, pero primero necesito algo de sustento. Son casi las ocho, así que, con los rugidos de mi estómago, camino hacia el comedor. Mo y su esposo ya están allí, untando con mantequilla sus tostadas, pero no hay señales de mis amigos escritores.

—Buenos días, querida—saludan Mo y su esposo a la vez.

—Buenos días—respondo, y me ubico en un asiento cercano.

Mo me presenta a Cyril, su esposo. Mientras hablamos sobre el clima, la señora Potter entra y me pregunta si quiero té o café.

—Té, por favor—contesto con amabilidad.

—¿Y le gustaría un desayuno inglés completo?

—Sí, por favor.

La señora Potter endereza los manteles de las mesas vacías antes de retirarse a la cocina.

—¿Dormiste bien, querida?—me pregunta Mo.

—Sí, la cama era muy cómoda.

Me pregunto cómo es que Mo y su esposo viven allí. Debe de costarles una fortuna, pero tal vez tengan un acuerdo con el señor y la señora Potter que sea beneficioso para ambas partes.

Andrew entra al comedor; se ve cansado y bosteza. Se deja caer en el asiento frente al mío y me dice que sus hijas lo levantaron a las cinco de la mañana al llamarlo por Skype.

—No puedo escapar incluso cuando estoy a kilómetros de distancia—se queja.

Charlamos un rato sobre sus gemelas. La señora Potter trae mi té y resopla con desaprobación cuando Andrew pide café.

—No tenemos una máquina elegante—informa secamente—. Me temo que nuestro café es instantáneo.

—¿No hay capuchino?—El rostro de Andrew es la imagen de la decepción.

—No—responde ella con frialdad, alejándose.

Revuelvo el té en la tetera y lo vierto en la taza de porcelana.

—¿Viste el árbol de Navidad?—pregunta Andrew.

—No, no se me ocurrió mirar.

—Nunca había visto algo tan grande—señala, pasando una mano por su frente—. Es más como un arbusto.

Me doy cuenta de que Mo lo fulmina con la mirada y rápidamente cambio de tema.

—Debe de ser fabulosa la Navidad con tus hijas. Es tan encantador cuando todavía creen en Santa...

—Supongo—asiente un tanto a regañadientes—. Aunque la Navidad es tan comercial hoy en día, ¿no crees? Siento que es una competencia con todos los demás padres para comprar los regalos más grandes y brillantes.

—En mi época—intervieneCyril quien, obviamente, está escuchando nuestra conversación—. Teníamos una manzana, una naranja y una bolsa de nueces atadas en un calcetín de punto.

—Esas eran buenas épocas. —Mo le da una palmada en la mano—. La codicia de la gente ha arruinado el verdadero espíritu de la Navidad.

El olor a comida nos distrae a todos. Todos los ojos están puestos en la señora Potter mientras se dirige hacia nosotros con dos desayunos preparados.

—Esto se ve delicioso—Vierto un poco de salsa marrón a un lado de mi plato y tomo mis cubiertos. Comemos en un silencio agradable. Cuando termino, me limpio la boca y le pregunto a Mo si hay algún otro miembro del personal aquí—. Solo he visto al señor y la señora Potter y a Bart, el de mantenimiento.

—Había una joven aquí hace un tiempo—responde Mo pensativa—, pero se marchó porque esto está embrujado.

—¿Cómo?—Andrew se sienta un poco más erguido.

Explico en voz baja sobre Matilda Potter.

—Esto es fantástico. —Andrew se frota las manos—. ¿Nos vamos a quedar en un hotel embrujado? Qué estupendo.

Mo lo mira con dureza.

—No le falte el respeto a los muertos, joven. No es motivo de risa. Una mujer perdió la vida en estos mismos terrenos.

Andrew baja la mirada, debidamente reprendido.

—Voy a mirar el árbol de Navidad. —Cuando me pongo de pie, Rhondda y Michelle entran en el comedor.

—Ambas nos quedamos dormidas—comenta Michelle a modo de saludo—. Mi cama es muy cómoda.

—Las veré en la biblioteca. —Paso por su lado con una sonrisa brillante—. Disfruten su desayuno.

El árbol de Navidad se ve hermoso. Se eleva hacia el techo titilando con cientos de luces y hace que mi árbol artificial en casa parezca insignificante en comparación. Toco las agujas del árbol inhalando el aroma del pino fresco y la frescura del aire libre. La señora Potter ha colocado una estrella dorada en la punta superior. Los adornos son tan brillantes que puedo ver mi reflejo. Las canciones navideñas suenan de fondo a bajo volumen y siento una inspiración repentina para un cuento infantil.

Corro de regreso a mi habitación para buscar mi computadora portátil, cuaderno y bolígrafo y luego me dirijo a la biblioteca. Andrew ya está allí, escribiendo en su portátil. Me sonríe cuando entro.

—Ya estoy en eso—comenta—. Doscientas palabras, aunque no es que esté contando.

—Bien hecho. —Enciendo mi computadora—. Tuve una idea para un cuento de Navidad para niños. —Me acomodo en la mesa, estiro los dedos y empiezo a escribir...

En un pueblo tranquilo, escondido detrás de un vasto bosque, vivía Bertie, el perro.

Bertie era un viejo sabueso gris al que le encantaba tumbarse junto al fuego y dormir todo el día.

Vivía con mamá y sus dos hijos: Joe y Jane.

En una bonita casita en lo alto de un camino sinuoso.

Era la semana antes de Navidad, y la nieve caía suavemente al suelo,cubriendo la tierra con un hermoso manto blanco.

Bertie, el perro, vio a mamá decorar la casa con oropel y velas que parpadeaban y emitían una luz brillante.

Mamá compró un gran abeto verde y lo colocó en una

maceta en la ventana; Joe y Jane lo decoraron con estrellas y adornos brillantes.

En lo alto del árbol colocaron un ángel.

Su vestido era blanco puro y tenía hermosas alas plateadas y un halo a juego.

En Nochebuena, mamá llegó a casa del trabajo con una caja grande.

—¡Vengan abajo! —les gritó a Joe y a Jane.

Bertie abrió un ojo somnoliento y los vio sentarse debajo del árbol de Navidad.

—Es un regalo de Navidad anticipado—anunció mamá con una gran sonrisa—. ¡Pero deben tener mucho cuidado!

Joe y Jane abrieron la caja.

—Miau—Una pequeña cabeza negra se asomó por encima de la tapa.

Un gran par de ojos verdes parpadearon y miraron a su alrededor.

Un par de bigotes se movieron.

—Es un gatito—gritó Joe.

—Es adorable—opinó Jane.

—Tienen que prometer que cuidarán de ella para siempre—pidió mamá.

Joe y Jane estuvieron de acuerdo.

Decidieron llamar a la gatita Luna y jugaron con ella todo el día.

Joe y Jane pusieron una manta para Luna junto al fuego.

Trasladaron la cama de Bertie debajo del árbol de Navidad. Bertie ya no sentía calor, Bertie tenía frío. Bertie se sentía solo y Bertie se sentía viejo.

Más tarde esa noche, cuando todos estaban en la cama, el ángel en el árbol de Navidad agitó sus alas y voló suavemente hacia el piso.

—No estés triste, Bertie—lo consoló—. Te concederé un deseo para Navidad.

Bertie cerró sus GRANDES ojos marrones y pidió su deseo.

El ángel aplaudió y una luz brillante iluminó a través de la ventana.

La puerta trasera se abrió lentamente y allí, sobre la alfombra, había un zorro y un erizo.

—Somos tus nuevos amigos—anunció el zorro de invierno.

—No te volverás a sentir solo nunca más—agregó el señor erizo.

Bertie salió al exterior, donde una gran luna colgaba en el cielo.

Jugó al escondite con sus nuevos amigos.

Jugó a hacer rodar la pelota por el césped.

Jugó a perseguir los copos de nieve que caían del cielo.

Bertie ya no estaba triste.

Bertie no se sentía solo.

Bertie invitó a sus amigos a la casa, donde comieron malvaviscos y bebieron leche. Luego se acurrucaron debajo del árbol de Navidad, abrigados y cómodos. Bertie se sintió feliz de nuevo y se quedó profundamente dormido.

¡A la mañana siguiente, había pasado Papá Noel! Había muchos regalos para mamá, Joe y Jane.

Jane le había comprado a la gatita Luna una media llena de juguetes.

Joe le había comprado a Luna una caja llena de comida.

Besaron y abrazaron a Luna, y ella maulló en voz alta.

Bertie se sintió solo de nuevo, Bertie comenzó a sentirse triste.

Pero, entonces, mamá les susurró a Joe y Jane y se sentaron junto a Bertie debajo del Árbol de Navidad.

—Bertie necesita cuidados adicionales—comentó mamá—. Bertie necesita mucho amor y atención.

Ella besó a Bertie en la punta de su nariz mojada.

Bertie sonrió.

Jane rodeó a Bertie con sus brazos y lo abrazó con fuerza.

Bertie movió la cola.

Joe le acarició suavemente la cabeza.

Bertie le lamió la mano.

—Te amamos Bertie—expresó Jane.

—Eres el mejor perro del mundo—agregó Joe.

—Y te tenemos muchos regalos—anunció mamá y abrió una caja grande solo para Bertie. Había golosinas y juguetes y una nueva manta mullida.

El zorro de invierno y el señor erizo saludaban a través de la ventana, y Bertie ladraba y meneaba la cola.

Mamá preparó una cena deliciosa. Joe y Jane sacaron galletas. Bailaron al son de la música. Abrazaron a Luna y a Bertie y los cubrieron con oropel.

—¡Feliz Navidad a todos! —exclamó mamá.

Y el ángel del árbol de Navidad sonrió.

Porque no había que olvidar el verdadero deseo de Bertie.

Y mientras la nieve caía del cielo, se acurrucó en su nueva manta con Luna, su nueva amiga, y pensó para sí mismo: «Soy un perro muy afortunado. Feliz Navidad y paz para todo el mundo, en todos los rincones».

Decidí que lo llamaré *Un deseo de Navidad para Bertie*. Es un borrador y está sin editar, pero es el comienzo de algo encantador y estoy emocionada. He estado tan absorta en mi escritura que no me doy cuenta de que Rhondda y Michelle entraron en la habitación.

Los cuatro trabajamos sin parar hasta la hora del almuerzo, cuando la señora Potter asoma la cabeza por la puerta y nos dice que hay bocadillos en el comedor.

—No permito comer en la biblioteca—señala, mirando intencionadamente el envoltorio arrugado de Twix junto a Andrew.

Cerramos nuestras computadoras portátiles y caminamos juntos hacia el comedor. La entrada del hotel está llena de gente. Supongo que son nuevos invitados que se están registrando. Mirándolos con curiosidad, recuerdo que deben ser los cazadores de fantasmas.

El señor Potter nos hace pasar al comedor y nos dice que nos sirvamos.

—La señora P. está ocupada en este momento, ¿estarán bien?

—Estoy segura de que estaremos bien—respondo suavemente, tomando un plato de la mesa.

Después de llenarnos de comida y bebida, regresamos a la biblioteca; todos estamos ansiosos por escribir más pero, cuando me siento, me distrae la vista de la nieve que cae silenciosamente contra la ventana.

—Se ve sombrío ahí afuera. —Michelle se está calentando las manos frente al fuego—. No habían pronosticado esto, ¿cierto?

Niego con la cabeza. La última vez que verifiqué el clima se suponía que sería algo ligero, pero esa nieve es espesa y pesada. El cielo es de un blanco puro, lleno de nubes, y hay un viento fuerte que azota los árboles de un lado a otro. Corro las cortinas y voy a encender las lámparas.

—¡Vaya! —grita Andrew—, ¿leyeron sobre este lugar?

Todos nos reunimos a su alrededor. Tiene una página web abierta con una imagen del hotel Mystic Springs en el centro y las palabras "hotel de asesinato" estampadas como titular.

—Escuchen esto. —Los ojos de Andrew se abren desmesuradamente mientras lee—: El hotel Mystic Springs fue antes una casa familiar para los Potter. Ricos y aristocráticos, los

Potter eran populares en la sociedad victoriana y se los consideraba pilares de la comunidad. Pero, en 1903, surgió un escándalo impactante a la vista del público. Matilda Potter, que estaba casada con Ernest Biggins (el magnate de los ferrocarriles en ese momento), se involucró en un romance clandestino con su jardinero, Lucas Braithwaite. Se supo que tenía la intención de dejar a Biggins por su amante, pero en un ataque furioso de celos causado por la bebida, su esposo la arrojó por la ventana del primer piso y la declararon muerta. Ernest Biggins fue ahorcado, y sus hijos quedaron al cuidado de unos tíos, que se mudaron a Mystic Springs para cuidarlos.

—Oh, cielos... —Michelle se estremece visiblemente—. Qué historia tan espantosa.

—Hay más —agrega Andrew emocionado—. Superado por el dolor, el exjardinero, Lucas Braithwaite, se quitó la vida y fue encontrado ahogado en el lago Potter.

—Oh, Dios mío —susurro—, eso es horrible.

De repente, el fuego crepita ruidosamente, las ventanas traquetean, la puerta se abre de golpe y la habitación se sumerge en una oscuridad total.

CAPÍTULO 31

—Alguien abra las cortinas—pide Rhondda.

Me muevo a tientas entre los muebles y llego hasta los ventanales. La tenue luz entra en la habitación a medida que abro las cortinas.

—Hace mucho frío aquí. —Michelle se abraza.

Qué extraño; el fuego sigue ardiendo, pero la habitación se ha enfriado tanto que me castañetean los dientes.

Bartholomew, el de mantenimiento, aparece para informarnos que hubo un corte de energía.

Me arroja un paquete de velas y una caja de fósforos y nos dice que es algo habitual allí, en la ladera.

—¿Cuánto tiempo hasta que vuelva la energía?—pregunto con los labios temblorosos. Estoy pensando que pronto oscurecerá, y este lugar es lo suficientemente espeluznante sin que se vea sumido en la completa oscuridad.

—Por lo general, no mucho—responde con brusquedad—. Por fortuna, la señora Potter cocina con gas, así que todos nos alimentaremos esta noche.

—¿Nos tomamos un descanso de la escritura?—sugiere Andrew—. No sé ustedes, pero podría tomarme una cerveza.

Los demás estamos de acuerdo y caminamos hacia el bar. Hay un grupo de personas que ya están allí, atendidas por un señor Potter de aspecto airado.

—Maldito clima—murmura mientras sirve una cerveza perfecta con espuma.

Michelle y Rhondda van a buscar una mesa, mientras yo me quedo en la barra con Andrew.

—No habían pronosticado esto—le comento al señor Potter.

—Lo estaba esperando—responde con su marcado acento de Midland—. Podía olerlo en el aire y en todo caso, siempre sucede aquí. Espero que haya traído botas de agua.

—No—respondo, y mi ánimo se hunde—. Nunca pensé que habría nieve, para ser honesta.

El señor Potter sonríe. —Mi esposa tiene un estante lleno de botas de agua, así que estará bien. Ella solía coleccionarlas y ¿qué más era? Cerdos... me refiero a los adornos, no a los reales.

—¿De verdad?—Sonrío. No puedo visualizar a la señora Potter caminando por el barro en botas de agua. `Tiene un aspecto tan delicado y refinado que un par de zapatos de cuero serían más adecuados para ella.

—Mi esposa colecciona imanes de nevera—interrumpe Andrew—. Dondequiera que vayamos, tenemos que conseguir uno. Tengo cuatro diferentes, todos de Mallorca.

—Mi debilidad son los artículos de librería, especialmente los bolígrafos. Me encantan los de gel que vienen en diferentes colores. —Le sonrío al señor Potter—. Supongo que mi obsesión es escribir.

Me mira pensativo antes de preguntar qué nos gustaría beber.

Andrew pide una botella de vino blanco y una pinta de cerveza, y lo ayudo a llevarlos a nuestra mesa.

Rhondda y Michelle están hablando de lo que escribieron esa mañana.

—Logré dos mil palabras—comenta Rhondda con un toque de orgullo.

—¿Sobre qué estas escribiendo?—pregunto, mientras coloco las copas y sirvo el vino.

—Mi segunda novela—responde—. La primera fue caótica. Pensé que sería fácil escribir un libro de terror sobre vampiros, pero no. —Hace una mueca—.No fue mi mejor trabajo. Parece que soy demasiado aprensiva, y los vampiros eran más afeminados que macabros. Así que ahora estoy probando suerte con una comedia romántica, que se adapta mucho más a mi escritura.

—¿Qué hay de ti, Louise?—pregunta Michelle.

—Esta mañana escribí otro cuento para niños con ilustraciones. Es el género que realmente amo escribir, pero también comencé un misterio romántico para adultos, sobre el que espero continuar trabajando mientras estamos aquí.

—¿Qué género no te gustaría escribir?—indaga Andrew, y bebe un poco de su pinta—. Para mí sería romance.

—Emmm, probablemente erótica—respondo—. Demasiado vergonzoso.

—La ciencia ficción para mí—señala Rhondda—. No sabría por dónde empezar.

—Tendría que optar por el terror—acota Michelle—. Demasiado inverosímil. Me gusta que mi escritura tenga un toque de realismo y aborde problemas sociales.

—¿Un George Elliot en ciernes?—Andrew se limpia la espuma de la boca—. Con suerte, todos lograremos ser autores exitosos y tal vez algún día nuestro trabajo sea elogiado.

—Brindo por escribir un éxito en ventas —expresa Rhondda, sosteniendo su copa en alto—. Brindo por el comienzo de algo especial. —Chocamos las copas justo cuando la electricidad decide volver y la casa se ilumina con una suave luz dorada.

Una hora más tarde, todavía está nevando. Ráfagas espesas pasan frente a la ventana de la barra y se adhieren al alféizar. Me preocupa Joel y me pregunto si habrá dicidido quedarse en casa. Tengo muchas ganas de verlo, pero también me preocupa su bienestar. Los caminos deben ser peligrosos en estos momentos. Debe haberse decidido por la opción de quedarse a salvo en casa; cualquier otra cosa sería una tontería. Estamos recogiendo nuestras cosas, listos para volver a escribir, cuando veo que un auto se detiene junto a la ventana.

—¿Qué idiota condujo con este clima?—Andrew, como yo, mira a través del cristal manchado.

Observo, con el corazón martilleando, mientras Joel sale del auto. Al instante, su cabello es cubierto de blanco, la nieve se pega a su hermoso rostro y corpulento físico. Levanta la mirada hacia el cielo una vez antes de desaparecer de la vista.

Me apresuro a salir del bar, dejando atrás a los demás, y me dirijo a la entrada. Joel está de pie en la puerta, sacudiendo la nieve del cabello mientras mira su teléfono.

—Hola.—Corro hacia él y él levanta la mirada, con sorpresa en su rostro—. Te vi llegar.

—Louise. —El sonido de mi nombre es suave, sensual. Da un paso hacia mí y nos abrazamos. Me pierdo en su aroma masculino y en la sensación de sus músculos firmes contra los míos.

—¿Estás bien?—murmura en la curva de mi cuello.

Chispas de electricidad hormiguean en mi piel. Si la energía no hubiera vuelto, estoy segura de que podría iluminar todo el hotel en ese momento.

—Sí, estoy bien. —Retrocedo de mala gana—. Estoy genial.

—¿Te adaptaste bien?—pregunta—. ¿Y has escrito mucho?

—Escribí una nueva historia para niños—respondo alegremente—, y estaba a punto de trabajar en mi novela.

—Bien, bien. —Joel me sonríe—. Casi daba la vuelta y regresaba a casa. Realmente está nevando con fuerza.

Miro detrás de él hacia la puerta abierta.

—No deberías haber venido. —Hago una pausa—. Pero me alegro de que lo hayas hecho.

—Gracias, creo...—Joel se cuelga un bolso de viaje en el hombro—. Empaqué algo de ropa en caso de que tuviera que pasar la noche. Summer se queda con unas amigas durante unos días. ¿Sabías que se unió a la banda de Robbie?

—¡No! ¿Qué instrumento está tocando?

—Ella es la cantante—explica Joel—. Tengo que admitir que me sorprendió cuando me lo dijo; Summer suele ser muy tímida.

—Será bueno para ella. Será bueno para todos.

—Siempre y cuando mantengan su como prioridad su trabajo escolar—plantea Joel—. No quiero que se distraiga.

Frunzo el ceño y retrocedo un paso.

—Estoy segura de que Robbie no la distraerá. Summer parece una chica sensata que está segura de sí misma.

—Sí, tienes razón. —Joel me muestra una sonrisa lánguida —. Debería ver si hay habitaciones disponibles para pasar la noche. De lo contrario, dormiré afuera en la nieve.

—Está bien. —Me balanceo de un pie al otro—. Estaré en el bar con los demás.

—Te encontraré.—Joel sonríe, y mi estómago da un vuelco. La señora Potter llama su atención, así que me dirijo a la barra. Andrew está tomando su segunda pinta, y Michelle y Rhondda han bebido el resto del vino.

—Tengo que decir que me encanta este retiro de escritura. —Andrew levanta su bebida.

—Más de esas, y estarás listo para irte a la cama—opino riendo.

Rhondda y Michelle se ríen como niñas de la escuela y dudo seriamente de nuestra capacidad para escribir más por este día.

—¿Les gustaría otra botella, señoras?—pregunta Andrew. Rhondda y Michelle gritan que sí y, con un suspiro resignado, acepto también.

Joel entra al bar media hora después. Se presenta a los demás mientras yo bebo mi vino y lo miro disimuladamente.

—¿Conseguiste una habitación?—pregunto, con los dedos cruzados debajo de la mesa.

—La última —confirma—. Estoy en la suite de luna de miel.

—Ooohh, ¿tienes pétalos de rosa sobre la cama?—Rhondda agita sus pestañas provocativamente. Joel se ríe y niega con la cabeza. Pregunta si alguien quiere otra copa antes de ir a la barra.

—¡Es hermoso!—El rostro de Rhondda tiene un brillo soñador. Michelle está de acuerdo y ambas ríen a carcajadas.

—Como un par de niñas en edad escolar—bromea Andrew —. Es bueno ver que no has sucumbido a sus encantos, Louise.

—Lo conozco. —Trato de sonar indiferente, esperando que mis sonrojos no hayan revelado mis verdaderos sentimientos—. Enseña en la escuela de mi hermano.

—¡Vaya!—murmura Michelle—. Ninguno de mis profesores se veía así.

Joel regresa con una bebida en una mano y una bolsa de maníes en la otra. Se sienta en el único taburete vacío, que está al lado de Andrew, y ambos se concentran en una conversación sobre el equipo de fútbol local.

—Parece que el partido se cancelará—señala Joel—. El pronóstico actualizado es de fuertes nevadas toda la noche.

—Maldición—protesta Andrew—. Tenía muchas ganas de verlo en mi iPad.

Me muevo un poco en mi asiento y escucho el final de la conversación de Michelle y Rhondda. Están hablando de sus hijos y quejándose de sus maridos.

—Alex es un inútil en Navidad. —Rhondda está jugueteando con la etiqueta del vino—. Me deja todo a mí.

—Todos los hombres lo son —coincide Michelle—. Soy yo quien tiene que conseguir regalos para toda la familia, hacer la temida compra de comida y luego preparar la cena. Estoy agotada para cuando llega la noche de Navidad.

—¿Qué hay de ti, Louise?—pregunta Rhondda—. ¿Hay algún fastidioso en tu vida?

Noto los ojos de Joel sobre mí y niego con la cabeza con fervor.

—No, pero vivo con tres hombres todo el año. —Les hablo brevemente de papá, Robbie y Bertie, por supuesto.

—Oh, todavía eres una bebé—sonríe Rhondda—, con toda su vida por delante.

—Tengo veinticinco—señalo, sintiéndome un poco molesta.

—¿Por qué estás soltera?—Michelle ladea la cabeza hacia un lado para mirarme—. Eres tan bonita...

—Déjala en paz—interviene Rhondda con un guiño en mi dirección—. Louise está esperando al hombre adecuado, ¿no es así? Estaba embarazada y casada a tu edad y, aunque no me arrepiento, la vida ha sido una lucha.

—¿Qué opinas de esa pareja de ancianos en el desayuno? —Michelle cambia de táctica—. La señora me dijo que han estado casados por más de cincuenta años. La idea de estar con mi esposo durante otros cuarenta años me hace sudar frío...

Michelle y Rhondda vuelven a reír, y me doy cuenta de que mi concentración comienza a divagar.

Hay un enorme grupo de personas sentadas en la mesa de al lado; volteo la cabeza y su conversación flota hasta mí. Por lo que puedo deducir, son los infames cazadores de fantasmas. Están hablando sobre explorar el bosque mañana y sobre qué sorpresas que podría traer esa noche.

—Sentí la presencia tan pronto como salí de mi auto—. Una dama está hablando animadamente—. Sin dudas, hay una entidad aquí. ¿Creen que tendremos la suerte de ver una aparición?

—Espero ver una —responde otro—. Tengan sus teléfonos a mano en todo momento, amigos, por si acaso...

Mis dedos se aferran con fuerza a mi copa, y el miedo me invade.

—Es de mala educación escuchar a escondidas. —Joel aparece a mi lado y salto por la sorpresa.

—¿Sabes quiénes son estas personas?—susurro.

Joel se agacha a mi nivel.

—No te preocupes por ellos—plantea con firmeza.

—Entonces, ¿sabes... sobre este hotel?

—¿Te refieres a los huéspedes sobrenaturales?—Me muestra una sonrisa temblorosa.

—Hablo en serio—siseo—. ¿Qué clase de lugar es este? Asesinato... fantasmas... empleado extraño. ¿Dónde diablos estoy?

—No hay nada que temer aquí. —Coloca su mano sobre la mía—. Y el ambiente es muy propicio para escribir, ¿no crees?

—Tuve una idea para una excelente historia para niños— acepto de mala gana.

—¿Lo ves? —Joel sonríe, y siento que un calor repentino me envuelve.

—Vamos a ver tu trabajo. —Se pone de pie y les dice a los

demás que volvemos a la biblioteca. Rhondda y Michelle apuran su vino y se adelantan taconeando, arrastrando a Andrew con ellas. Charlan con entusiasmo sobre lo que han estado escribiendo, pero yo estoy más pendiente de las luces parpadeantes en el pasillo y de la oscuridad que ha caído afuera. Sin embargo, de repente no siento tanto miedo, no con la influencia tranquilizadora de Joel Love a mi lado.

Siento el toque de su mano contra la mía, reconfortante y cálido, y todos los pensamientos macabros desaparecen.

CAPÍTULO 32

Nos sentamos junto al fuego en las sillas de cuero de respaldo alto y leemos en voz alta lo que hemos escrito esa mañana.

—Bien hecho—celebra Joel—. Todo es excelente. Es bueno ver que están trabajando duro.

—¿De verdad crees que el mío está bien?—pregunta Rhondda sin aliento.

—Definitivamente, tiene potencial—responde Joel—. Y pensé que el diálogo estaba bien escrito.

Rhondda chilla de alegría.

—Mañana apunto a las tres mil palabras. ¿Cuál es la meta de todos los demás?

Michelle está decidida a terminar su libro de poesía, y Andrew sigue adelante con su historia de terror.

—Espero escribir otra historia infantil —les cuento a los demás—. Hace unos meses que vengo desarrollando una idea, así que trabajaré en eso.

—Parece que estamos todos organizados. —Andrew mira su

reloj—. Creo que subiré a la habitación para refrescarme antes de que nos llamen para cenar.

—Buena idea—Michelle se pone de pie—. ¿Vienes, Rhondda?

Cuando me miran, levanto mi mano.

—Iré en un minuto.

La verdad es que quiero pasar un rato a solas con Joel. Le echo un vistazo y me alegro cuando se queda sentado.

Una vez que los otros tres se han marchado, agarro un libro de uno de los estantes.

Me siento cómodamente sobre mis pies cruzados y me acurruco junto al fuego.

—Es tan tranquilo aquí—suspiro—. Me encantaría tener mi propia biblioteca personal.

El rostro de Joel se ilumina por la luz de las llamas parpadeantes.

—Estuve pensando en ti.

—¿Ah, sí?—pregunto a la ligera, hojeando el libro. Mi corazón late con fuerza, pero hago todo lo posible para parecer serena.

—Ese tipo con el que estabas hablando en el restaurante indio...

—¿Te refieres a Darren?—Frunzo el ceño; no es en lo que *estoy* pensando en ese momento. No *es* en lo que quiero pensar.

—¿Están...? —Joel se pasa una mano por su cabello desordenado—. ¿Te gusta?

—¡No!—Lo miro—. Quiero decir, él está bien, lo conozco desde que éramos niños, pero no estamos en una relación y no me agrada románticamente... Ya no.

—Me alegra escucharlo. —Joel se levanta y se acerca a mí.

—¿De verdad?—Trago saliva; la emoción me recorre mientras toma mi mano y me ayuda a ponerme de pie.

—¿Sobre qué estás leyendo?—pregunta, señalando el libro que tengo en la mano.

—Oh,¿esto?—Echo un vistazo rápido a la portada—. *La historia de los ferrocarriles de Gran Bretaña.* —Lo tiro en la silla mientras ambos reímos.

—¿Qué tal experimentar un poco de romance?—plantea Joel, apartando suavemente un mechón de cabello de mi frente.

—Sí, claro. —Lo miro a los ojos—. Me di cuenta de que tienen *Jane Eyre* y *Cumbres borrascosas* y algunas grandes historias de amor contemporáneas.

Joel levanta mi barbilla con sus dedos.

—Me refiero a un verdadero romance. Llámalo investigación para tu propia novela.

—Eso sería bueno—susurro mientras su rostro se acerca.

—O podríamos discutir la trama y la caracterización en la novela del siglo XXI.

—Quizás mañana,—Rodeo su cuello con mis brazos.

—¿Mañana?—Él retrocede un poco.

—Shhh, definitivamente mañana. —Me pongo de puntillas y acerco su cabeza hacia mí.

Nuestros labios se encuentran, suave y delicadamente. Joel me acerca a él, y suspiro mientras profundiza el beso. Deslizo mis dedos por entre el cabello de su nuca. Me tiemblan las piernas y su boca sabe tan deliciosa que, literalmente, me desmayo de pasión. Entonces, escucho que la puerta se abre con un chirrido y nos detenemos de inmediato. La señora Potter está en la entrada, con una expresión de asombro en su rostro normalmente severo. Me aparto con rapidez de los brazos de Joel y bajo el dobladillo de mi suéter.

—Me preguntaba—se aclara la garganta—... si querrían té.

Joel niega con la cabeza, su boca se contrae y puedo decir que está tratando de controlar una sonrisa.

—No, gracias, señora Potter—expreso con voz ronca—. En

realidad, pensándolo bien, ¿puedo llevarme una tetera a mi habitación?

—Sí. No hay problema. —Se apresura a entrar en la habitación sin hacer ruido y deja la bandeja sobre la mesa—. La cena se servirá en unas horas.

—Gracias.

Una vez se marcha, me vuelvo hacia Joel, que está de pie mirando el fuego—.Debería subir a mi habitación. —Él se vuelve y me sonríe—.¿Hasta luego?—saludo esperanzada.

—Por supuesto.—Entonces, suena su teléfono—. Necesito atender: es Summer.

—Está bien. —Le devuelvo la sonrisa y salgo de la biblioteca para regresar a mi habitación. Casi estoy saltando por el pasillo. ¿Puede ser ese día más perfecto? Cierro la puerta y me apoyo contra el marco, sonriendo al recordar otro de los besos ardientes de Joel Love. La cama está hecha, y sobre ella hay toallas limpias colocadas cuidadosamente. Me quito los zapatos, me echo sobre el edredón y estiro la mano hacia la mesita de noche, junto a la cama, en busca de mi libro: un romance contemporáneo. Mientras leo, siento que se me caen los párpados. Diez minutos después, estoy profundamente dormida.

Me despierto con el sonido de un timbre. Por un momento de confusión, creo que estoy de vuelta en casa. ¿Ya es de mañana? Me levanto y parpadeo varias veces, y me doy cuenta de que es la alarma de mi teléfono. La luz de la luna entra por la ventana e ilumina la habitación. De hecho, estoy en el hotel Mystic Springs; no fue un sueño después de todo. Ruedo sobre mi estómago y extiendo la mano para encender la luz. Un vistazo rápido a mi reloj me informa que son casi las seis y diez. La cena estará servida pronto. Salto de la cama, tomo una toalla y me apresuro al baño.

Cuando bajo, el bar está lleno. Suenan canciones navideñas, y el ambiente es alegre.

—Disculpe. —Paso junto a un hombre de aspecto alegre, que se está riendo a carcajadas de algo que una dama con un peinado cardado está contando.

—Puedes apretarme cuando quieras—bromea con un guiño—. Feliz Navidad, cariño.

—Feliz Navidad—repito.

Joel está sentado junto al ventanal hablando con Andrew. Me quedo quieta por un momento, disfrutando de su agradable apariencia. Luego, me mira fijamente, y mi estúpido estómago vuelve a dar un vuelco.

—Louise... —Andrew se pone de pie de un salto—. Justo iba a buscar más bebidas. ¿Vino de nuevo?

—Sí, por favor—respondo, y me aparto para dejarlo pasar.

Joel se pone de pie y me susurra al oído:

—Te ves muy hermosa.

—¿De verdad?—Arqueo una ceja con escepticismo—. No pensé en traer nada elegante. —Pienso fugazmente en mi elegante vestido de Navidad, rojo y ceñido, que está en casa, en el armario. Al menos recordé traer el maquillaje. Mis labios son escarlata y mis ojos quedaron definidos por tonos ahumados. Incluso he soltado el pelo de su habitual coleta. Cae fluido por mi espalda en ondas doradas. Dejo que mi mirada recorra a Joel arriba y abajo. Se ve muy elegante con un par de pantalones chinos azules y una camisa blanca, y percibo una bocanada de su loción para después de afeitar. El deseo me recorre toda mientras pienso en sus labios firmes sobre los míos.

—Sí, de verdad—responde con voz ronca—. Si estuviéramos solos, te tendría en mis brazos ahora mismo.

—¿En frente de todos?—Inclino mi cabeza hacia un lado—. ¿No preferirías estar en un lugar más privado?

Un músculo se contrae en la mejilla de Joel.

—¿La suite de luna de miel, por ejemplo? Escuché que es muy romántica...

—Louise... Joel...—Rhondda viene corriendo hacia nosotros como un mini torbellino—. Todavía está nevando.

Me vuelvo para mirar por la ventana. Los copos de nieve grandes se adhieren al suelo y ya se ve una capa bastante profunda.

—Espero que esto no dure toda la semana—continúa Rhondda—. Imaginen si nos quedamos aquí encerrados por la nieve.

La idea de estar atrapada allí con Joel Love me produce un hormigueo. Creo que incluso podría tolerar a los fantasmas, con él a mi lado.

—Aquí tienen, amigos. —Andrew apoya las bebidas—. ¿Dónde está Michelle?

—¡Estoy aquí!—Saluda por entre la multitud y se acerca a nosotros—. ¿De qué me perdí?

—Emmm, de nada—respondo—. Solo estábamos hablando de la nieve.

—Es genial, ¿cierto?—Se entusiasma Michelle—. Esperemos que tengamos una Navidad blanca.

Andrew comienza con su propia interpretación de *White Christmas*, de Bing Crosby y el resto de nosotros cantamos a coro. Pronto se une todo el bar. Después de las últimas notas, el señor Potter grita que la cena ya está servida.

El comedor se ve muy festivo. La lencería blanca del desayuno ha sido descartada, y las mesas están cubiertas con manteles rojos y servilletas verdes. Del techo cuelgan guirnaldas doradas y también muérdago real y oropel estratégicamente entre las pinturas en las paredes. La señora Potter se coloca en la puerta para dar la bienvenida a todos.

Lleva un vestido granate y noto que tiene colorete en los labios y las mejillas. Me sorprende ver al señor Potter vestido con traje y corbata; luce muy elegante. Nos dirige a nuestra mesa con una sonrisa amistosa.

—¿Quién quiere tirar del mío?—Andrew sostiene un cracker navideño de color plateado. Me encantan esos cilindros de cartón en forma de caramelo, que tienen una sorpresa navideña en el interior. Como estoy sentada frente a él, me ofrezco como voluntaria.

Se abre con una explosión, y el contenido vuela por encima de mi hombro. Me agacho para recoger el cortaúñas y el sombrero de papel.

—Aquí tienes. —Los coloco frente a él, y frunce el ceño.

—Esperaba un mini destornillador o una baraja de cartas. Vamos, veamos qué tienes.

Abrimos mi cracker, y miro el silbato de plástico barato.

—Toma el mío también. —Se lo paso a Andrew. Entonces, los demás hacen lo mismo. Ha acumulado una gran cantidad de chucherías.

—Esto servirá para las niñas—comenta alegremente, y los guarda en los bolsillos.

—¿No es gracioso cómo los niños pequeños parecen más encantados con los envoltorios y las cajas en las que vienen los juguetes que con el juguete real?—plantea Michelle, que está sentada a mi lado—. Marlon pasaba horas jugando con un lazo brillante cuando era pequeño.

Tengo un recuerdo repentino de Robbie cuando era bebé, fascinado por el árbol de Navidad, completamente ajeno a la pila de regalos que había debajo y luego de mamá cantando villancicos mientras cocinaba la cena de Navidad. Fueron días felices. «Cómo pasa el tiempo, cómo cambia la vida» pienso. Sin embargo, estoy decidida a hacer de esta una buena Navidad. Muchas de los anteriores han sido sensibles, perdidas en recuerdos y dolor. Esa será diferente. Esa estará llena de alegría festiva.

La señora Potter presenta nuestro primer plato, y mi estómago gruñe de agradecimiento al ver la humeante sopa de verduras. La mesa se queda en silencio mientras comemos nuestro entrante, que es realmente delicioso. Termino mi pan crujiente y me relajo en mi asiento.

Rhondda nos comenta que se va a Lanzarote en Navidad.

—Vuelo la semana que viene y no volveré hasta después de Año Nuevo. Es mi primera vez en el extranjero en Navidad y tengo muchas ganas de descansar y de relajarme.

Quiero invitar a Joel a nuestra casa para Navidad, pero no quiero que los demás sepan que hay algo entre nosotros, así que decido esperar hasta que estemos solos. En cambio, le pregunto sobre su trabajo docente.

—Debe de ser una carrera estresante—comento mientras el señor Potter me quita el plato de sopa vacío.

—Sí, puede serlo —responde, secándose la boca—, pero soy muy organizado y se vuelve más fácil cuanto más lo haces.

—La enseñanza es mi objetivo—acota Michelle—, pero quiero trabajar en primaria; los adolescentes me asustan muchísimo.

—¿A qué te dedicas?—le pregunto a Andrew cortésmente.

—Trabajo en TI—responde—. Soy un niño genio de las computadoras.

—Y yo soy ama de casa en este momento—interviene Rhondda—, pero después de terminar mi carrera, quién sabe lo que haré.

—¿A quién de nosotros le encantaría escribir a tiempo completo?—pregunta Andrew.

Todos levantamos las manos, incluido Joel.

—¿No sería fantástico? —Michelle suspira—. Tal vez algún día, ¿eh?

—Hagamos un brindis—propone Andrew—. Por creer en nosotros mismos.—Por la Navidad en el retiro de escritores —añado.

Chocamos las copas

—Feliz Navidad a todos.

CAPÍTULO 33

Disfrutamos de una cena navideña tradicional y de un pastel en forma de tronco de chocolate para el postre.

—Esto es delicioso—murmuro, lamiendo la crema fresca de mi cuchara.

—¿No es la señora Potter una cocinera maravillosa?—comenta Mo, que está en la mesa de al lado de nosotros—. Es todo casero, ¿saben? Los huevos son frescos de sus gallinas y ella cultiva las hierbas en el huerto.

Me siento satisfecha, pero luego el señor Potter lleva pasteles de fruta y café.

—No creo que pueda comer otro bocado—señalo, limpiándome la boca.

—Entonces, comeré el tuyo. —Andrew toma dos pasteles de fruta de la bandeja.

—Tomaré un poco de aire fresco. —Empujo mi silla hacia atrás—. Disculpen.

Camino por entre las mesas y me dirijo hacia la entrada del hotel. Alguien ha entrelazado luces de colores alrededor del gran abeto en el camino de entrada, y hay brillantes figuras navideñas en el césped; dos renos que tiran de un trineo y un muñeco de nieve inclinado y Santa. Saco el teléfono del bolsillo y reviso mis contactos buscando el número de Robbie. Afortunadamente, se conecta a la señal, pero me da tono de ocupado.

Espero unos minutos y vuelvo a intentarlo. Esa vez suena y suena y suena.

—Hola—responde al fin Robbie, y su voz parece silenciada.

—Hola, Robbie. —A pesar de que es mi molesto hermano menor, me alegra escuchar su voz.

Puedo oír risas y música de fondo. Robbie estalla en una sucesión de estornudos—.¿Estás bien?

—Sí—responde arrastrando la palabra—. Creo que me dará un resfriado.

—¿Cómo están papá y Bertie?—Mi respiración se materializa frente a mí, y mi nariz comienza a sentirse como un carámbano.

—Papá está pintando. Está bien.

—¿Has sacado a Bertie a caminar?—insisto.

—Sí, Lou, dos veces al día.

—Bien, bien. ¿Y qué has estado haciendo?

—Lo de siempre: trabajo escolar, reparto de periódicos. Alguien me dio una propina de veinte libras el otro día.

—Eso es genial—exclamo. Escucho una risa aguda, y luego Robbie murmura:"shhh"—.¿Estás con una chica?

—Sí... Summer.

—Oh.—Miro mi reloj—. ¿No debería estar con sus amigas haciendo su tarea? Es noche de escuela.

Robbie deja escapar un suspiro irritado.

—Cálmate, Lou, ambos hicimos nuestra tarea y no estamos solos, Ade también está aquí.

Exhalo aliviada.

—Está bien, diviértanse. —Hay un silencio al otro lado de la línea—. Por cierto, lo estoy pasando bien.

—Genial. —Puedo imaginarme a Robbie arrastrando sus zapatillas en el piso, poniendo los ojos en blanco y deseando que corte la llamada—. Entonces, te dejaré ir.

—De acuerdo, adiós.—La línea queda muerta.

—¿Llamando a casa?—pregunta Andrew, mientras enciende un cigarrillo detrás de mí.

—Sí. Solo comprobaba que la casa no se derrumbó mientras estoy fuera. —Miro a Andrew con los ojos entrecerrados—. ¿Cómo está lidiando tu esposa con las gemelas por su cuenta?

—Oh, ella no está sola. —Andrew se ríe—. Siempre hay alguien en nuestra casa. Su madre se mudó por esta semana. Se lo pasarán en grande viendo las telenovelas y bebiendo Prosecco.

Maldición, eso me recuerda que no pregunté por la tía Josie. Le escribo un mensaje a papá para preguntarle si está bien.

—Bajaron a la sala de juegos. —Andrew hace un gesto con el pulgar por encima del hombro—. Rhondda me desafió a jugar al billar.

—Está bien. —Asentí con la cabeza—. Volveré a entrar. Hace mucho frío aquí.

—Hay más nieve en camino.

Miro al cielo y tiemblo. Al menos en el hotel se está caliente y agradable.

Justo cuando voy de regreso al interior, las luces titilan y luego, por segunda vez en el día, nos sumergimos en la oscuridad total. Puedo escuchar algunas exclamaciones de sorpresa y los gritos de un hombre. La puerta del hotel está iluminada por la luz de la luna, pero el interior está a oscuras. Tanteo mi camino a lo largo de las paredes y avanzo cautelosamente. Alguien a mi izquierda respira con dificultad.

—¿Joel?—grito. Siento que algo me roza el cuello y salto con alarma.

—Estoy aquí. —Su mano está en la mía, cálida y tranquilizadora—. ¿Estás bien?

—Sí—respondo temblorosa.

—Vamos. —Me atrae gentilmente hacia él.

—¿Adónde vas? ¡No puedo ver nada!

—Todo está bien aquí—puedo escuchar al señor Potter gritar—. No hay necesidad de entrar en pánico. La energía debería volver pronto, pero mientras tanto, les daré a todos una vela encendida.

Ponen algo en mi mano. Al minuto siguiente, el señor Potter enciende la vela que me acaba de dar y puedo volver a ver. Aparece el rostro de Joel.

—Vámonos de aquí—susurra, impulsándome hacia adelante.

Pasamos con cuidado por delante del bar, donde todo el mundo parece estar reunido, por el pasillo y el escritorio de registro—.¿Quieres encontrar a los demás?

—Prefiero estar a solas contigo.

—Justo lo que quería escuchar. —Lo veo sonreír mientras abre una de las puertas del fondo—.Vaya, no es la correcta. A menos que quieras bajar al sótano.

Ambos miramos fijamente a la oscuridad. Hay un ruido de arañazos, que emana del interior del sótano y, mientras escucho con más atención, estoy segura de que puedo escuchar que están arrastrando algo.

—¿Qué es eso?—Me estremezco.

—Probablemente, solo sean ratas—contesta Joel riendo—, o tal vez es uno de los fantasmas que se prepara para asustarnos.

—Ya estoy asustada. Por favor, cierra la puerta.

Mientras Joel lo hace, alargo la mano para cábrir la biblioteca.

La habitación está vacía, pero el fuego aún crepita.

—Está demasiado oscuro y es demasiado tarde para escribir —señala Joel.

—No tengo ninguna intención de escribir. Lo que realmente quiero hacer es encontrar un buen libro, acurrucarme y ponerme cómoda.

—Suena bien para mí.

Media hora más tarde, estamos sentados juntos en el diván, debajo de una manta que Joel encontró en uno de los armarios. Elegí un romance contemporáneo y Joel está hojeando un relato de la vida real de un agente del SAS. Colocamos las velas en una mesa cercana y nos acurrucamos debajo de la manta de lana.

—Esto es acogedor.—«Y extremadamente romántico» agrego mentalmente.

La nieve ha comenzado a caer de nuevo y no podría estar más relajada y feliz.

Estoy tan relajada que me quedo dormida, con la cabeza apoyada en el hombro de Joel. Es solo hasta que vuelve la energía con un estruendo que me despierta.

—Emmm, lo siento. —Me alejo rápidamente de Joel.

—Está bien. —Su cuerpo está cerca del mío e irradia calor. Miro su boca mientras se acerca y nos besamos de nuevo, suave y tiernamente. Joel coloca su mano sobre mi muslo, y un escalofrío de deseo me envuelve. Toco su rostro, y la tenue línea de su barba de dos días me raspa las yemas de los dedos—.Eres hermosa, Louise Henry. —Se separa, sin dejar de mirarme.

—Gracias—murmuro, y lo beso de nuevo.

—Por mucho que me gustaría continuar con esto—plantea Joel contra mis labios—, deberíamos ir a buscar a los demás.

—Deberíamos—repito, pasando mis manos arriba y abajo a lo largo de su espalda.

Joel se mueve ligeramente y desliza el dobladillo de mi

blusa hacia arriba. Sus cálidas manos tocan mi pecho mientras abre mi boca una vez más con la suya.

—¿Quieres...?

—¿Sí?

Se aparta para mirarme, y luego niega firmemente con la cabeza.

—No. Es demasiado pronto. —Antes de que pueda parpadear, se pone de pie y se arregla la ropa, y yo me quedo con un hormigueo de frustración.

—Vamos, te invito a un trago. —Extiende la mano y, de mala gana, me pongo de pie y lo sigo fuera de la biblioteca.

Nos reunimos con Andrew, Michelle y Rhondda en el bar y pasamos el resto de la noche charlando sobre nuestras vidas. El señor Potter toca la campana a las once en punto; para entonces, ya estamos todos bostezando y listos para acostarnos.

—Nos vemos en la mañana. —Andrew es el primero en apurar su bebida, seguido de cerca por Michelle. Llevo los vasos vacíos a la barra y le agradezco al señor Potter su hospitalidad.

—La comida estuvo deliciosa.

—Será por nuestro nuevo chef—responde el señor Potter, apoyándose en los sifones—. ¿Quiere otra bebida?

—No, gracias, nos vamos a la cama ahora. —Me doy vuelta para irme con los demás, pero el señor Potter me llama.

—Tome. —En sus manos sostiene una pila de cuadernos—. Dijo que quería leerlos.

Miro hacia abajo y doy un grito ahogado.

—¿Son de Matilda?

—Sí. Cuídelos y devuélvalos antes de irse.

—Lo haré—afirmo efusivamente—. Gracias por dejarme leerlos.

—Bueno, no están haciendo nada en el armario, aparte de acumular polvo y, como es escritora, pensé que podría disfrutarlos.

—Estoy segura de que lo haré. —Los aprieto contra mi pecho.

—Buenas noches. —Asiente con la cabeza y luego se aleja para atender a otro cliente.

Joel se queda a tomar una copa más, así que camino de regreso a mi habitación con Rhondda.

—Nos vemos en la mañana—saluda alegremente.

En mi habitación hace un calor sofocante. Creo que la calefacción debe estar al máximo, mientras me acerco a la ventana. Retiro las cortinas un poco y abro la ventana. Levanto la cabeza para sentir la fría ráfaga de aire. La luna está llena y brillante esa noche, iluminando los jardines y el lago. La niebla sube en espirales desde el suelo y envuelve el paisaje con un brillo etéreo. Puedo escuchar a los búhos ulular y un grito agudo que proviene del bosque. «Es solo un zorro», me digo a mí misma mientras camino hacia la cama y dejo los cuadernos. Entro al baño para quitarme el maquillaje y cepillarme los dientes, luego me pongo mis pantalones cortos de pijama, que son lujosamente sedosos, pero muy poco prácticos en medio de una tormenta de nieve. Al menos el edredón es grueso y cálido. Calculo que debe de ser de un gramaje de al menos quinientos cincuenta, mientras retiro el borde y me subo a la cama. Me acomodo sobre las almohadas y tomo el cuaderno de arriba. Tiene elegantes remolinos y bordes con puntas doradas. En la primera página con tinta negra dice *Los escritos de Matilda Potter*. Con cuidado, paso la página y luego empiezo a leer.

Un ruido sordo me despierta de golpe. Me quedo inmóvil en la cama, esforzándome por oír si el sonido se repite. Debo de haber estado soñando. Estoy sola en la habitación, no hay nada que temer, no existen los fantasmas. Estoy perfectamente a salvo. Mis párpados se caen y me pongo de lado. Entonces, de repente, siento que algo me toca la cara; parecen como un par de dedos fríos.

—¡Aaaahhhh! —Salto de la cama, completamente despierta. Luego, el ruido sordo comienza de nuevo. Las cortinas están ondeando hacia arriba y hace mucho frío. Me apresuro a cerrar la ventana y, mientras lucho con el pestillo, veo algo en el césped. Una silueta negra se mueve en medio de la niebla. Me tambaleo hacia atrás, levanto mi teléfono de la mesa y, sin pensarlo, llamo al número de Joel.

—¿Louise?—Suena somnoliento.

—Joel, hay ruidos extraños en mi habitación y hay algo afuera en el jardín... Tengo miedo.

Hay una fuerte inspiración.

—¿Estuviste soñando?

—¡No! No lo estoy imaginando. —Aprieto el teléfono, y mi corazón se acelera.

—Está bien. ¿Quieres que vaya a tu habitación?

—¡Sí! No, quiero decir... ¿puedo ir a verte?

—Seguro. Estoy en la número ocho.

—Corto la llamada justo cuando el tocador comienza a traquetear. Mi corazón sube a mi boca mientras salgo de la habitación. La puerta se cierra de golpe detrás de mí. Me apresuro por el pasillo, las luces parpadean, casi corro hasta el final y por un par de escalones sinuosos. Ahí está: el número ocho. Golpeo la puerta con suavidad, deseando que Joel se apresure. Cuando abre, me apresuro a pasar junto a él.

—Lou, ¿estás bien?

—Cierra la puerta.

Joel hace lo que le pedí y luego se acerca.

—Estás temblando. —Me toma en sus brazos y me apoyo contra su cálido pecho desnudo—. ¿Qué pasó?

Le hablo de los ruidos y de la silueta negra y de la sensación helada de los dedos.

—Fue real, Joel. Hay algo en este lugar.

—Tal vez había un oso afuera —sugiere Joel con una sonrisa torcida.

—¿Un oso? No hay osos salvajes en Inglaterra, ¿verdad?

—¿Un zorro o un tejón?

—No, era demasiado grande y no parecía un animal, más bien una persona. —De repente, se me ocurre algo—. Tal vez era el de mantenimiento; siempre está merodeando.

—¿A esta hora de la noche?—Joel frota la piel de gallina en mis brazos—. Estás congelándote. Métete bajo las sábanas.

Me meto en la cama. Es cálida y acogedora y tiene rastros del aroma de Joel.

—Lo siento. Debes de pensar que estoy loca.

—Shhh... —Joel se desliza a mi lado y abre los brazos—. Lo solucionaremos por la mañana. Ahora duerme.

Me acuesto apoyada en él, y el calor de su piel se filtra en mí, y calienta mi interior.

A medida que mi frecuencia cardíaca se calma, me siento abrumada por la vergüenza.

—Joel—susurro contra su pecho.

—Mmm...

—No hice esto a propósito. Realmente sucedió.

—¿Nunca preparaste un plan solo para poder meterte en mi cama?—bromea.

—¡No!—Me acurruco contra él—. Aunque es muy agradable estar aquí.

El deseo me envuelve cuando de repente me doy cuenta de la excitación de Joel. Beso su pecho, suave, vacilante. Lo escucho aclarar la garganta y entrelazar sus dedos en mi cabello. Me deslizo hacia arriba para que mi rostro quede frente al suyo. Se queda muy quieto mientras yo le cubro de besos suaves sus mejillas y barbilla.

—¿Qué me estás haciendo?—pregunta Joel con voz ronca.

—Te deseo —murmuro. Todos los pensamientos sobre fantasmas quedaron olvidados.

—¿Está segura?

—Sí. —Mi voz está llena de emoción.

Con dedos temblorosos, me deshago de mi pijama de seda y presiono mi cuerpo desnudo contra el suyo.

—Te he deseado desde la primera vez que te vi. —Inclina la cabeza, besando el arco sensible en mi cuello—. Cielos, eres hermosa.

Retrocede levemente—. Entonces, ¿esto significa que somos oficialmente una pareja?

—Sí—Lo acerco fervientemente hacia mí—. Sin dudas. Ahora, por favor, deja de hablar.

Me levanto con el canto del gallo. Junto a mí, Joel está profundamente dormido. Me meto de nuevo en mi pijama, con cuidado de no despertarlo. Con una última mirada a su hermoso cuerpo, me acerco a la puerta y la cierro suavemente detrás de mí. Bajo de puntillas la desvencijada escalera y estoy justo en el último escalón cuando veo a la señora Potter por el pasillo. ¡Ayuda! No hay dónde esconderse. De todos modos ya me ha visto, y hay una mirada de desaprobación en su rostro.

—Buenos días—digo—. Solo estoy haciendo algo de ejercicio. —Hago una mueca ante mi mentirilla ineficaz.

—Buenos días—saluda secamente—. Espero que haya dormido bien.

Pasa a mi lado.

—En realidad no, señora Potter. —Los recuerdos anteriores al encuentro con Joel destellan en mi mente—. Anoche me despertaron ruidos extraños en mi habitación y alguien estaba en los jardines.

Sus ojos se entrecierran.

—¿Qué quiere decir con *ruidos*?

Cruzo los brazos sobre mi pecho, temblando en mi escasa ropa de dormir.

—Golpes, ruidos de traqueteo.

La señora Potter resopla.

—Probablemente, fueron las tuberías. Este es un edificio antiguo. Estoy segura de que no hay nada de qué preocuparse. —Me mira por un momento—. ¿Le gustaría que revisara su habitación?

—Sí, por favor.—Doy un suspiro de alivio.

Saca una llave maestra del bolsillo de su delantal y caminamos juntas por el pasillo.

—Se levanta temprano.—le digo.

—Siempre lo hago. —Abre la puerta y entramos en la habitación. Hace calor de nuevo, está silencioso y tranquilo y todo en el lugar que le corresponde.

—Definitivamente, había algo aquí conmigo anoche —aseguro.

—¿Qué quiere decir?—La señora Potter me dirije una mirada escéptica.

—El tocador estaba traqueteando. —Trago saliva, sintiéndome un poco ridícula—. Y había ruidos fuertes. Tan fuertes que me despertaron.

—Como expliqué, es probable que fuera el agua en las tuberías.

Me irrita su actitud altiva y frívola.

—Señora Potter, he oído hablar de la historia de este lugar y... y algunas personas aquí creen que está embrujado. Tiene cazadores de fantasmas, por todos los cielos.

—Esas personas crean histeria, y creo que pueden haberla contagiado a usted, señorita Henry.

«Tal vez tenga razón» pienso con pesar.

—¿Así que no está embrujado?

Sus labios se aprietan.

—¿Hay algo más que la preocupe?

—No—respondo en voz baja. Cuando se vuelve para marcharse, recuerdo la silueta espectral—. ¡Espere! Vi a alguien en el césped anoche. Era muy tarde, estaba vestido todo de negro y se veía raro. —Ella me mira con el ceño fruncido, pero continúo—: ¿Pudo haber sido el de mantenimiento?

Me mira asombrada por mis palabras.

—¿Está sugiriendo que Bartholomew estaba merodeando por los jardines con la esperanza de aterrorizar a mis invitados?

—No lo sé—contesto débilmente.

La señora Potter junta sus manos.

—Bartholomew vive con su anciana madre, que está postrada en cama, a cinco kilómetros de distancia. Dudo de que tenga tiempo o ganas de volver aquí solo para asustarla. Pero, si eso la tranquiliza, sin duda se lo preguntaré.

—Eso no será necesario—me apresuro a responder—. No quiero causar ningún problema entre usted y su personal. Quizás deberíamos olvidar esta conversación. Acepto que pudieron ser las tuberías y mi imaginación demasiado activa.

La señora Potter resopla.

—Muy bien. Si experimenta cualquier otra alteración inusual, por favor, use el teléfono de allí y presione el uno. La comunicará directamente con mis habitaciones. Vendré enseguida.

—Gracias, y lamento haberla apartado de su trabajo.

Asiente y, cuando se vuelve, sus ojos se posan en los cuadernos de su antepasado, que están en mi cama.

—¿Los leyó?—pregunta en voz baja.

—Comencé a hacerlo —confirmo—. Son maravillosos. Matilda tenía mucho talento.

—Estoy de acuerdo.—Su voz se suaviza—. Ahora realmente debo irme; tengo que preparar el desayuno.

Con esas palabras, se va y me quedo sola en la habitación.

Unas horas más tarde, después de una pequeña siesta y una ducha rejuvenecedora, hablo con Joel en la mesa del desayuno.

Le susurro, señalando con el tenedor:

—¿Y si todo este inquietante asunto es una artimaña para conseguir más clientes?

—¿Y el de mantenimiento está involucrado?—Joel parece poco convencido.

—Quizás.—Me inclino más cerca de él—. Podría haber estado merodeando en beneficio de los cazadores de fantasmas. Ya sabes, darles algo de qué hablar.

—Bueno, parece que todos han tenido una noche placentera. —Joel hace un gesto con la cabeza hacia el grupo grande en la mesa cercana—. Y no parecen tan exaltados como tú, así que es evidente que no están al tanto de nada siniestro.

—No estoy feliz con lo de anoche—señalo—. Bueno, quiero decir, además de haber estado contigo. Eso me hizo muy feliz.

Joel sonríe.

—A mí también. —Coloca su mano cálida sobre la mía y siento un cosquilleo.

Rhondda y Michelle aparecen en la puerta, y me apresuro a apartar la mano —No tenemos nada de qué avergonzarnos.

—Lo sé. Es solo que no quiero que chismorreen sobre nosotros. Puramente profesional, ¿de acuerdo?

—¿Qué hay de esta noche?—Joel me lanza una mirada ardiente.

—Esta noche es diferente. —Doy un mordisco a mi tostada, justo cuando las dos se acercan taconeando.

Joel y yo terminamos nuestro desayuno y dejamos a las dos damas esperando el suyo.

—Iremos a la biblioteca y comenzaremos a trabajar —anuncio alegremente.

Corro mi silla y sigo a Joel fuera del comedor. Nos quedamos junto a la puerta, mirando el paisaje nevado.

—Estuvo nevando toda la noche—comenta Joel—. No hay forma de que salga de aquí hoy.

—Bien—murmuro, deslizando mi mano en la suya. La idea de otra noche de amor me debilita las rodillas. La noche anterior fue celestial. Claro que hubo otros hombres anteriormente, pero nadie se compara con Joel Love. Fue tierno y gentil, y la pasión entre nosotros fue electrizante. Todas las cosas que debe tener un buen amante. No puedo creer que ahora sea mi novio. Me quedo atrás, apreciando su físico ancho y musculoso.

—¿Vienes?—Me mira por encima del hombro, divertido.

—Emmm... Sí, solo necesito agarrar mis cosas de escritura. Adelante.

Mientras subo hasta el primer piso me pregunto cómo diablos voy a concentrarme en escribir. Noto que la puerta de mi dormitorio está abierta y camino lentamente hacia ella.

—Hola... —Entro despacio en la habitación. Han quitado las sábanas y puedo oír silbidos que provienen del baño.

Una joven asoma la cabeza por la puerta.

—Buenos días—saluda alegremente—. Soy Fiona, su limpiadora. Ya casi termino aquí y luego me apartaré de su camino.

—No hay prisa—respondo—. No me quedaré, solo necesito agarrar algunas cosas.

Fiona sale del baño. Es menuda, con un glorioso cabello rojo y una sonrisa encantadora. Lleva pantalones negros y una camiseta con la inscripción *I love New York* estampada.

—Entonces, ¿es escritora?—Ella inclina la cabeza hacia un lado.

—Emmm, sí, supongo que lo soy.

—¿Tiene un estudio con vista a un hermoso paisaje?—pregunta, soñadora.

—No, nada tan romántico. —Sus palabras me hacen sonreír—. En realidad, escribo en cualquier lugar: en el sofá, en la cama...La mesa de la cocina es mi favorito, de hecho.

—No podría quedarme quieta el tiempo suficiente. —Fiona se quita los guantes de goma—. Me encanta el aire libre, los deportes extremos y ese tipo de cosas. Siempre en movimiento.

—¿Vives por aquí?—pregunto cortésmente.

—No muy lejos. Tardo media hora en mi bicicleta.

—Es bueno conocer a otros miembros del personal—comento—. La señora Potter parece dirigir este hotel con un equipo reducido.

—Oh, solo trabajo por las mañanas. —Fiona hace una mueca—. No hay forma de que me atrape aquí por la noche. —Parpadea—. Oh, lo siento, no debería decirle eso a un invitado.

—No te preocupes—expreso con seriedad—. Yo misma escuché ruidos extraños anoche y había alguien en los jardines.

Fiona retrocede unos pasos.

—Debería seguir con mi trabajo ahora.

Abro la boca para decir más, pero Fiona pasa a mi lado y se dirige a su carrito de limpieza. Con un suspiro de resignación, tomo mi cuaderno y mi portátil y me dirijo a la biblioteca.

CAPÍTULO 35

Joel da una charla fantástica sobre el desarrollo del personaje y el diálogo. Es obvio que tiene muchos conocimientos sobre escritura, y estoy impresionada. Luego pasamos el resto de la mañana escribiendo. Trabajo en mi novela para adultos y me siento inspiradapara comenzar otra historia infantil sobre una rata talentosa. La llamo *Jacob y su Rata Asombrosa* y se la leo a los demás durante nuestra pausa para el té.

Era lunes por la mañana y era hora de prepararse para la escuela.

Jacob bostezó y se estiró, y luego saltó de su cama.

Corrió a través de la alfombra para abrir sus cortinas.

El sol brillaba alto en el cielo y era cálido y veraniego.

Se puso sus pantalones cortos grises.

Y su camisa blanca.

Y su corbata a rayas.

Luego fue a cepillarse los dientes.

—JACOB—llamó la mamá, el desayuno está listo.

289

Jacob estaba a punto de bajar las escaleras cuando escuchó un chillido.

Era el señor Snuffles, su peluda rata marrón.

—Hola—saludó Jacob—, ¿quieres salir?

El señor Snuffles se escondía detrás de una bola de aserrín.

Primero apareció un bigote y luego una oreja y luego un ojo morado.

Con mucho cuidado, Jacob abrió la jaula y recogió a su rata.

El señor Snuffles corrió por su brazo y se sentó en su hombro con un fuerte chillido.

En la cocina estaban sentados mamá, papá y abuela.

Clin, clan hacían las cucharas en el tazón del desayuno.

Jacob se sentó a comer su papilla, y el señor Snuffles saltó a la mesa a su lado.

Papá pareció molesto.

—¿Qué pasa, papá?—preguntó Jacob.

—Tengo demasiadas facturas y no tengo suficiente dinero. Estoy triste.

El señor Snuffles hizo una voltereta lateral sobre la mesa, y eso hizo reír a papá.

Entonces, Jacob notó que la abuela se veía acalorada.

—¿Qué pasa, abuela?—preguntó Jacob.

—Me duele la cabeza y casi no dormí. Me siento mal.

El señor Snuffles hizo cinco volteretas hacia atrás sobre la mesa, y eso hizo reír a la abuela.

Entonces, Jacob notó que su mamá parecía enfadada.

—¿Qué pasa mamá?

—Tengo mucho que hacer. Estoy harta.

El señor Snuffles bailó tap sobre la mesa, y eso hizo reír a mamá.

Jacob besó a su inteligente rata en la nariz y lo colocó suavemente en su jaula.

Hoy era un día especial. Jacob llevaría al señor Snuffles a la escuela para conocer a todos sus amigos.

Jacob se puso el abrigo y tomó la mano de su madre.

Caminaron hacia la escuela, y cruzaron la calle con cuidado.

La señora Bloom, la maestra, estaba esperando junto a las puertas de la escuela.

Tomó la jaula con el señor Snuffles que le entregó mamá y entonces se escuchó el timbre. RIIING, RIIING.

Jacob se formó en fila con sus amigos, y entraron al salón de clases.

Se sentaron en la alfombra, listos para trabajar.

Todos, excepto Stanley.

Stanley no se quedaba quieto.

Stanley nunca escuchaba a la maestra.

Stanley estaba en la esquina, vaciando la papelera.

¡Había basura por todo el piso!

—¡NO!—exclamó la señora Bloom.

Stanley corrió por el aula fingiendo ser un avión.

—RUM, RUM —gritaba.

—¡SIÉNTATE!—exigió la señora Bloom.

Stanley lanzó un juguete al aire. TOING, rebotó en la ventana.

—¡BASTA!—gritó la señora Bloom.

STANLEY NO PRESTABA ATENCIÓN.

Entonces, la señora Bloom tuvo una idea.

—Ven y mira al señor Snuffles—le sugirió a Stanley—. Es una rata, una rata muy amigable.

Todos los niños vieron cómo la señora Bloom sacaba al señor Snuffles de su jaula.

Stanley se acercó más.

—Tienen que estar muy callados, niños—pidió la señora Bloom—. SHHH.

Stanley dejó de gritar.

—Tienen que quedarse muy quietos, niños—pidió la señora Bloom—. No debemos asustarlo.

Stanley se sentó en la alfombra con las manos en el regazo.

La señora Bloom colocó al señor Snuffles en su mesa, y todos los niños observaron con OJOS GRANDES Y BIEN ABIERTOS.

Los bigotes del señor Snuffles se movieron y su cola se agitó. ¡SWISH, SWISH!

Luego abrió su boquita y chilló en voz alta:

—¡EEEK, EEEK!

Todos los niños se rieron.

Entonces, el señor Snuffles bailó, moviendo sus diminutas piernas en el aire.

Todos los niños aplaudieron.

El señor Snuffles dio saltos y brincos estelares. ¡TARÁÁÁN!

Jacob estaba muy orgulloso de su inteligente rata.

Y Stanley pensó que el señor Snuffles era maravilloso.

El señor Snuffles estaba cansado, por lo que la señora Bloom lo volvió a poner en su jaula, donde se acurrucó debajo del aserrín y el heno, y se quedó profundamente dormido.

Entonces, los niños hicieron sus sumas y leyeron sus libros.

Escucharon atentamente a su maestra y, justo antes de la hora de volver a casa, el señor Snuffles despertó de nuevo y todos se turnaron para acariciarlo suavemente.

La señora Bloom estaba muy feliz con el señor Snuffles y muy feliz con Stanley.

Él había trabajado duro durante todo el día.

Ella les dio a todos los niños una estrella dorada brillante, y ellos dijeron un gran GRACIAS *y un* ADIÓS *a Jacob y a su rata asombrosa.*

. . .

—Oh, eso es encantador—exclama Rhondda mientras Andrew y Michelle aplauden.

—Deberías enviar eso para publicar —sugiere Joel.

—¿De verdad?—Estoy encantada con los elogios.

—Sí, en serio.—Joel sonríe—. Deberías creer más en ti misma, señorita Henry.

—Gracias.—Puedo sentir que me sonrojo y bajo la cabeza.

Trabajamos hasta bien entrada la tarde. No ha nevado en toda la mañana, el cielo es gris pizarra y las nubes cuelgan bajas y pesadas, amenazando con lluvia. A las tres en punto, decidimos por unanimidad dejar de escribir por el resto del día.

—¿Te apetece otra paliza al billar? —le pregunta Rhondda a Andrew.

—Absolutamente—responde él—, y esta vez no voy a dejar que ganes.

—¿Te unirás a nosotros, Louise?—Michelle guarda sus pertenencias en la mochila.

—De hecho, me apetece dar un paseo. —Echo una mirada disimulada a Joel, que sigue escribiendo.

—¿Con este clima?—Rhondda parece horrorizada.

—Sí. El aire fresco me sentará bien.

—Aquí está mal ventilado—concuerda Michelle—. Creo que iré contigo.

Hago lo mejor que puedo para no parecer decepcionada. Esperaba pasar un rato a solas con Joel.

Andrew y Rhondda salen de la habitación discutiendo afablemente.

—¿Quieres venir?—le pregunto a Joel.

—Sí—responde—. Déjame terminar aquí. Me reuniré con ustedes en el frente.

Cierro la puerta suavemente y me dirijo con Michelle al bar. El señor Potter está detrás de la barra, llenando los estantes con botellas de cerveza. Sonríe cuando nos ve con nuestras chaquetas y bufandas.

—¿Saldrán?

—Sí, queríamos estirar las piernas. Me preguntaba si sigue en pie la oferta para prestarme las botas de agua de la señora Potter.

—Seguro.—El señor Potter saca una llave de un gancho y nos dice que lo sigamos—. Están en el sótano. No le temen a la oscuridad, ¿verdad?

Michelle me mira.

—¿Sabes?, creo que después de todo me reuniré con los demás en la sala de juegos.

El señor Potter se ríe y sacude la cabeza, y yo me quedo para seguirlo. Abre la puerta del sótano y me entrega una linterna.

—Las luces están apagadas aquí—señala, a modo de explicación—. Cuidado al pisar.

Lo sigo por la destartalada escalera. Las telarañas brillan en el techo de concreto y puedo escuchar ese ruido de rasponazos de nuevo.

—¿Qué es eso?—susurro, y la linterna tiembla en mi mano.

—Solo los fantasmas—responde el señor Potter rascándose la cabeza—. Sé que la colección de botas está por aquí en alguna parte.

Me lo quedo mirando, incrédula de que pueda ser tan indiferente con los muertos que merodean.

—A mí me suena a ratas. —Mi voz es ronca.

—¡Ratas! No tenemos ratas, este es un hotel limpio. No empiece ningún rumor.

Llegamos al final de los escalones, y el señor Potter se aleja. Corro tras él; no quiero quedarme sola allí abajo.

—Aquí están. —El señor Potter ilumina con su linterna una

enorme pila de botas de agua. Hay de todos los colores y diferentes diseños apilados en una esquina.

—¡Vaya!, pensé que estaba bromeando cuando dijo que la señora Potter colecciona botas de agua.

—Las ha estado coleccionando durante años. Debe tener más de cien pares.

—¿Ella las usa todas?—pregunto con asombro.

—¡Por supuesto que no! Tiene un par favorito que usa todo el año.

Tomo el par más cercano, que es azul cielo con mariquitas rosas.

—Parece que estas me quedarán. —Inspecciono las botas de agua que se ven y huelen como nuevas, más allá de algunas telarañas. Las pongo boca abajo y golpeo la suela.

—¿Qué está haciendo?—pregunta el señor Potter, con una sonrisa perpleja.

—Solo comprobando si hay arañas.

Me las pongo con cautela. Me quedan bien, solo necesito introducir mis vaqueros en ellas y estaré lista para salir.

—¿No son demasiado pequeñas?—pregunta el señor Potter.

—No.—Miro mis pies—. ¿Parece que tuviera pies grandes?

—Es una joven alta—contesta—. Ser alta y tener los pies grandes suelen ir de la mano.

Me pregunto por qué estamos conversando sobre el tamaño de mis pies.

—Bueno, gracias. Es muy amable de la señora Potter el prestármelas.

—Oh, ella no lo sabe—explica el señor Potter alegremente —, pero estoy seguro de que no le importará para nada. En fin, debería volver al trabajo; hay un barril que debe cambiarse, así que lo haré ya que estoy aquí.

—Lo dejaré trabajar. —Vuelvo con mis brillantes botas de agua al pie de las escaleras.

Justo cuando estoy a punto de subir, escucho un sollozo y me doy vuelta, buscando en la oscuridad con mi linterna. El aire roza mi mejilla y la puerta del sótano se cierra de golpe.

—¡Señor Potter! —grito. Sus pies hacen un ruido sordo mientras corre hacia mí—.Hay algo o alguien aquí. —Estoy temblando.

—Ya le dije lo que es—murmura, algo impaciente con mi nerviosismo.

—¿Cómo lo tolera?¿No se asusta?

El señor Potter comienza a subir las escaleras.

—Por supuesto que no. Es solo Matilda, y no lastimará a nadie, aunque le gusta gastar bromas a la gente por diversión, y por su lenguaje corporal, parece que ha logrado asustarla. —Lo miro boquiabierta.

Hace una pausa—. Es del otro del que debe cuidarse. El hombre puede ser un poco temperamental.

—¿Se refiere al jardinero?, ¿el amante de Matilda?

—Sí, ese. Tiene mal genio. Pero él prefiere pasear afuera, mientras que Matilda generalmente se queda en la casa.

No puedo creer que esté teniendo una conversación sobre fantasmas y sus conductas.

—Intentaré recordar eso, entonces—susurro.

El señor Potter empuja la puerta con todo el cuerpo, y esta se abre con un ruido sordo.

—Gracias.—Paso a toda velocidad a su lado, de vuelta a la luz y me tambaleo por el pasillo hasta el frente donde me espera Joel.

CAPÍTULO 36

—¿**A**sí que este lugar definitivamente está embrujado?—comenta Joel mientras salimos al exterior.

—Sí, eso parece. —Rápidamente, le cuento la extraña conversación que acabo de tener con el señor Potter—. Y lo curioso es que soy la única aquí que parece preocupada por eso.

—Trata de no preocuparte demasiado. —Joel toma mi mano—. Siempre puedes acurrucarte conmigo esta noche. Yo te protegeré.

Le sonrío tímidamente.

—Me preocupa cuando te vayas. Me queda una noche aquí sola. ¿Tienes que irte? —Lo miro con mis mejores ojos suplicantes de cachorro.

—Lo siento, no hay forma de que pueda quedarme. Tengo que volver al trabajo mañana por la mañana.

—Está bien.—Miro a mi alrededor la vasta extensión de blanco—. Es hermoso aquí afuera.

Caminamos por el jardín, hacia el lago que está cubierto por una fina capa de hielo. A lo lejos puedo ver a algunos de los invitados entrando en el bosque. Están tomando fotos y gritándose entre ellos con voz emocionada. Cazando fantasmas, pienso con un estremecimiento.

— A Bertie le encantaría estar aquí—comento con una sonrisa.

Joel desliza su brazo alrededor de mis hombros, acercándome a él.

—¿Cómo está Summer?—pregunto, acurrucándome contra su pecho.

—Bien. Lo último que supe es que estaba con un grupo de amigas en una fiesta de maquillaje.

—¿Cuál crees que será su reacción con respecto a nosotros? —Lo miro con intensidad.

—¿Quieres decir cómo se sentirá ella acerca de que seamos pareja? Creo que, sinceramente, estará contenta. Me ha estado insistiendo durante años para que me consiguiera una novia.

Doy un grito ahogado por la sorpresa.

—¿No has tenido ninguna desde la madre de Summer?

—Nadie en serio. —Joel se encoge de hombros—. Quería concentrarme en Summer y en el trabajo.

—Eso debe de haber sido muy solitario. —Dejo de caminar y beso sus labios ligeramente—. Ahora me tienes a mí.

Joel me envuelve entre sus brazos.

—¿Estás segura?—murmura.

—Sí.—Trago un nudo repentino de emoción, que se acumula en la parte posterior de mi garganta—. Estar aquí contigo... ha sido mágico.

Joel aparta un mechón de cabello de mis ojos.

—Estoy muy contento de haberme mudado a Wolverhampton. Por fin te encontré. —Acerca su rostro para darme un beso prolongado, que me acelera el pulso. Finalmente, nos separamos cuando los cielos se abren y un diluvio de lluvia nos golpea.

—Nos estamos empapando—grito.

las escaleras, y nos detenemos para besarnos en el último escalón—.Estás empapada —expresa Joel con voz ronca.

—Eso es tu culpa—respondo con aspereza—. ¿Quién insistió en actuar como un hombre de las cavernas?—Busco a tientas mi llave y la meto en la cerradura.

Por fortuna, mi habitación está ordenada. Había recogido mi ropa interior desparramada y la taza de té usada junto con las migas de galletas de antes ya han sido limpiadas. Entro en la habitación, y me quito las botas de agua y el impermeable. Joel se quita el suéter y, cuando se le sube la camisa, vislumbro algo de suave torso.

—Necesito una ducha—señalo con un nudo en la garganta —. Estoy empapada.

Joel se acerca a mí y frota mis brazos.

—También estás helada.

Lentamente, abre los botones de mi chaqueta de punto e inclina la cabeza para besarme con delicadeza.

El deseo me recorre toda y, sin pensarlo, murmuro contra su boca:

—¿Me acompañas... en la ducha?

Joel tira suavemente de mi labio inferior con los dientes.

—Sería un placer. —Y con esas palabras, me levanta en sus brazos y me lleva al baño.

Mucho más tarde, estamos acostados juntos en la lujosa cama con dosel. Paso las yemas de mis dedos por el vello de su pecho.

—Supongo que deberíamos bajar a cenar—comento, somnolienta.

—Mmm... —Joel tiene los ojos cerrados, y acaricia mi muslo con una mano—. ¿O podríamos comer aquí arriba?

—Eso sería fabuloso. —Le doy una estela de besos ligeros por el torso—. Pero yo hago el pedido y abro la puerta.

—Pollo.

—¿No estarán los demás chismorreando?—Me muerdo el labio, imaginando a Michelle, Rhondda y Andrew susurrando juntos.

—Déjalos—responde Joel, y tira de mis caderas hasta que me siento a horcajadas sobre él—. No estás asustada, ¿no es así?

—No—afirmo con voz ronca cuando siento su dura longitud presionando contra mí—. Discutamos esto más tarde, señor Love, puedo sentir que tiene otras cosas en mente.

CAPÍTULO 37

A la mañana siguiente, Joel había puesto la alarma a las seis. Me sorprende lo alegre que está por la mañana. Literalmente, salta de la cama y se dirige a la ventana para mirar por entre las pesadas cortinas.

—¿Se ha ido la nieve?—pregunto con voz ronca. Una mitad de mí anhela que él diga que no y que tendrá que quedarse la última noche conmigo. Pero parece que me voy a decepcionar.

—Sí, las lluvias se llevaron todo. Es solo aguanieve ahora.

—¿Estarás bien para conducir?—pregunto, preocupada por su seguridad.

—Me lo tomaré con mucha calma—promete—, y te enviaré un mensaje de texto cuando llegue, así que no tienes que preocuparte.

—Está bien. —Golpeo la almohada con decepción—. Iré contigo para despedirte.

—Quédate en la cama—sugiere Joel en voz baja—. Vuelve a dormir, no hay necesidad de que los dos estemos despiertos.

Me estiro lánguidamente.

—Me mantuviste despierta la mitad de la noche exigiendo atención.

Joel ríe.

—Si mal no recuerdo, tú eres la insaciable.

Podría tener razón. Pienso, como si fuera un sueño, en la noche anterior, la pasión entre nosotros, que ardía como un fuego incontrolable. Y había pasado tanto tiempo desde que tuve intimidad con un hombre... Fue increíble. Él tiene razón: yo era insaciable, pero él también. Joel me besa en la frente y se va a dar una ducha. Dejo que el sueño me reclame una vez más.

Cuando me despierto, la luz del sol entra a raudales por la ventana y estoy sola. Me incorporo de un salto llamando a Joel, pero parece que ya se ha marchado. Mientras me estiro, noto una flor en la almohada, encima de una nota garabateada con las palabras *Te amo, hermosa*. Sonrío y froto mis ojos para quitarme el sueño. Un sentimiento cálido y feliz se arremolina en las profundidades de mi estómago. ¿Él me ama? ¿Ya? ¿Podría este retiro de escritores ser más perfecto?

Y eso me recuerda que estoy allí para escribir, así que me levanto de la cama, me doy una ducha rápida y me dirijo al piso de abajo para empezar el día.

Rhondda, Michelle, Andrew y yo trabajamos duro todo el día y no paramos hasta la tarde. Es noche de bistec en el comedor, seguido del crumble más delicioso para el postre. Mo me cuenta que está hecho con frutas de los propios manzanos de la señora Potter. Compartimos algunas botellas de vino tinto y luego me retiro a mi habitación para acostarme temprano. Les envío un mensaje a papá y a Joel, y luego me acomodo en la cama con los escritos de Matilda. Su poesía es exquisita y cubre una selección de temas bastante ecléctica. Hay poemas desgarradores sobre el amor y el dolor, la inocencia de la infancia y la belleza de la naturaleza. Me pregunto si se habría inspirado en el campo que la rodeaba, que realmente es impresionante. Mientras hojeo las últimas páginas, un fajo de papeles se cae de la parte posterior del libro. Están atados con una cinta púrpura que desato con cuidado. Cuando empiezo a leer, me doy cuenta de que son cartas para su amante, el jardinero, Lucas Braithwaite. Mi interés se despierta mientras devoro las palabras. Matilda, obviamente, sentía un tremendo amor y pasión por él. Hay numerosas referencias a sus reuniones clandestinas en el bosque y de la última carta deduzco que, de hecho, estaban planeando huir juntos.

—Realmente lo amabas, ¿no es así?—Le digo a la habitación vacía. Una brisa cálida me revuelve el cabello, a pesar de que las ventanas están bien cerradas. Sé que es Matilda; ella está aquí conmigo, siempre lo ha estado. De repente, ya no siento miedo, solo estoy abrumada por la tristeza ante su amor condenado y su muerte prematura.

—Es mejor haber amado verdadera y apasionadamente, aunque fuera solo por poco tiempo—susurro. Entonces extiendo mi mano para apagar la luz y me recuesto para soñar con los brazos de Joel a mi alrededor.

A la mañana siguiente, después del desayuno, nos reunimos en el bar para despedirnos. Abrazo a Andrew, Michelle y Rhondda y prometo mantenerme en contacto. Todos intercambiamos números de teléfono y nos agregamos en Facebook. Andrew sugiere una reunión el próximo año.

—Podríamos encontrarnos a mitad de camino, en una taberna en algún lugar—sugiere—. Tener un *encuentro de escritores...* tenemos que mantenernos en contacto ahora. —Las chicas estamos de acuerdo en que sería una gran idea; luego, nos abrazamos de nuevo y nos besamos en las mejillas. Veo a Rhondda y a Michelle irse juntas en sus brillantes cuatro por cuatro. Andrew y yo nos quedamos en el camino de grava—. ¿Quién hubiera pensado que nos alojaríamos en un hotel embrujado? Definitivamente, esto es algo que debo contarles a mis compañeros de la taberna. —Andrew recoge su maleta—. Fue un placer conocerte, Louise. De todos, creo que tú serás quien lo logre como escritora.

—Oh, gracias—le sonrío—. Crucemos los dedos... por todos nosotros.

Observo cómo sube a su coche y se aleja.

—¿Cómo llegará a casa?—El señor Potter aparece a mi lado, haciéndome sobresaltar.

—Un amigo me viene a recoger. —Entrecierro los ojos bajo el sol de la mañana.

—¿Disfrutó de su estancia?—Se quita la gorra y la dobla en dos.

—Sí, ha sido genial. Este es un hotel encantador.

—Me alegro de que lo haya disfrutado.—El señor Potter sonríe—. ¿Leyó sus poemas?

Asiento con la cabeza.

—Tenía mucho talento.

—Bueno, debería volver al trabajo. Que tenga un buen viaje a casa. —Se aleja de mí—.Espero que volvamos a verla.

—Sería agradable. Adiós,señor Potter.

Bartholomew, el de mantenimiento, aparece por un lado de la casa, y ambos se alejan hablando de los barriles de cerveza que hay que cambiar.

Mi teléfono emite un pitido al recibir un mensaje. Es Marvin para avisarme que ya casi llega. Tiro de la manija de mi maleta y empiezo a caminar por el camino, pero el sonido de mi nombre me detiene. La señora Potter camina hacia mí, preguntando por el diario de escritura de Matilda.

—Lo dejé en el armario de mi habitación—respondo—.

Gracias por permitirme leerlos; era una escritora fantástica, y me siento honrada de haberlos leído.

—Pensé que le gustarían—señala la señora Potter con un resoplido—, y espero que esté conforme con su propia escritura durante su estadía aquí.

—Sí, lo estoy —contesto con alegría. Luego, vacilo por un momento—. Hay cosas que puede hacer señora Potter... acerca de los fantasmas.

Me mira sin comprender.

—Lo busqué en Google: limpieza psíquica, ese tipo de cosas, donde envían espíritus de regreso a la luz.

Los labios de la señora Potter se contraen.

—¿Por qué querría deshacerme de ella? Esta es su casa, ella pertenece aquí.

Justo en ese momento, Marvin sube por el camino y maniobra hasta detenerse junto a mis pies.

—Gracias por la hospitalidad—expreso mientras abro la puerta trasera y guardo la maleta—. La dejaré trabajar.

—Adiós, Louise Henry. —Hay una leve sonrisa en su rostro.

Subo al asiento delantero y ajusto el cinturón de seguridad. Mientras saludo a la señora Potter, un movimiento en un dormitorio del piso superior me llama la atención. Una dama está parada en la ventana, con un vestido victoriano, de cabello oscuro, y hermosa; me mira fijamente. Mientras Marvin da marcha atrás, presiono mi mano contra el cristal y susurro:

—Adiós, Matilda.

CAPÍTULO 38

—Te eché de menos, Lou—afirma Marvin, mientras nos marchamos por el camino—. Estuvo muy tranquilo en el trabajo sin ti.

—¡Ja! ¿Estuvieron ocupados?

Marvin pone los ojos en blanco.

—Sin parar. Steph estuvo de mal humor toda la semana. Realmente necesita entrar en el espíritu navideño.

—Bueno, estaré de vuelta mañana, así que me ocuparé de ella.

Marvin me mira de reojo.

—Entonces, ¿cómo estuvo?

Le hablo de mi semana en el hotel Mystic Springs, omitiendo la parte de los fantasmas. Conociendo a Marvin, le parecería gracioso. Tampoco le cuento que Joel estuvo allí ni que lo hicimos a lo grande. Todavía me estoy acostumbrando a la idea de que tengo un nuevo novio y quiero guardármelo para mí por un tiempo. O al menos hasta que se lo haya contado a papá y a Robbie.

Marvin enciende la radio y escuchamos música cursi de los

ochenta durante todo el camino de regreso a Wolverhampton. Cuando se detiene frente a mi casa, lo abrazo y le agradezco profusamente su amabilidad.

—De nada—expresa con una enorme sonrisa—. Me alegro de haber recuperado a mi mejor amiga del trabajo. ¿Nos vemos mañana?

—Absolutamente.—Salgo del coche y arrastro mi maleta por el camino.

La casa está en silencio.Papá y Robbie están fuera, pero Bertie me da la bienvenida más cariñosa que podría desear.

—Hola,amigo. —Revuelvo el pelaje en la parte superior de su cabeza mientras salta para lamerme la cara—. Te extrañé.

Mientras estoy en la cocina preparando té, suena mi celular. Me emociono mucho cuando el nombre de Joel parpadea en la pantalla.

—Hola, ya volví.

—Qué bien. ¿Cómo estuvo el último día? Espero que hayas trabajado duro.

—Así fue. —Sonrío—. Sin tu distracción. ¿Estás en el trabajo?

—Solo en una pausa para el té. —Joel toma aire—. Tengo buenas noticias para ti: piden un asistente de enseñanza en el departamento de arte para después de las vacaciones de Navidad, y el profesor de arte está ansioso por que tu padre se postule.

—Vaya, es una noticia fabulosa. No está aquí en este momento; debe de estar contigo, en la escuela.

—Se lo mencionaré si lo veo.

—Maravilloso, gracias.

—Así que debería irme. ¿Quieres hacer algo mañana?

—Lo siento, tenemos la fiesta navideña en el trabajo. ¿Podrías el domingo?

—Perfecto, es una cita. Te recogeré alrededor de las siete.

Estoy literalmente extasiada por sus palabras.

—Nos vemos.

—De acuerdo. —Hay un silencio, pero todavía lo escucho respirar—. ¿Lou?

—¿Sí?

—¿Qué estás haciendo?

—Esperando a que cortes la llamada.

—Tú primero —dice riendo.

—Está bien, emmm... Adiós. —Presiono el botón rojo y ya no lo oigo.

Me paso el día lavando ropa y ordenando la casa en general. Me doy cuenta de que la comida que preparé desapareció del congelador y nos estamos quedando sin alimentos básicos como pan y leche. Voy hasta la tienda local y luego hago un pedido más grande en línea al supermercado. Papá regresa justo cuando estoy sacando las toallas de la secadora. Lo abrazo con fuerza y luego me aparto para sonreírle —. Lo pasé de maravilla. Llevo tres cuartas partes de mi novela y escribí tres nuevos libros ilustrados.

—Eso es maravilloso, Lou. —Papá se sienta en una banqueta de la cocina—. Estoy muy feliz por ti.

—¿Me extrañaste?—Inclino la cabeza hacia un lado y miro a mi papá: se ve cansado, su barbilla está cubierta por una línea de tenue barba que lo hace parecer mayor que sus cuarenta y nueve años.

—Por supuesto. Todos te extrañamos.

—¿Y cómo está Robbie?

—Bien, bien. No hubo llamadas telefónicas de la escuela, así que eso es bueno.

Pienso fugazmente en Joel.

—Papá, hay algunas noticias que necesito contarte.

—¿Ah, sí?

—Joel Love estuvo en el retiro de escritores. No como

ganador del concurso, sino que trabaja para el consorcio que organizó el retiro.

Papá sonríe.

—Lo vi hoy.

—¿Dijo algo... sobre mí?—pregunto con dificultad.

Papá frunce el ceño.

—No. De hecho, me habló de una vacante de asistente de profesor. ¿Por qué?, ¿qué sucedió?

—Nada malo. —Suspiro con alivio—. Estamos saliendo, papá. Joel y yo.

Espero su reacción. Una lenta sonrisa se forma en su rostro.

—Me lo esperaba.

—¿De verdad? Quiero decir, ¿cómo lo supiste?

—Los padres saben estas cosas sobre sus hijas. Me di cuenta de que se gustaban y estoy muy feliz por los dos.

—Gracias.—Me acerco para abrazarlo—. ¿Ahora me vas a contar sobre la vacante?

Papá se mueve en su asiento y evita mi mirada.

—Es muy agradable que Joel y el profesor de arte piensen en mí, pero no voy a aceptarlo, Lou.

—¡¿Qué?! Pero, papá, sería perfecto para ti. ¡Está en el departamento de arte! —Tengo ganas de sacudirlo para que entre en razón—. Por favor, no dejes pasar esta oportunidad sin al menos intentarlo.

—Yo... no tengo la confianza, cariño, y no me siento listo para trabajar a tiempo completo, al menos no todavía.

Una oleada de compasión me abruma. Podría llorar por mi papá. Diez años después y todavía está afligido.

—¿Se trata de mamá?—pregunto en voz baja.

Las lágrimas brillan en sus ojos mientras asiente en silencio.

Respiro profundamente para calmarme antes de hablar—. Yo también la extraño, todos los días, pero sigo adelante, papá. Mamá ya no está, y tienes que empezar a vivir de nuevo. —Limpio las lágrimas que se acumulan en mis ojos—. Es casi como si hubieras muerto con ella. ¿Dónde has estado durante los últimos diez años? Te necesitamos papá, especialmente Robbie. Te necesitamos.

—Lo siento,cariño. —La voz de papá se quiebra—. Debe de haber sido difícil para ti llevar la carga todos estos años.

Deslizo mi mano dentro de la cálida mano de papá.

—Nunca has sido una carga. Te quiero a ti y a Robbie; son mi mundo. Pero realmente nos vendría bien que ingresara algo más de dinero. —Suspiro—. No te postules al empleo si no te sientes con ganas de hacerlo, solo pensé que tal vez lo disfrutarías.

Papá asiente con la cabeza.

—Creo que lo haría. —Se endereza en la silla—. Si lo hago, ¿me ayudarás con la solicitud y la preparación de la entrevista?

—Por supuesto. —Lloro de alegría—. Sé que puedes hacer esto, papá.

Papá me pone de pie y me hace dar una vuelta.

—Siento que puedo hacer cualquier cosa apoyándome en tu amor. Este es el comienzo del resto de mi vida. No más holgazaneo, no más lloriqueos. —Salta hacia la unidad estéreo y el sonido de Motown llena el aire. Mientras bailamos, echo un vistazo a la foto de mamá. «Lo logrará, mamá, lo prometo».

Robbie llega a casa y nos encuentra a papá y a mí todavía bailando. Sacude la cabeza mientras me acerco a él y lo llevo a nuestra pista de baile improvisada.

—Estás avergonzándote por completo, Lou —refunfuña.

—¡Es Navidad!—grito de emoción.

—¿Abro el jerez?—pregunta papá entre versos de la canción.

—¿El jerez de Navidad?—Finjo horrorizarme.

—Te compraré otra botella—sonríe papá y se va en busca de esta.

Robbie toma esto como una señal para dejar de mover los pies y se sumerge en el sofá.

Bajo el volumen y me siento junto a mi hermano.

—¿Cómo va la escuela?

—Está bien—responde con indiferencia—. Aprobé un examen de práctica para la certificación.

—¡Oh, Dios mío, Robbie!—exclamo—. Es una noticia fantástica. ¿Así que las clases particulares están dando sus frutos?

Se encoge de hombros.

—Supongo que sí.

—Podrías sonar más emocionado—le sonrío a mi hermano.

—¿Por qué estas tan feliz?—pregunta Robbie con una mirada suspicaz.

—Bueno, emmm...—Titubeo. De repente, estoy nerviosa. ¿Cómo puedo explicarle a mi hermano menor que me enamoré de su profesor?

—Tiene novio. —Papá está de pie en la puerta con una botella en la mano. Camina con paso firme hacia la vitrina y saca tres vasos.

Robbie estalla en carcajadas.

—Espero que no sea ese lechero idiota.

—¡No!—Pongo los ojos en blanco—. Darren Walker es historia.

—Bueno...—Robbie nos mira a mí y a papá—. ¿Quién es?

—Yo... yo...—me detengo con un nudo en la garganta.

—Es el señor Love —interviene papá suavemente, mientras sirve el jerez en los vasos.

—¿Qué? ¿Te refieres a *mi profesor*? —La frente de Robbie está surcada de líneas.

—Es Joel—confirmo, y luego contengo la respiración.

—Eso es... eso es repugnante. ¿Cómo pudiste, Lou? —

Robbie se levanta de un salto, con los puños apretados con fuerza a los costados.

Niego con la cabeza confundida. ¿Mi hermano piensa que es repugnante? No, no, todo eso está mal—.Toda la escuela se burlará cuando esto salga a la luz. ¡Cielos, Lou! —Las mejillas de Robbie se vuelven más rojas a cada segundo.

Me quedo ahí, retorciéndome las manos. Toda mi confianza y mi felicidad se han hecho añicos.

Entonces, papá golpea la botella en la mesa con un ruido sordo y se vuelve hacia Robbie.

—No te atrevas a hablarle así a tu hermana. Ha pasado años cuidando y preocupándose por ti y por mí también. Lou merece ser feliz, así que ¿por qué no dejas de actuar como un mocoso mimado y te alegras por ella?

Robbie se para derecho frente a papá, pero papá no retrocede. Hay un silencio tenso que parece extenderse una eternidad.

—Bien—acepta Robbie con los dientes apretados—. Qué me importa si se pone en ridículo. —Y con eso, sale de la habitación con fuertes pisadas y golpeando la puerta con tanta fuerza que las ventanas se sacuden.

CAPÍTULO 39

—¡Otra chuza!—Marvin está en el pasillo de los bolos, haciendo su baile de celebración. Lo abucheo y le doy un gran pulgar hacia abajo, deseando en secreto tenerlo en mi equipo, como la persona competitiva que soy. En cambio, estoy atrapada con el grupo de empleados de los sábados, que se ríe tontamente. Entre nosotros, no hemos logrado una sola chuza; en comparación, nuestras bolas parecen estar con más frecuencia en el canalón que cerca de golpear un pino.

—Esta los derribará todos—anuncio con una confianza que no siento. Tomo la bola más ligera, introduzco los dedos en los hoyos y la arrojo por la pista de bolos. Rebota en los rieles laterales y derriba dos pinos.

—¡Sí!—Levanto las manos en fingida celebración.

Marvin y Steph se ríen y hacen trompetilla; son unos niños. Camino de regreso a mi asiento, y las poco atractivas zapatillas de bolos chirrían sobre el resbaladizo piso de madera.

Steph se desliza sobre los asientos y se ubica a mi lado.

Cuéntame de nuevo sobre tu mágico retiro de escritores —pide con una mirada soñadora.

—Ya te lo conté dos veces—señalo con un suspiro.

—Pero es tan romántico... Te conseguiste un novio nuevo, que encima es profesional. ¿Cuándo me va a pasar a mí?

—¿No tuviste suerte con la aplicación de citas?

El rostro de Steph se vuelve sombrío.

—Ya lo dejó —anuncia Marvin—. Seguía recibiendo atención del tipo de hombre equivocado.

—Oh. Cuéntame más.—Soy toda oídos.

Steph le lanza a Marvin una mirada fulminante.

—Fue una sola persona. Un idiota al que le gustaba el BDSM. Quería que lo azotara y lo atara.

—¿De verdad?—Me estremezco—. Qué tipo raro.

Marvin pasa un brazo por los hombros de Steph.

—Ambos podemos estar solteros juntos. ¿Quién necesita sexo de todos modos?

—Sí, Marvin, los orgasmos están totalmente sobrevalorados —responde Steph con sarcasmo.

—Al menos alguien está recibiendo algo. —Marvin sonríe en mi dirección.

—Ni siquiera empieces —expreso enérgicamente—. Es tu turno Marvin; concéntrate en apuntar tu bola hacia allá.

—Ya quisiera yo. —Marvin se aleja contoneándose, y Steph y yo nos reímos.

La noche siguiente, cuando me estoy preparando para mi gran cita con Joel, papá grita desde las escaleras que Heather está aquí.

—Dile que suba—le pido a los gritos, tratando de mantener mi mano quieta mientras me aplico pegamento con cuidado en el párpado.

—Hola, cariño.—Heather saluda a mi reflejo antes de echarse sobre mi cama.

Me vuelvo para mirarla.

—Hola, mejor amiga.

—¿Qué diablos les pasa a tus ojos?—Heather se apoya sobre los codos y me mira fijamente.

—¿Qué?, ¿nunca te aplicaste pestañas postizas?

—Sí, pero por lo que parece, tú no. —Se pone de pie y se acerca a mí—. Tienes pegamento por todas partes.

—Oh.—Me miro en el espejo y me estremezco al ver mi sombra de ojos manchada.

—Déjame a mí. —Heather se pone en cuclillas a mi lado. Volteo la cara mientras limpia el pegamento aplicado generosamente con una toallita desmaquillante—. Así que este tipo debe de ser realmente especial si vas a hacer todo este esfuerzo.

—Lo es—afirmo con una sonrisa—. Iremos a cenar a ese nuevo restaurante italiano elegante y quiero verme bien.

—Espero que lo pases de maravilla. —Heather sonríe y toma mi pote de sombra de ojos brillante—. ¿Llevarás el vestido rojo?

—No. Lo estoy guardando para la víspera de Navidad. —Entrecierro los ojos—. ¿Qué harás esta noche?

—De hecho, voy a tomar una copa con un chico.

—¿Ah, sí?

Heather se ríe.

—No suenes tan sorprendida, Lou.

—Dime que no es Marcus.

—Definitivamente, no. En realidad, es el hombre que trabaja en la tienda benéfica.

—¿Te refieres a Max?—Mi boca se abre por la sorpresa.

—Sí, ¿lo conoces?

—Solo de charlar en la pastelería. Parece un tipo muy agradable, Heather, y completamente diferente a Marcus.

—Por eso me agrada tanto. —Heather retrocede para admirar su obra—. Listo, todo terminado. Entonces, ¿qué pasó con la Lou que había descartado a los hombres?

—Joel es diferente. —Sonrío—. Es realmente encantador, Heather.

—¿Mejor que Darren Walker?

—Oh, cielos, sí. Cien millones de veces mejor.

—Me alegra oírlo.

—Me alegra que al menos *tú* estés feliz por mí. —Voy a mi armario y saco mi conjunto negro. Le doy un breve resumen de la reacción de Robbie a la noticia.

—Oh, él solo está siendo el hermano protector—opina Heather con un bufido—. Piénsalo. Te ha tenido para él solo durante años y de repente tienes un nuevo interés masculino.

—Papá y Robbie siempre serán lo primero—aseguro en voz baja.

—Tu padre y Robbie son hombres adultos. —Heather cierra la cremallera de la parte de atrás de mi atuendo—. Es hora de ponerte a ti misma en primer lugar, Louise Henry.

Me lleva al espejo de cuerpo entero. Miro mi reflejo, que admito que se ve bastante atractivo. Entonces, suena el timbre y me meto debajo de la cama en busca de mis zapatos.

—Ese es él—exclamo, limpiando el polvo de mis tacones altos de charol. Bajo las escaleras con estrépito, con Heather detrás.

Joel está hablando con papá en la sala de estar sobre la vacante de asistente de enseñanza.

—Me alegra que haya decidido hacerlo—señala Joel—. Y sé que el profesor de arte estará complacido.

—Lou me ayudó con la solicitud—responde papá con

orgullo—. Solo estoy esperando la verificación de mis referencias y luego puedo enviarla.

Joel asiente y se vuelve para mirarme cuando entro en la habitación.

—Guau... —Su sonrisa coincide con la mía—. Te ves hermosa.

—Gracias.—Me quedo ahí, balanceando mi bolso, sintiéndome repentinamente tímida, hasta que Heather me da un codazo en el costado—. Ya conoces a Heather.

—Hola—lo saluda con la mano. Entonces, veo a Robbie merodeando por el pasillo.

—Robbie—lo llamo con temor—. Ven y saluda a Joel.

Robbie pasa a mi lado y se deja caer en el sofá.

—Hola, Robbie. —El tono de Joel es amistoso. En respuesta, Robbie murmura algo ininteligible.

—Entonces, ¿nos vamos?—Me sorprende cuando Joel toma mi mano con firmeza.

—Adiós, Lou. —Papá sonríe cálidamente—. No esperaré despierto.

Disfrutamos de una deliciosa comida de tres platos y compartimos una botella de un costoso vino tinto. La velada ha sido perfecta: conversación fluida, buena comida y un entorno relajado. La emoción me envuelve cuando Joel me dice que Summer está durmiendo otra vez en casa de su amiga.

—¿Te gustaría ir a mi casa?—me pregunta con voz ronca.

—Me encantaría —contesto enseguida.

Joel me ayuda a ponerme el abrigo y, luego de pagar la cuenta, esperamos afuera nuestro taxi.

—¿Cómo se tomó Summer las noticias sobre tú y yo?—pregunto a la ligera.

Joel sonríe.

—Estaba muy feliz. Le agradas mucho, Lou.

—Ufff—suspiro de alivio—. A mí también me agrada, es una excelente niña.

—¿Qué hay de Robbie?¿Me pareció sentir alguna hostilidad?

—Robbie lo aceptará —respondo en voz baja—. Solo necesita acostumbrarse a la idea de que estamos juntos.

—Me parece bien, puedo esperar. —Joel asiente. Su rostro está iluminado por la luz de la lámpara, y se ve tan guapo que me deja sin aliento.

—¿Es verdad lo que escribiste?—Miro sus hermosos ojos.

—¿Que te amo?—Joel toca mi mejilla con sus dedos fríos—. Absolutamente. Lo supe desde el primer momento en que te vi, y desde entonces estaba decidido a hacerte mía.

—Eso es tan encantador... —Suspiro cuando sus labios se encuentran con los míos y sus brazos me rodean, acercándome a él. Nos besamos apasionadamente mientras ráfagas de nieve revolotean desde el cielo iluminado por las estrellas y la felicidad me invade hasta la médula.

Mucho más tarde, me recibe un Bertie somnoliento, que avanza pesadamente hacia mí mientras meto la llave en la puerta de mi casa.

—Hola, amigo —le susurro. La planta baja está en una oscuridad silenciosa. Acomodo a Bertie en su cama, luego me quito los zapatos y subo las escaleras. En el baño, me lavo los dientes y me pongo mi pijama de lana. Noto que la luz todavía está encendida en la habitación de Robbie y llamo suavemente a su puerta.

—Adelante.

Robbie está sentado en la cama, con los auriculares puestos.

—Es tarde—lo regaño—. ¿No puedes dormir?

—Son vacaciones. —Se encoge de hombros—. No habrá clases durante dos semanas.

—Oh.—Me quedo a un lado de su cama—. ¿Podemos charlar?

—Si es necesario... —Robbie se quita los auriculares y bosteza—. ¿Tuviste una buena noche?

—La mejor—respondo feliz. Saco un montón de revistas de música de su cama y me siento a su lado—. ¿Cómo estás?

—¿Yo? Estoy bien.

—¿Qué tal la escuela?

—Tan aburrida como siempre—responde, haciendo una mueca—. Decidí no seguir ahí con los exámenes de nivel avanzado.

—¡Pero, Robbie!—empiezo a protestar.

Robbie levanta las manos de manera tranquilizadora.

—Los haré en la Universidad, Lou. No me gusta estar en Hayes, nunca me gustó. ¿Por qué debería quedarme allí más tiempo del necesario?

Asiento con la cabeza.

—Entiendo. Yo tampoco podía esperar a dejar la escuela. —Le doy una palmada en la mano—. Pero estoy muy contenta de que rindas esos exámenes.

—Bien, me alegro de que se haya aclarado. —Robbie alcanza sus auriculares.

—¿Estás bien conmigo y con Joel?—dejo escapar—. Sé que debe haber sido una sorpresa, pero realmente nos gustamos y quiero que estés feliz por mí.

Robbie desliza su mano por su cabello despeinado.

—Sí, está bien, Lou.

—¿Está seguro?—Le sonrío a mi hermano—. ¿Hay algún problema con Summer?

—¿Qué?—Robbie parece desconcertado.

—Quiero decir... ¿te gusta?

—¡Puaj!—Robbie hace una mueca—. ¿Hablas en serio, Lou? Summer es solo una amiga.

—Oh, me alegra tanto escuchar eso... —Froto mi frente sudorosa—. Quiero decir, podría haber sido difícil para ti, con su papá y yo de novios.

—Está bien, Lou. —Robbie me muestra una media sonrisa —. Y lamento haber actuado como un idiota antes. Papá tiene razón: te mereces ser feliz. Incluso si es con mi profesor.

—No por mucho más—señalo alegremente.

—Entonces, ¿terminó la charla motivacional?—Robbie tiradel edredón hasta la barbilla—. Me vendría bien cerrar los ojos: tenemos práctica con la banda mañana.

—Sí, la conversación de hermana mayor terminó. —Me levanto y miro con cariño a mi hermano—. Robbie... ¿sabes que te amo?

—¡Lou!—Robbie parece estar sufriendo—. Por favor, guárdalo para Joel. Buenas noches. —Apaga la luz, y me quedo sonriendo en la oscuridad.

CAPÍTULO 40

Durante la semana siguiente, estoy muy ocupada en el trabajo. Parece que toda la ciudad dejó las compras navideñas para último momento. Los clientes parecen bastante felices e incluso tenemos una generosa cantidad de propinas en nuestra caja en el mostrador. Termino mis compras navideñas. Papá me dio el dinero para la computadora portátil de Robbie, y la tienda de electrónica tiene un gran descuento de Navidad, así que me llevo una ganga. Me pregunto qué regalarle a Joel y, finalmente, me decido por una loción para después de afeitar con aroma celestial y unos gemelos elegantes. Mi nuevo novio y su hija aceptaron reunirse con nosotros para el almuerzo de Navidad, junto con papá, Robbie y la tía Josie. Hago una lista de todo lo que necesito comprar, con lo superorganizada que soy.

La mañana antes de Nochebuena, estoy envolviendo regalos junto al árbol de Navidad, cuando papá entra con su mejor traje y corbata. Va a la entrevista y se ve muy elegante.

—Buena suerte —le deseo, y aparto los moños relucientes

para ponerme de pie y besar su mejilla—. Recuerda irradiar confianza.

Papá se ríe.

—Haré mi mejor esfuerzo.

—Antes de irme, tengo algo que mostrarte Lou. —Me hace un gesto para que lo siga. Salimos al cobertizo de su jardín. Veo a los petirrojos pasar revoloteando mientras abre la puerta —.Cierra los ojos.

Me cubro el rostro con las manos.

—¿Qué es?

Puedo oír a papá tirando de algo.

—Ahora puedes mirar.

Frente a mí está el retrato más exquisito de la mamá de Heather. Me quedo boquiabierta.

—¡Es impresionante! Papá—se me llenan los ojos de lágrimas—...eres tan talentoso...

—¿Crees que le gustará?—Tiene las manos en los bolsillos y se ve tan vulnerable que juro que mi corazón se encoge de amor por él.

—Le encantará. Te garantizo que tendrás una clienta muy feliz.

Papá parece tímido y complacido.

—Disfruté pintándolo. Tanto es así —toma aire— que pensé que podría pintar uno de tu madre.

—Oh papá... —Me llevo la mano al pecho—. Sería maravilloso si lo hicieras.

—Pensé que podría ir encima de la chimenea...—Suena tan emocionado que nuevas lágrimas caen de mis ojos.

—Lou... ¿por qué lloras? ¿Te puse triste?

—No, papá. —Con fervor, niego con la cabeza—. Son lágrimas de alegría. Esta Navidad ha sido maravillosa, y mamá... mamá estaría muy orgullosa de todos nosotros.

Papá me toca la mejilla con suavidad.

—Ella siempre ha estado orgullosa de ti, amor.

Asiento y me seco las lágrimas.

—Gracias por esforzarte tanto. Sé que no ha sido fácil para ti a lo largo de los años.

—Shhh—Papá me da un cálido abrazo—. Miremos hacia el futuro, cariño. Voy a intentar ser valiente como tú, Lou. Voy a empezar a vivir de nuevo.

A la mañana siguiente, todos nos levantamos temprano esperando noticias sobre la entrevista de papá. Es Nochebuena y estoy haciendo los preparativos para la gigantesca comida navideña que prepararé. La tía Josie llega para ayudarme a preparar las verduras. Escuchamos canciones navideñas, disfrutamos de una copa de jerez y mordisqueamos una caja de pasteles de fruta.

—Tu padre parece feliz—comenta la tía Josie—. Incluso Robbie me sonrió también.

—Les ha picado el bicho navideño—respondo, mientras sumerjo las coles en agua fría.

—Bien. —La tía Josie asiente con aprobación—. Ya es hora de que la suerte de esta familia cambie.

Entonces, suena el teléfono.

—Hablando de suerte... —Cruzo los dedos y me apresuro a atender. La señora Frostrich pregunta por papá. Me vuelvo para llamarlo, pero ya está detrás de mí, nervioso como nunca. Me quita el teléfono y se acerca a la ventana asintiendo y murmurando. No puedo ver su rostro, así que no puedo leer su reacción. Después de unos minutos, papá corta la llamada con un enérgico agradecimiento. La tía Josie y yo estamos conteniendo la respiración mientras él se da la vuelta lentamente para mirarnos. Parece abatido.

—Oh, papá—murmuro—. No importa, habrá otras oportunidades.

—No, Lou—Niega con la cabeza—. No las habrá… porque… Lo conseguí. Tengo el empleo. Estás mirando al nuevo asistente de enseñanza en el departamento de arte de la Academia Hayes. —Da un puñetazo al aire. La tía Josie y yo gritamos de emoción y nos apresuramos a envolverlo en un gran abrazo grupal.

❄

—¿No es fantástico?—le comento a Robbie más tarde esa noche. Caminamos hacia el Feathery Duck con la tía Josie y papá. ¡Papá! Saldrá una noche con nosotros.

—Hurra—expresa Robbie—. Ahora podré ver a papá las veinticuatro horas del día, los siete días de la semana.

Detrás de nosotros, papá y tía Josie están cantando villancicos y ni siquiera hemos empezado a beber todavía.

—Alégrate por él. —Le doy un golpe a Robbie en el brazo en broma.

—Realmente me alegra. —Robbie sonríe—. Así que, hermana, me pregunto qué te traerá Santa mañana.

—Ya tengo todo lo que podría desear—respondo.

—¿Incluido mi profesor?—Robbie señala la puerta del Feathery Duck, donde Joel espera con Summer.

—Emmm… No avergüences a tu hermana mayor. —Camino hacia Joel, quien me rodea con un brazo, y abrimos la puerta para entrar a la taberna.

Estoy apoyada en la barra, muy emocionada de que mi hermano pequeño esté tocando su guitarra en el escenario improvisado. Ade toca el bajo, y Summer canta con todo su corazón. Miro a Joel, que parece que podría estallar de orgullo.

—¡Son fabulosos! —grita por encima de la fuerte música rock—. Quién diría que tenía una hija tan talentosa.

—Lo son—acuerdo moviendo mis caderas—. Realmente lo son.

Conseguimos la mejor mesa en el bar, que tiene capacidad no solo para nosotros cuatro, sino también para Marvin y Steph, que pasaron de camino al nuevo bar de vinos de la ciudad.

Estoy aún más encantada cuando Heather llega con su nuevo novio Max. Joel acerca dos sillas adicionales y se ve envuelto en una animada conversación con Max sobre fútbol.

—Es encantador—le susurro a Heather.

—Estoy muy de acuerdo.—Heather da un sorbo a su bebida —. No mires ahora, pero Darren Walker acaba de llegar.

Pero claro que miro. Lo veo abrirse paso entre la multitud, preguntándome por qué invertí tanto de mis sueños en él. Cruzamos las miradas, me guiña un ojo y me llama.

—Solo voy al baño—le aviso a Heather.

Camino con paso firme hacia Darren, que mira a Joel con el ceño fruncido.

—¡Lou!—exclama, pasando un brazo alrededor de mis hombros—. ¿Me darás otro beso de Navidad?

Noto que estamos parados directamente debajo del muérdago.

—No, Darren, no lo creo.

Parece molesto.

—Tú y yo tenemos historia, Lou. Estamos hechos el uno para el otro, me doy cuenta de eso ahora.

—No, no es cierto. —Me libero de su brazo—. Yo nunca fui tuya, y tú nunca fuiste mío. Y conocí a alguien, Darren, Su nombre es Joel, y lo amo.

—Pero... pero...—Los labios de Darren se abren y se cierran.

—Espero que encuentres a alguien también, Darren. La

vida puede ser solitaria si estás solo. —Con un breve adiós, me dirijo a los baños.

Comenzó la cuenta regresiva para el día de Navidad. Todos en el bar están de pie, gritando y vitoreando mientras las agujas se acercan a las doce. Robbie toca su guitarra por última vez, y Summer deja escapar un grito ensordecedor. Mientras las personas que me rodean celebran el amanecer del día de Navidad, saco una ramita de muérdago que estaba guardando solo para ese momento.

—Feliz Navidad—le digo a Joel—. Eres todo lo que siempre quise y te amo.

Me acerco para besarlo, y la magia de la Navidad permanece en el aire, prometiendo alegría, paz y felicidad a todos.

Fin

Querido lector,

Esperamos que hayas disfrutado leyendo *Magia Navideña En El Retiro De Escritores*. Tómese un momento para dejar una reseña, incluso si es breve. Tu opinión es importante para nosotros.

Atentamente,

Julia Sutton y el equipo de Next Chapter

Magia Navideña En El Retiro De Escritores
ISBN: 978-4-82411-370-2

Publicado por
Next Chapter
1-60-20 Minami-Otsuka
170-0005 Toshima-Ku, Tokyo
+818035793528

10 noviembre 2021